AF291100

Sara-Maria Lukas

DIE ENTFÜHRUNG DES KOLIBRIS

Erotischer Roman

Sara-Maria Lukas
DIE ENTFÜHRUNG DES KOLIBRIS
Erotischer Roman

© 2016 Plaisir d'Amour Verlag, D-64678 Lindenfels
www.plaisirdamourbooks.com
info@plaisirdamourbooks.com
© Covergestaltung: Mia Horn
© Coverfoto: istockphoto.com
ISBN Taschenbuch: 978-3-86495-215-9
ISBN eBook: 978-3-86495-216-6

Sämtliche Personen in diesem Roman sind frei erfunden.

*Ein romantischer Ausflug zu den
reizenden Variationen der Zärtlichkeit.*

KAPITEL 1

Die Fröhlichkeit hat er sich bewahrt, denke ich fasziniert. Selten ist mir eine Person aus meiner Jugend begegnet, die sich so wenig verändert hat. Als wir zusammen zur Schule gegangen sind, war ich in Tim Christen total verknallt. Davon hat er allerdings nie etwas erfahren. Ich war damals viel zu schüchtern, um zu zeigen, was ich empfinde. Tim jedoch flirtete gerne und unbefangen. Ich glaube, er begann damit schon, bevor er überhaupt wusste, was Männer an Frauen attraktiv finden. Damals beeindruckte er schon durch sein Aussehen. Dunkle, etwas wellige Haare, braune, fast schwarze Augen, der leicht gebräunte Teint eines Südländers, dazu der sportlich trainierte Körper eines Leichtathleten.

Aber das, was uns Mädchen – nein, ich war beileibe nicht die Einzige, die für ihn schwärmte - am meisten angezogen hat, war seine fröhliche Art.

Tims Markenzeichen war seine Fröhlichkeit. Er war zu jedem nett und freundlich, wollte immer Harmonie, und mit seinem charmanten Lächeln erreichte er bei Lehrerin, Eltern, Mitschülerinnen und der Verkäuferin im kleinen Kiosk gegenüber der Schule immer alles, was er wollte. Jede Frau mochte ihn einfach. Sie konnte gar nicht anders. Dieser Tim steht nun plötzlich vor mir und lacht mich genauso fröhlich an wie damals. Ich habe an der Tür dieses Hauses geklingelt, weil darin laut Makleranzeige im Internet eine Dachwohnung zu vermieten ist. Er machte auf, wir stutzten beide und er war der Erste, der ganz zwanglos und lächelnd die richtigen

Worte fand. „Wenn ich mich nicht irre, kennen wir uns."

So wie er immer noch der fröhliche, charmante Tim ist, bin ich immer noch die schüchterne, verklemmte Mona. Mein Verhalten hat sich allerdings geändert, denn während man mir in meiner Jugend jede Verlegenheit angesehen hat, kann ich meine Reaktionen auf andere Menschen heute gut verbergen. Ich werde nicht mehr knallrot, sondern lächele unverbindlich freundlich und stottere nicht mehr, sondern verwende Floskeln, die mir leicht über die Lippen gehen. Meine Hände zittern nicht mehr, mein Rücken krümmt sich vor Unsicherheit nicht mehr zusammen. Im Gegenteil, die Menschen respektieren mich, achten mich und trauen sich nicht, mir ungebeten näherzukommen.

Ich habe lange in einer anderen Stadt gewohnt und komme jetzt zurück, um hier den Schreibwarenladen meiner Eltern zu übernehmen, die sich zur Ruhe setzen wollen. Wie lange habe ich Tim nicht gesehen? Zehn Jahre? Ich rechne schnell nach. Vor zwölf Jahren haben wir zusammen Abitur gemacht, danach habe ich ihn nie wieder gesehen.

Es ist sein Elternhaus. Stimmt, natürlich. Wie hatte ich das vergessen können.

Er bittet mich herein und zeigt mir die zu mietende Wohnung.

Tim hat selber in diesen Räumen gewohnt, bis seine Mutter gestorben ist und der Vater in ein Seniorenheim übersiedelte. Nun ist Tim in die Wohnung seiner Eltern gezogen und seine alte soll vermietet werden.

Es ist eine hübsche Wohnung. Weiße Wände, dunkle alte Balken und der urige, sorgfältig aufgearbeitete Holzfußboden sorgen für Gemütlichkeit. Es gibt ein großes Wohnzimmer, ein fast ebenso großes Schlafzimmer, eine kleine Abstellkammer, eine edel eingerichtete Küche und ein riesiges, hell gefliestes Bad mit einer tollen Wanne zum Entspannen. Ein schöner Balkon nach hinten heraus ist auch dabei.

Die Wohnung ist traumhaft und gefällt mir auf den ersten Blick.

Plötzlich fällt mir auf, dass an den Holzbalken massive Metallringe befestigt wurden, manche auch an der Decken, zwei direkt im Türrahmen zwischen Wohn- und Schlafzimmer.

Ich denke sofort an meine heimlichen sexuellen Fantasien, frage aber natürlich nicht, was es mit den Eisenringen auf sich hat, sondern tue so, als ob es mir nicht auffällt.

Doch dann schafft er es, mich völlig aus der Fassung zu bringen, indem er die Tür des Wandschranks im kleinen Flur öffnet und auf die darin befindlichen Ketten und Manschetten zeigt.

„Hier ist das Spiele–Zubehör." Er zwinkert verschmitzt. „Die dazugehörigen Ringe an den Balken sind dir doch sicher schon aufgefallen. Ich weiß ja nicht, ob du auf SM stehst, aber unten habe ich mir alles neu installiert, also kann ich diese Ketten dem Mieter der Wohnung überlassen."

Er sagt das, als ginge es darum, einen Teppichboden zu übernehmen. Total entspannt, gerade heraus, wie immer charmant lächelnd. Ich räuspere mich und verschränke die Arme vor meiner Brust. „Ähm … Ich brauche so was nicht." Verdammt, ich fühle, wie mir das Blut in den Kopf steigt. Garantiert sieht er, dass ich gerade knallrot anlaufe.

Er schließt den Schrank wieder, dreht sich zu mir um und zwinkert mir zu. „Schon mal probiert?", fragt er.

Ich schüttele den Kopf und lache etwas gehetzt. „Nein, kein Bedarf."

Er zieht kurz die Schultern hoch, steckt die Hände in die Taschen seiner Jeans und spaziert in die Küche. „Schade. Ich hätte dich schon damals gerne näher kennengelernt, war aber noch zu verklemmt, dich um ein Date zu bitten."

Ich folge ihm und reiße die Augen auf.

„Du und verklemmt?"

Er lehnt am Küchenschrank und hat die Füße übereinandergeschlagen. „Ja, sicher. Was meinst du denn, warum ich ständig den Pausenclown gespielt habe?"

„Oh, das hätte ich jetzt wirklich nicht erwartet. Dir liefen doch alle Mädchen hinterher und himmelten dich an."

„Ja, es war ätzend. Ich fühlte mich völlig überfordert und die, zu denen ich mich hingezogen gefühlt habe, wollten nichts von mir wissen. So wie du zum Beispiel." Er neigt den Kopf zur Seite, lächelt wieder und sieht mir direkt in die Augen.

Ich bin sprachlos und stehe ziemlich dämlich mitten im Raum vor ihm. Schnell drehe ich mich um und lasse meine Blicke im Zimmer umherwandern. Schließlich bin ich ja wegen der Wohnung hier.

Er lässt mich in Ruhe gucken, doch ich fühle seinen Blick auf mir. Es kribbelt ein bisschen im Magen, fast wie Schmetterlinge bei Lampenfieber. Schließlich räuspert er sich. „Gefällt dir die Wohnung?"

„Ja, absolut. Es ist genau das, was ich gesucht habe. Die Größe stimmt, der Preis stimmt und die

Lage ist optimal für mich. Ich würde sie gerne mieten."

Er lächelt so charmant und nett, dass ich tatsächlich weiche Knie bekomme. Ja, er macht mich immer noch genauso an wie während unserer Schulzeit.

„Schön, das freut mich. Dann lass uns doch bei mir unten einen Kaffee trinken und die Einzelheiten über deinen Einzug und den Mietvertrag besprechen."

Wir betreten seine Wohnung und ich sehe mich neugierig in ihr um. Auch hier befinden sich überall Haken und an manchen hängen sogar Ketten herunter. Seine Neigung scheint ihm tatsächlich kein bisschen peinlich zu sein. Ein „Wow" entfährt mir und ich versuche, meine Unsicherheit mit einem Lachen zu kaschieren.

„Gefällt's dir?"

Jetzt erst merke ich, dass er mich beobachtet. Meint er die Wohnung oder die Ketten?

Ich antworte ausweichend. „Es ist … beeindruckend."

Er lacht und führt mich in die Küche. Ich lehne am halbhohen Küchenschrank und sehe zu, wie er den Kaffeeautomaten bedient. „Wann willst du denn einziehen?"

„Wenn's geht zum nächsten Ersten."

„Ja, kein Problem. Bist du allein?"

„Ja. Hab mich vor kurzem getrennt. Und du?"

„Ich auch." Er lacht. „Also nicht getrennt, sondern sowieso allein. Ich steh generell nicht auf feste Bindungen." Wir sitzen am Küchentisch und trinken den ersten Schluck Kaffee. Er schaut mich augenzwinkernd an. „Es ist verrückt. Du hast noch die gleiche Wirkung auf mich wie damals."

Ich zucke leicht zusammen. „Wie meinst du das?"

„Du wirktest während der Schulzeit auch schon so selbstsicher." Er kneift taxierend die Augen zusammen. „Fast schon arrogant. Ich habe mich nie getraut, dich anzusprechen, jedoch gleichzeitig davon geträumt, dich zu beherrschen." Er lacht. „Damals natürlich noch nicht so deutlich wie heute."

Ich muss ebenfalls lachen. „Ich wirkte selbstsicher und arrogant? Das ist nicht dein Ernst. Ich war so was von schüchtern."

„Tatsächlich?" Er lehnt sich zurück und mustert mich mit deutlichem Interesse.

„Ja, tatsächlich."

„Und jetzt?"

„Was und jetzt?"

„Bist du immer noch schüchtern?"

Ich ziehe etwas den Kopf ein. „Ich fürchte ja, aber sag es nicht weiter."

Tim lacht. „Ich auch." Er mustert mich und scheint nachzudenken. Plötzlich klopft mir mein Herz bis zum Hals. Nervös drehe ich die Kaffeetasse in meinen Händen. Er lacht kurz auf und mein Blick fliegt auf ihn.

„Schade, dass du nicht auf SM stehst. Ich würde gerne mein Lieblingsspiel mit dir ausprobieren. Die Vorstellung macht mich gerade ziemlich an."

Ich fühle umgehend, wie ich rot werde. Verdammt, ich bin plötzlich erregt und … feucht. Oh Gott! Das ist ja furchtbar. Ich starre wie hypnotisiert auf die in der Mitte des Küchentisches stehende Zuckerdose.

„Du gehst ziemlich offen mit deinen … Vorlieben um."

Er seufzt. „Ja, irgendwann im Laufe der Jahre habe ich beschlossen, dass es einfach nur anstrengend ist, sich verstecken zu wollen. Und seit diesen Shades-of-Grauen-Books ist das Thema doch sowieso gesellschaftsfähig."

Ich muss kichern. „Shades of Grauen? Das ist gut."

Er grinst. „Die hast du auch gelesen, los, gib's zu."

Ich schüttele den Kopf, ziehe die Augenbrauen zusammen und sehe ihm fest in die Augen. „Ich nehme dir deine Lässigkeit nicht ab. Du tust nur so. Schüchternheit kann man nicht einfach so abstellen."

Er beugt sich vor und lehnt sich mit den Ellenbogen auf dem Tisch auf. „Nein, du hast recht. Das kann man nicht. Deswegen lache ich ja auch immer noch so viel, wenn ich es mit einer beeindruckenden Frau zu tun habe. Wie jetzt zum Beispiel. Aber man kann durchaus lernen, mit Gefühlen und Neigungen offener umzugehen."

Ich schlucke und bin ein bisschen neidisch.

„Willst du vielleicht doch mein Lieblingsspiel mit mir ausprobieren?"

„Nein!" Meine Stimme klingt ein wenig panisch.

„Feigling." Er lacht laut und ich muss auch lachen. Irgendwie wirkt er mit seinem offenen Charme beruhigend und ermutigend auf mich.

Er stößt mich freundschaftlich mit dem Ellenbogen an. „Na los, frag schon."

„Was?"

„Du kannst sonst die ganze Nacht nicht schlafen, weil du ständig darüber nachdenken musst, wie mein Lieblingsspiel geht."

Ich muss kichern. „Das könnte sein.“

Er freut sich und aus irgendwelchen unerfindlichen Gründen möchte ich ihn nicht enttäuschen. Ich tue ihm also den Gefallen. „Nun, wie geht dein Lieblingsspiel?“, frage ich ihn flapsig.

„Komm her, ich zeig es dir.“ Er macht Anstalten aufzustehen, und meine Hände zucken abwehrend hoch. „Du wolltest es nur erzählen!“

Tim lacht. „Sei nicht so panisch. Nur gucken. Los, komm schon.“

Wie ein Kind, das ein neues Spielzeug hat, denke ich und muss schmunzeln.

Er zieht mich hoch und ich folge ihm misstrauisch ins Wohnzimmer.

Hier hat er die Wand zwischen zwei Zimmern herausnehmen lassen. So ist ein großer Raum entstanden, in dessen Mitte zwei dicke hölzerne Stützbalken in ungefähr zweieinhalb Metern Abstand voneinander stehen. Tim stellt sich hinter mich und legt seine Hände auf meine Schultern. Er riecht gut, ganz leicht nach Aftershave.

„Siehst du die Balken da?“

„Ja.“

„Ich würde dich bitten, dich dazwischen zu stellen. Dann würde ich die Ketten, die dort hängen, um deinen Hals legen.“ Seine Stimme ist dunkel, leise, gemein verführerisch.

Ich bekomme eine Gänsehaut und kichere los wie eine pubertierende Dreizehnjährige. Mein vorlautes Mundwerk macht sich selbstständig. „Na, wenn's weiter nichts ist.“

Sein Mund ist dicht an meinem Ohr. „Okay, dann kannst du es ja probieren, oder? Vielleicht gefällt es dir ja doch.“

„Nö."

„Feigling."

Ich verdrehe die Augen. „Meinetwegen, wenn es dich glücklich macht. Aber es wird mir nicht gefallen."

Meine Hände werden feucht und zittern leicht. Aber er soll mich nicht für prüde und feige halten. Also folge ich widerstandslos dem leichten Druck seiner Hände auf meinen Schultern und lasse mich zwischen die Balken schieben.

Tim steht so dicht hinter mir, dass sein Brustkorb meinen Rücken berührt. Er greift nach der langen Kette rechts von mir, legt sie vorn an meinem Hals entlang und lässt sie über meine linke Schulter auf den Rücken hängen. Anschließend greift er nach der Kette auf der linken Seite, führt sie ebenfalls an meinem Hals entlang und lässt sie über die rechte Schulter auf meinen Rücken hängen.

Die langen, nicht allzu schweren Ketten umgeben jetzt fast wie ein Schal meinen Hals, sie überkreuzen sich an meiner Kehle und hängen nebeneinander auf meinen Rücken hinab.

Das Metall drückt kalt auf meine Haut, meine Lippen sind plötzlich trocken und ich befeuchte sie mit der Zunge.

Tim fährt mit den Fingern warm und sanft an den Ketten entlang, über meine Schlüsselbeine, meinen Hals und über meinen Nacken. Überdeutlich spüre ich seine Fingerspitzen auf meiner Haut. Ich habe eine Bluse an, deren oberste Knöpfe offen stehen. Er berührt meine Haut nur dort, wo er hinkommt, ohne den Stoff zu verschieben, und meine Finger zucken. Fast hebe ich die Hände, kann mich aber gerade noch beherrschen.

„Jetzt würde ich die Ketten hinten mit einem Karabiner verbinden", sagt er leise, fast zärtlich.

Ich rühre mich nicht. In meiner Vagina pulsiert das Blut so heftig, als ob mein Herz in mein Becken gesackt wäre. Tims Finger streichen federleicht über meinen Hals. Ich höre seine Stimme. „Darf ich es einmal tun? Nur ganz kurz?"

Ich stehe zwar immer noch stocksteif da, aber er soll trotzdem nicht merken, wie unsicher ich bin.

Er bettelt wie ein kleiner Junge, der von seiner Mutter Geld für ein Eis haben möchte. „Nur einmal ganz kurz. Okay? Bitte, bitte. Sag Ja."

Ich muss schon wieder lachen. „Ja, los, mach schon, aber nur für einen Moment."

Ich fühle, wie er langsam und sanft die Ketten anhebt, sie sorgfältig übereinanderlegt und dann in meinem Nacken mit einem Karabiner verbindet. Er streicht über meine Haare, genießt deutlich die Situation und irgendwie macht mich das plötzlich stolz. Das harte Metall liegt an meiner Haut. Es ist nicht zu eng. Ich kann gut atmen, aber die Ketten sind stramm genug, um mich ausgeliefert zu fühlen.

„Das sieht wirklich unglaublich heiß aus", raunt er.

Meine Arme zucken, doch ich zwinge mich, sie lässig hängen zu lassen. Jetzt bloß keine Unsicherheit zeigen.

Er steht hinter mir und streichelt beruhigend über meine Oberarme. Dann kämmt er mit den Fingern durch meine schulterlangen, braunen Haare. Seine Hände wandern auf meine Schlüsselbeine, streichen sanft meine Halsbeuge entlang und fahren die Konturen meines Kinns nach. Ich lehne meinen

Kopf etwas zurück und möchte fast die Augen schließen. Meine Lider flattern.

„Du bist geil", flüstert er heiser an meinem Ohr und berührt mit seinen Lippen mein Ohrläppchen.

Ich fühle mich gut, spüre seine Stimme wie eine Berührung auf meinem Körper. Es vibriert. Seine Begeisterung fördert mein Selbstbewusstsein und meine Erregung. Wieder fühle ich diese seltsame Art von Stolz.

Seine Finger wandern über meine Bluse auf meine Brüste und berühren ganz leicht meine Brustwarzen. Jetzt grinst er. „Hey, deine Nippel sind schon ganz hart. Dein Körper verrät dich."

Ich stöhne leicht genervt auf. Meine Erregung ist mir peinlich. Ich muss das irgendwie überspielen, oder soll ich so tun, als ob es mir nichts ausmacht? Meine Hände zucken jetzt doch hoch und ich kralle mich in seinen Unterarmen fest.

„Wenn man so angefasst wird …"

„Lass mich los, Mona."

Meine Hände gehorchen zitternd, ohne dass ich darüber nachdenke.

„So ist es gut." Er beginnt, langsam meine Bluse aufzuknöpfen. Oh Scheiße. Ich werde etwas panisch.

„Es ist gut. Genieße es einfach. Es ist nicht peinlich. Es ist wundervoll, dass du so reagierst. Entspann dich." Seine Stimme klingt plötzlich autoritär, aber gleichzeitig sanft und irgendwie … ich weiß nicht … ja, respektvoll. Sie klingt wirklich respektvoll. Wow, was für ein Gefühl. Was ist das? Geborgenheit? Sicherheit? Egal was es ist, es ist jedenfalls verdammt gut, viel besser als in meinen Fantasien.

Ich schlucke und registriere, dass er meine Bluse jetzt vollständig aufgeknöpft hat. Er streift sie mir ab und ohne lange zu zögern, öffnet er auch meinen BH und zieht ihn mir aus.

Ich hebe automatisch meine Arme und verschränke sie ungelenk vor meiner Brust, um mich vor seinen Blicken zu schützen.

Plötzlich sind seine Hände verschwunden, er entfernt sich. Mein Atem stockt und ich höre mein Herz schlagen. Ich stehe mit nacktem Oberkörper und einer Kette um den Hals mitten in seinem Wohnzimmer. Nein. Ich muss das jetzt beenden. Mein Kopf ruckt herum. „Wo bist du?"

Schon liegen seine Hände warm, weich, sanft, beruhigend wieder auf meinen Schultern und ich fühle seinen Körper an meinem Becken. Ich atme wieder.

„Alles in Ordnung", flüstert er, „ich habe nur die Manschetten für deine Handgelenke geholt."

Als wäre es das Selbstverständlichste von der Welt, umfasst er warm meinen rechten Unterarm. „Lass locker", flüstert er und zieht mir die Hand auf den Rücken. Warum wehre ich mich nicht?

Er befestigt eine lederne, angenehm weiche Manschette an meinem rechten Handgelenk, anschließend am linken. Dann hält er beide fest und ich höre wieder ein Klicken. Meine Hände sind nun auf meinem Rücken gefesselt.

Dann steht er plötzlich vor mir. „Sieh mich an."

Es ist ein Befehl und seine Stimme klingt nicht mehr freundlich. Mein Herz klopft augenblicklich bis zum Hals. Ich starre ihn an.

„Es macht mich unglaublich geil, dass du jetzt Angst vor mir hast."

Ich schlucke. Mein Körper bebt plötzlich. Tim ist mir unheimlich. Er ist zwar nicht viel größer als ich, vielleicht sieben oder acht Zentimeter, aber in diesem Moment fühle ich mich furchtbar klein.

Liebevoll streicht er über meine Wange und ich kann nicht anders, ich lehne meinen Kopf in seine Handfläche, zittere und sehne mir seine Freundlichkeit zurück.

„Keine Angst, es ist nur ein aufregendes Spiel. Ich tu dir nichts. Ich mach dich auch sofort wieder los. Lass es mich nur einen Moment genießen. Sei ehrlich. Es macht dich auch an, oder?"

Ich schließe die Augen und senke den Kopf, kann ihn nicht ansehen.

Er hebt mein Kinn an. Seine Stimme ist heiser. „Bist du feucht?"

Seine Augen sagen mir, dass er es sowieso schon weiß, und endlich kapiere ich, wie raffiniert der Mistkerl mich ausgetrickst hat. „Ja", schleudere ich ihm böse entgegen.

Er lacht, aber nicht gemein, sondern liebevoll. Seine Hand greift in meinen Nacken, zieht sanft an meinen Haaren, sodass ich zu ihm aufsehen muss. „Nicht böse sein", flüstert er. Dann küsst er mich, vorsichtig, verführerisch langsam und ganz zart. Meine Wut schmilzt dahin wie Vanilleeis im Sonnenschein. Atemlos öffne ich den Mund und lade ihn ein. Seine Zunge drängt weich und sanft zwischen meine Lippen und streichelt meine. Es fühlt sich wunderbar an. So muss ein Kuss sein.

Dann löst er sich von mir.

„Ich mache dich jetzt los."

„Nein, mach weiter", flüstere ich ohne zu denken. Ich kann nicht anders.

Er küsst mich noch einmal sehr zärtlich. „Nicht heute."

Tim löst die Fesseln und Ketten, hüllt mich in eine Decke, legt seinen Arm um meine Schultern und führt mich zur Couch. „Setz dich." Er rutscht dicht neben mich, hält den Körperkontakt.

Ich seufze.

„Tut mir leid, wenn du jetzt enttäuscht bist, aber bevor ich dich nicht besser kenne, spielen wir lieber nicht weiter. Die Gefahr, dass ich dich überfordere, ist mir zu groß. Schließlich habe ich dich ziemlich überrumpelt." Er lächelt.

Ich seufze erneut und er küsst mich auf die Stirn. „Möchtest du noch einen Kaffee?"

„Ja, gerne."

Er verlässt mich, geht in die Küche und mein Körper beruhigt sich. Langsam kann ich wieder normal denken und bin plötzlich ziemlich schockiert über das, was gerade passiert ist. Ich sitze halb nackt auf der Couch eines Mannes, den ich vor gefühlten fünfzig Jahren mal gekannt habe. Ich schaue mich um, entdecke meine Bluse, meinen BH und ziehe mich schnell an.

Tim kommt wieder und sieht mich mit einem durchdringenden Blick an. „Gut, dass ich die Kurve noch bekommen habe, denn du siehst wirklich geschockt aus."

Ich nicke, bin verlegen und senke den Kopf.

Tim nimmt mich liebevoll in den Arm und ich verstecke mein Gesicht an seiner Brust.

„Was hältst du davon, wenn wir heute Abend zusammen essen gehen und … alles andere lassen wir dann ganz, ganz langsam und lässig auf uns zukommen? Nichts muss, okay?" Seine Stimme klingt warm und herzlich.

Ich atme tief durch. „Okay. Sehr gerne."

KAPITEL 2

Den ganzen Tag lässt mich das Geschehene nicht mehr los. Mit Schrecken erinnere ich mich daran, wie ich einem völlig fremden Menschen gegenüber zu einem willenlosen Stück Fleisch geworden bin, und denke, ich muss die Verabredung absagen und mir woanders eine Wohnung mieten. Doch dann ist da die andere Stimme in meinem Kopf, die sagt, dass es sich so unglaublich gut angefühlt hat, dass es erregend war, dass ich diese Chance, meine geheimsten Fantasien mit diesem unglaublich aufregenden Mann auszuleben, wahrnehmen sollte.

Wir haben uns in einer Pizzeria verabredet, in der sich unsere Clique vor dem Abitur auch immer getroffen hat.

Mindestens zwanzigmal halte ich das Telefon in der Hand, um ihm abzusagen, drücke dann aber doch am Abend die Tür auf und betrete das Restaurant.

Tim sitzt am Rand des großen Raumes in einer Nische, sieht mich, steht auf und lächelt fröhlich.

Jetzt bin ich froh, dass ich nicht abgesagt habe. Tim fasst mich sanft an den Oberarmen an und gibt mir einen Hauch von Kuss auf die Wange. „Schön, dass du gekommen bist."

Er nimmt mir die Jacke ab und wir setzen uns einander gegenüber. Nachdem wir Getränke bestellt haben, legt er seine Hand auf meine. „Ich möchte mich noch einmal entschuldigen. Ich habe dich überrumpelt und deine Verwirrung ausgenutzt. Das ist sonst eigentlich nicht meine Art."

Ich räuspere mich. „Ist schon gut. War … eine interessante Erfahrung."

Er lächelt und ich rede schnell weiter, nicht dass es jetzt zu einem Missverständnis kommt. „Also, ich stehe aber trotzdem nicht auf so was."

Er zwinkert mich an. „Sei mir nicht böse, aber das glaube ich dir nicht mehr so ganz."

Ich werde etwas nervös, was er sofort bemerkt. „Themawechsel. Ich will dich nicht schon wieder überrumpeln." Der Kellner bringt uns Wein und wir bestellen das Essen. Der Alkohol lockert mich auf und so verbringen wir einen sehr angenehmen Abend miteinander. Wir plaudern über alte Zeiten, über unsere Mitschüler und was aus ihnen geworden ist, wir lachen über Erinnerungen aus unserer Schulzeit. Erst gegen dreiundzwanzig Uhr bezahlen wir und ziehen uns unsere Jacken an.

„Übernachtest du bei deinen Eltern?", fragt er mich.

„Ja, ich bewohne zurzeit das Gästezimmer und bin froh, wenn ich wieder meine eigenen vier Wände habe. Meine Mutter hat sich nämlich immer noch nicht daran gewöhnt, dass ich volljährig bin."

Er lacht. „Ja, deine Mutter war damals schon eine Glucke. Du kannst die Wohnung auch sofort haben. Sie steht ja leer."

„Das wäre super."

„Wo sind deine Möbel?"

„Noch in der alten Wohnung in Darmstadt. Ich rufe dich an, wenn ich einen Termin für den Umzug habe."

„Mach das, und wenn ich etwas helfen kann, sag Bescheid."

Ich bekomme noch einmal so einen Hauch von Kuss auf die Wange, rieche sein Aftershave und steige in mein Auto.

Am nächsten Morgen telefoniere ich mit Umzugsfirmen und organisiere die Aktion für die kommende Woche. Dann rufe ich Tim an und wir verabreden uns für den Abend, um den Mietvertrag zu unterzeichnen. Ich fahre zu ihm und mein Herz klopft mir bis zum Hals, als ich auf den Klingelknopf drücke. Warum eigentlich? Was erwarte ich? Innerlich rufe ich mich zur Ordnung. Dann öffnet er auch schon die Tür und sein Charme vertreibt augenblicklich jede Art von Nervosität und Lampenfieber. Er bittet mich in sein Wohnzimmer. Ich setze mich auf die Couch, er auf einen Sessel. Als mein Blick auf die Balken mit den Eisenringen fällt, spüre ich, wie mir das Blut ins Gesicht steigt, und ich habe das Gefühl, dass er mich sehr genau beobachtet, was meine Nerven etwas überfordert.

Tim schmunzelt und ich lache. „Ja, schon gut.“

„Was denn?“, fragt er gespielt harmlos und ich lache wieder. „Amüsier dich ruhig über mich.“

Er schmunzelt immer noch, sagt aber nichts, sondern legt mir den Mietvertrag vor. „Lies ihn dir in Ruhe durch, dann können wir über die einzelnen Positionen sprechen. Möchtest du ein Glas Wein?“

„Gerne“, nicke ich und greife nach dem Vertrag.

Da es ein Standardmietvertrag ist, brauchen wir nicht viel zu besprechen. Nachdem wir beide unterschrieben haben, prosten wir uns zu.

„Es freut mich sehr, dass du hier einziehst. Ich hoffe, wir werden gute Freunde“, sagt er und schaut mir so tief in die Augen, dass ich schon wieder nervös werde.

Ich kichere etwas albern. „Muss ich eigentlich damit rechnen, oben was von deinen sexuellen Vorlieben mitzubekommen?“

„Was meinst du?“

„Na ja, schreien, schlagen, kniende nackte Frauen vor der Haustür, was weiß ich. Man kann ja im Internet so einiges lesen kann.“

Er lächelt. „Nein. Bestimmt nicht.“

Irritiert schaue ich ihn an. „Wieso ist die Frage so lustig? Ich denke, du lebst das hier aus.“

„Schon, aber ganz sicher nicht das, was man im Internet findet.“

„Nein?“

„Nein. Ich gehe in keine BDSM-Clubs und finde auch nichts Erregendes daran, Frauen vor mir auf dem Fußboden rumrutschen zu lassen.“

Ich schaue wohl etwas verunsichert, denn er sieht sich genötigt, mir mehr zu erklären.

„Ich bin ein ganz normaler Mensch, der ganz normal mit Frauen umgeht und einfach Spaß daran hat, in der Liebe Dinge auszuleben, auch wenn sie“, er zuckt mit den Schultern, „sicher nicht ganz der Norm entsprechen. Es gibt einen kleinen Freundeskreis von Gleichgesinnten, aber alles ganz privat und wahrscheinlich viel harmloser, als du es dir anscheinend vorstellst.“

Sicher ist mir meine Erleichterung deutlich anzusehen, denn er legt mir seine Hand auf den Arm. „Schön, dass wir dieses Missverständnis schon mal ausräumen konnten, und falls ich es mit Frauen zu tun haben, die härtere Spiele mögen, habe ich unten noch einen schalldichten Keller.“

Ich zucke zusammen und er lacht. „Vergiss diese Info einfach wieder, bevor du den Mietvertrag zerreißt. Wäre schade."

Gequält grinse ich und drehe das Weinglas zwischen meinen Fingern. Ich möchte gerne mehr wissen, aber ich traue mich nicht, ihn zu fragen.

„Mona."

Ich schaue auf.

„Es reizt dich. Du hast es mir gestern deutlich gezeigt. Frag mich, was immer du willst."

Ich nicke. „Ja, okay. Es war sehr erregend. Wie ist es für dich? Was genau macht dir Spaß?"

„Es ist wunderbar, wenn sich eine selbstbewusste, starke Frau von mir fesseln lässt und sich mir damit wehrlos ausliefert. Sie gibt mir Macht über sich. Das ist ein sehr aufregendes Gefühl."

„Und … Schmerzen? Erregt es dich, einer Frau Schmerzen zuzufügen?"

„Ja, auch Schmerz. Es ist meistens nur sehr wenig Schmerz. Aber es gibt Frauen, die stärkere Reize mögen und das genieße ich auch." Er schweigt einen Moment nachdenklich. „Aber der Schmerz ist nicht der Reiz, er ist sozusagen nur Mittel zum Zweck. Es ist sehr erregend, wenn die Frau nervös und etwas ängstlich auf den Schmerz wartet, und dann ist es unglaublich geil, die Reaktion ihres Körpers zu sehen und ihre Hingabe zu erleben." Er zwinkert und setzt eine verschwörerische Miene auf. „Dazu gehen wir dann in den Keller."

Ich muss wohl zusammengezuckt sein, denn er drückt kurz meine Hand und lächelt. „Das muss aber nicht sein. Wichtig ist, dass beide das bekommen, was sie mögen. Verstehst du, was ich meine? Klar, es ist erregend für mich, einer Frau Schmerzen zuzufügen, aber vor allem reizt es mich zu erleben, dass ich sie dazu zwingen kann, ehrliche Gefühle zu zeigen, sich fallen zu lassen, und genau das genießt eine devot veranlagte Frau. Sie will sich mir ausliefern und die Verantwortung für ihr Handeln abgeben."

Er redet, ich sehe ihn an und fühle, wie ich feucht werde. Zwischen meinen Beinen breitet sich Wärme aus. Nervös rutsche ich auf dem Stuhl zurück und Tim lächelt. Mist, er sieht mir garantiert schon wieder an, was gerade mit mir passiert. Da hilft nur die Flucht nach vorn. Ich räuspere mich und versuche, meiner Stimme einen lässigen, flapsigen Klang zu geben. „Okay, ich gebe zu, was du da gerade beschreibst, hat einen gewissen Reiz."

„Genau diesen Tonfall würde ich dir jetzt sehr gerne austreiben." Er schaut mir direkt in die Augen, autoritär, dominant und gleichzeitig mit einem sanften Lächeln auf den Lippen.

Oh Gott, ich fahre voll darauf ab. Ich schlucke. Mein Mund ist trocken. Ich nehme einen großen Schluck Wein, um endlich meine Augen von ihm abwenden zu können. Als ob er mich mit seinen Blicken bereits fesseln wollte.

Er streichelt warm über meinen Unterarm. „Möchtest du, dass ich dir diesen Tonfall austreibe?" Seine Stimme ist liebevoll und mein Blick zuckt wieder hoch. Ich nicke.

Er setzt sich zu mir auf die Couch, legt seine Hände um mein Gesicht, küsst mich weich auf den Mund und ich schließe die Augen. Er ist zärtlich und sanft, verteilt kleine Küsse auf meinen Lippen und streicht mit den Daumen über meine Wangen.

Seine Zunge kitzelt meine Oberlippe, ich öffne den Mund. Eine Hand wandert auf meinen Hinterkopf, eine legt sich an mein Kinn und ich lasse es entspannt zu, dass er meinen Kopf etwas nach hinten neigt. Unsere Zungen treffen sich und umschlingen sich. Es fühlt sich unglaublich gut an, ich fühle mich geborgen, die Erregung wächst.

Tim löst seinen Mund von meinem, mustert mich und küsst mich auf die Stirn. Er lächelt. „Davon habe ich damals geträumt, aber in der Realität fühlt es sich besser an als in meinen Träumen."

„Ich habe auch davon geträumt und hätte nie gedacht, dass du dich für mich interessieren könntest."

„Möchtest du heute Nacht bei mir bleiben?"

Ich schlucke und mein Herz schlägt schneller. „Ich bin mir nicht sicher, ich meine, du bist jetzt mein Vermieter, was ist, wenn …"

„Hey, wir sind beide frei und bleiben das auch. Keine Verpflichtungen, keine Versprechungen, nur nette gemeinsame Stunden. Okay?"

Ja, das hört sich verdammt gut an. Nach meiner letzten Beziehung, die ziemlich unschön endete, ist Unabhängigkeit und Freiheit jetzt genau das Richtige für mich. Ich nicke und lächele ihn an. „Ja, ich möchte heute Nacht gerne bei dir bleiben."

Er küsst mich noch einmal. Dann fasst er meine Hand, steht auf und sagt: „Komm mit."

Er öffnet die Tür zu seinem Schlafzimmer und ich stocke. „Verabredet man nicht ein Safeword? Ich meine, ich weiß nicht, ähm …" Ich komme mir etwas blöd vor.

„Wir brauchen kein Safeword, wir spielen heute keine Spiele, die so etwas notwendig machen würden. Heute höre ich auf jedes einfache Nein von dir." Er grinst. „Ich hoffe allerdings, dass ich keins bekomme."

Ich folge ihm in sein Schlafzimmer, das keinerlei Ähnlichkeiten mit einer Folterkammer hat. Nur sein Bett hat Metallgitter am Kopf- und Fußende. Das ist das einzige Klischee, dem die Einrichtung entspricht.

Er lächelt, legt seine Hand in meinen Nacken und zieht mich zu sich heran. „Mona, hör einfach auf zu denken und genieße."

Ich atme tief durch. „Okay."

Dann küssen wir uns, streicheln uns und ziehen uns gegenseitig aus. Er hat einen wunderschönen Körper, muskulös, zum Anlehnen und Anschmiegen. Schließlich liegen wir nackt in seinem Bett. Er hat eine äh … beeindruckende Erektion und seine Finger zirkulieren um meine Klitoris herum. Er dringt mit einem Finger in mich ein und beobachtet lächelnd mein Gesicht. Ich streiche über sein Glied, umfasse seine Hoden. Meine Bewegungen sind etwas fahrig. Ich möchte ihn genauso verwöhnen wie er mich, aber ich bin unsicher. Ich hatte noch nicht viele Beziehungen und er ist mir noch so fremd.

Immer noch lächelnd zieht er seinen Finger zurück, dreht sich um, zieht eine Schublade auf und legt Ledermanschetten auf meinen Bauch. Ich atme schneller.

„Hast du dich schon mal fesseln lassen?"

„Nur von dir gestern."

„Und da hattest du hinterher kein gutes Gefühl?"

„Es war so unerwartet."

„Möchtest du es jetzt?"

Ich nicke.

„Wenn du dich nicht gut fühlst, befreie ich dich sofort. Klar?"

Wieder kann ich nur nicken.

Er hält mir auffordernd eine Manschette entgegen. Ich lege meine Hand hinein und schaue zu, wie er sie schließt. Das Gleiche passiert mit der anderen Hand.

Er greift noch einmal in die Schublade und ich sehe eine dünne Kette mit zwei Karabinern in seinen Händen. Tim befestigt einen an einer Handfessel, beugt sich über mich und zieht die Kette durch das Metallgitter am Bett. Meine Hand wird über meinen Kopf gezogen. Er wartet und ich lege die andere Hand daneben, sodass er den anderen Haken daran befestigen kann.

Ich spüre in mich hinein und merke, dass sich etwas in mir löst. Ich fühle mich auf eine seltsame Art befreit. Ich bewege meine Arme etwas, bis die Kette mich stoppt, und bin erstaunt, weil ich mich trotzdem entspannen kann. Er beobachtet mich und ich schaue ihm in die Augen.

„Wie fühlst du dich?" fragt er leise.

„Irgendwie frei?", antworte ich und kann nicht verhindern, dass es wie eine erstaunte Frage klingt.

Er nickt. „Eben hast du dir Sorgen gemacht, ob es mir gefällt, wenn du mich anfasst. Davon habe ich dich jetzt befreit."

Er hat recht. Ich brauche nicht mehr darüber nachzudenken, was ich tue, weil er jetzt die Verantwortung für mein Tun übernommen hat. Das befreit tatsächlich auf seltsame Weise.

Sein Finger sucht wieder meine Mitte. Nun muss er merken, dass ich noch feuchter, nein, nasser geworden bin. Seufzend öffne ich die Beine. Es ist unglaublich gut, nichts an einer Situation ändern zu können.

Unsere Blicke treffen sich, ich empfinde Liebe für ihn. Halt! Quatsch. Das ist unmöglich. Wir kennen uns doch noch gar nicht. Ich höre in mich hinein. Meine Gefühle für ihn sind sehr intensiv. Ich fühle mich ihm verbundener, als es normal wäre. Ich möchte, dass ihm mein Körper alles gibt, was ihn glücklich macht. Fast werde ich sentimental.

„Komm ein bisschen hoch", bittet er mich.

Ich stütze mich mit den Füßen auf und hebe meinen Po an, sodass er ein Kissen darunter schieben kann. Er betrachtet mich und als sein Blick über meine Schamlippen wandert, tritt neue cremige Nässe aus. Er drückt meine Beine lächelnd noch weiter auseinander, spreizt meine Schamlippen und betrachtet alles sehr genau. Ich stöhne, denn es ist unglaublich peinlich und gleichzeitig erregend, so völlig offen vor ihm zu liegen.

Noch einmal greift er neben sich, kniet sich dann zwischen meine Beine, reißt die Verpackung eines Kondoms auf und zieht es sich über. Er streicht mit seiner Eichel sanft um meine Lustperle herum und dringt dann fest, hart, aber nicht zu schnell in mich ein, greift an meine Oberschenkel und zieht mein Becken fest an sich, sodass ich ihn noch intensiver in mir fühle. Meine Arme werden etwas weiter gestreckt und ich müsste den Kopf heben, wenn ich ihn ansehen will. Ich bleibe jedoch liegen und schließe die Augen. Sein Schwanz ist dick und lang und es fühlt sich herrlich an, so ausgefüllt zu sein. Ich öffne mich ihm noch weiter.

Er lächelt. „Süße kleine Mona, so offen für mich, so bereit."

Ich stöhne auf. Seine Worte erzeugen ein sanftes Beben in meinem Körper. Ich öffne ein wenig träge die Augen und sehe durch halb geschlossene Wimpern sein Gesicht. Er hält inne und betrachtet meinen Körper, was meine Haut zum Prickeln bringt. Seine Hände streichen über meinen Bauch nach oben zu meinen Brüsten. Er massiert sie sanft und lehnt sich nach einer Weile langsam vor, lässt seine Beine nach hinten rutschen und liegt nun auf mir. Er stützt sich auf den Ellenbogen ab.

„Es fühlt sich gut an, in dir zu sein", flüstert er und streicht mir die Haare aus dem Gesicht.

Ich will etwas antworten, aber mir fällt vor lauter Fühlen nichts ein. Ich muss stöhnen und meine Hüfte bewegt sich von ganz allein gegen sein Becken. Er lächelt und beginnt, sich langsam wieder zu bewegen. Fast gemächlich zieht er sich zurück, um sich dann erneut in mich hineinzuschieben. Meine inneren Muskeln schmiegen sich fest um seinen Schwanz. Langsam steigt die Erregung in meinem Körper an. Leises Vibrieren wird zu sehnsüchtigem Ziehen.

„Mehr", flüstere ich. Sein Haar fällt ihm in die Stirn. Ich möchte meine Hände darin festkrallen, weil mir das jedoch verwehrt ist, drücke ich den Rücken durch, sodass sich meine harten Nippel gegen seine Brust drücken. Er macht kleine drehende Bewegungen mit seinem Becken und die Spannung in mir wächst weiter an. „Schneller. Mehr", stöhne ich gequält.

„Bitte mich darum."

Ich suche seinen Blick. Seine Augen glitzern dunkel. Gierig.

„Bitte fick mich schnell und hart", flüstere ich.

„Das habe ich auch vor." Er grinst, während seine Hände sich um meine Taille legen und zufassen. Er stößt einige Male härter zu und mein Unterleib drängt sich ihm entgegen.

Ja. Das ist gut. Das ist so gut. Dann wird er wieder langsamer und ich stöhne unzufrieden auf. „Bitte, Tim. Bitte mach schneller", jammere ich und er lacht. „Bist du immer so ungeduldig?"

Egal. Soll er mich auslachen. Ich habe jetzt definitiv keine Lust, mich zu schämen. Ich hatte schon viel zu lange keinen Mann und ich will jetzt sofort einen Orgasmus. „Bitte!"

Er küsst mich, tief und besitzergreifend, dann richtet er seinen Oberkörper auf und stößt fester und tiefer in mich hinein. Ich sehe ihn an. Das Spiel seiner Muskeln zu beobachten, turnt mich zusätzlich an. Er konzentriert sich jetzt ganz auf sein Tun, schaut auf seinen Schwanz, der immer wieder tief in meinen engen Gang stößt. Noch tiefer, noch härter und immer schneller. Er trifft meinen G-Punkt. Ich schreie auf, sehe die ersten Sterne vor meinen Augen. Wieder stimuliert er meinen empfindlichsten Punkt und es ist fast zu viel für mich. Sein Griff um meine Taille wird fester, ich kann ihm nicht ausweichen und die ersten heißen Wellen des Orgasmus überrollen mich, lassen weitere folgen und schließlich reißen sie mich mit in den Strudel des Höhepunktes.

Tim versteift sich, stöhnt tief aus der Kehle heraus und ergießt sich, noch mehrmals hart zustoßend, pumpend in mir. Ohne sich aus mir zurückzuziehen, lässt er sich langsam auf meinen Körper sinken, stützt sich mit den Ellenbogen neben meinem Kopf ab und seine Daumen streicheln mein Gesicht.

„Süße kleine Mona." Seine Stimme klingt wie Samt, so weich und unglaublich zärtlich.

Ich lächele ihn glücklich an. „Bitte mich jetzt um nichts, denn ich würde zu allem Ja sagen."

Er bedeckt meine Lippen mit kleinen, federleichten Küssen. „Du hast schon Ja gesagt."

KAPITEL 3

Es ist Wochenende und der Beginn meines Kurzurlaubes. Ich werde erst am Mittwoch wieder arbeiten. Endlich habe ich im Laden alles so weit geordnet, dass meine Angestellten auch mal ohne mich auskommen. Vier Wochen lang, den ganzen März über, war ich sogar sonntags im Geschäft, um die Buchführung auf Vordermann zu bringen und Preise von Lieferanten zu vergleichen. Nun habe ich aber endlich mein erstes richtig freies Wochenende in meiner neuen Wohnung, und der Wetterbericht verspricht angenehm warmes Frühlingswetter. Ich liege im Bett und strecke mich wohlig. Was mache ich mit meinem freien Samstag? Sehe ich Tim? Er hat sich nicht gemeldet, obwohl ich ihm per SMS geschrieben habe, dass ich die nächsten vier Tage frei habe. Das muss nichts bedeuten, denn er ruft mich oft erst am späten Nachmittag an, wenn er mich abends sehen will.

Es ist nichts Festes zwischen uns. Er hat mir nach unserer ersten Nacht gesagt, dass er mich sehr mag, aber trotzdem definitiv kein Interesse an einer festen Beziehung hat. Er arbeitet als Werbefachmann und freier Dozent, gibt Seminare und Workshops zu Themen wie Mentaltraining, Mitarbeitermotivation und Verkaufstraining. So ist er oft mehrere Tage lang verreist. Das Arrangement zwischen uns ist momentan perfekt für mich. Wir sehen uns, wenn wir beide es wollen, und viel Zeit hatte ich bisher ja sowieso nicht. Ich glaube, er hat Angst. Bindungsangst. Ich werde Geduld haben. Wenn er mich besser kennt, wird er bestimmt auftauen und mehr Nähe zulassen.

Es ist schön, wenn wir uns sehen. Er fesselt mich gerne und es erregt mich unglaublich, wenn ich ihm ausgeliefert bin. Manchmal verbindet er mir auch die Augen. Das erhöht den Reiz. Einmal hat er mich mit den Händen auf den nackten Po geschlagen, aber nur ganz leicht. Er spürte wohl, dass ich dafür nicht bereit war. Oder noch nicht bereit? Manchmal wünsche ich mir nämlich, dass er weiter geht, aber dann bin ich wieder froh, dass er so vorsichtig ist. Wartet er vielleicht darauf, dass ich meine Wünsche äußere? Das kann ich nicht. Mein Schamgefühl und meine Erziehung lassen das nicht zu.

Seufzend setze ich mich auf. Ich werde joggen gehen. Ja, das ist eine gute Idee. Normalerweise laufe ich abends, meistens drei- bis viermal in der Woche, doch seit ich den Laden übernommen habe, bin ich nur einmal die Woche dazu gekommen. An den anderen Abenden war ich zu müde oder habe Tim zuliebe darauf verzichtet. Heute habe ich Lust, die Morgensonne zu genießen. Auf dem Rückweg werde ich mir Brötchen kaufen und dann ein fürstliches Samstagsfrühstück veranstalten. Ich könnte auch bei Tim klingeln und ihn zum Frühstück einladen. Mehr als Nein sagen kann er ja nicht. Ja, das ist ein guter Plan.

Ich springe aus dem Bett, schlüpfe in die Laufklamotten, trinke noch schnell in der Küche ein Glas Saft, dann verlasse ich auch schon das Haus. Aus Tims Wohnung ist kein Laut zu hören. Kein Wunder, es ist Wochenende und erst kurz nach acht Uhr.

Ich laufe ungefähr sieben Kilometer, einmal quer durch den Park unserer Kleinstadt, durch die Fußgängerzone zurück bis zum Bäcker kurz vor der Hauptstraße. Ich kaufe Brötchen und gehe den Rest der Strecke bis nach Hause. Als ich dort ankomme, stehen zwei Typen vor der Tür. Einer ist eher klein, aber ziemlich breit und muskulös gebaut. Er hat blonde, sehr kurze Haare und macht ein mürrisches Gesicht. Nicht gerade sympathisch. Er trägt eine schwarze Lederhose und ein schwarzes, enges T-Shirt. Der andere ist mindestens einen Kopf größer als ich und breitschultrig wie ein American-Football-Spieler. Er trägt Jeans und ein graues, ausgeleiertes T-Shirt. Seine dunklen Haare fallen ihm wirr in die Stirn. Der Gesichtsausdruck ist ebenfalls männlich, kantig, und die dunkelbraunen Augen scheinen Röntgenstrahlen in die Welt zu schicken. Er wirkt ziemlich bedrohlich, aber um seine Augen herum haben sich kleine Falten gebildet. Er scheint gerne zu lachen. Ich nähere mich zögernd. Sie hören mich und drehen sich um.

„Guten Morgen, schöne Frau", sagt der Blonde und ich murmele einen Gegengruß. Der Große nickt mir mit einem freundlichen Lächeln zu. Er hat volle, schön geschwungene Lippen und ich kann seinem Blick nicht standhalten. Er schmunzelt. Hat er es etwa gemerkt? Verdammt!

„Willst du zu Tim? Er scheint nicht da zu sein."

„Nein. Ich wohne hier."

Er neigt den Kopf zur Seite. „Dann bist du Mona?"
Ich nicke. „Ja."

Der Blonde grinst und mustert mich unverfroren von Kopf bis Fuß. „Nett."

Arsch.

In diesem Moment surrt der automatische Öffner und Blondie dreht sich zur Tür. „Der alte Knabe ist ja doch da. Hat wohl noch selig geschlummert."

Er zieht die Tür auf, tritt zur Seite und macht eine einladende Handbewegung. „Bitte sehr, Lady."

Ich schlängele mich zwischen den beiden durch und sie folgen mir die Stufen hinauf. Tim steht in seiner geöffneten Wohnungstür. Er ist barfuß, trägt nur eine Jeans zum nackten Oberkörper und seine Haare sind ganz strubbelig. Er lächelt und als ich ihn erreiche, fasst er mit der Hand in meinen Nacken und küsst mich sanft auf den Mund. „Guten Morgen, Süße."

Er legt mir lässig einen Arm um die Schultern und dreht mich so, dass wir nebeneinanderstehen und seinem Besuch entgegensehen können. „Was wollt ihr denn um diese Zeit hier? Habt ihr kein Zuhause?"

Der Kleinere verdreht die Augen. „Wir sind verabredet, um für heute Abend einzukaufen. Schon vergessen?"

„Ach Mist. Ja."

Tim dreht sich halb zu mir und zeigt nacheinander auf den Kleinen und den Großen. „Das ist Dirk Baumann und das ist Leon Aurin." Dann deutet er mit dem Kopf auf mich. „Mona Winter, meine neue Mieterin."

Der Kleinere, Dirk, grinst. „Die Lady ist heute Abend natürlich auch herzlich eingeladen."

Irritiert sehe ich zu Tim auf. Er lächelt. „Dirk feiert heute Abend hier seinen Geburtstag."

„Oh. Ja. Dann ähm … herzlichen Glückwunsch."
Er nickt grinsend. „Danke."
Tim zieht eine Augenbraue hoch. „Ich weiß nicht, ob Mona sich mit uns wohlfühlt."

Was soll das denn? Will er mich nicht dabeihaben? Ich bin sofort wütend und versuche, mich aus seiner Umarmung zu lösen, doch er lässt mich nicht. „Keine Panik. Nicht falsch verstehen. Ich habe nichts dagegen, dass du runterkommst, ich bin mir nur nicht sicher, ob du mit den Leuten warm wirst."

Dirk winkt ab. „Tu nicht so, als ob wir Monster wären. Sagtest du nicht, ihr …"

„Schnauze. Ich sagte gar nichts", unterbricht Tim ihn rüde.

Ich verstehe kein Wort. Tim sieht mich nachdenklich an, dann zuckt er mit den Schultern. „Okay. Komm runter. Falls du dich nicht wohlfühlst, gehst du einfach. Hast es ja nicht weit."

Er lässt mich los und ich drehe mich halb um. Mein Blick begegnet den dunkelbraunen Augen von Leon. Er lehnt am Treppengeländer, hat die mächtigen Arme vor der Brust verschränkt und sieht mich an, als ob er meine Gedanken lesen wollte. Ich fühle Hitze in meinem Gesicht aufsteigen und drehe mich schnell zur Treppe.

„Um acht geht's los, Lady", ruft Dirk mir hinterher, während ich die ersten Stufen nach oben nehme.

Mit fahrigen Händen öffne ich meine Wohnungstür und gehe hinein. Mein Herz rast und meine Finger zittern. Warum? Verdammt! Was ist denn los mit mir?

Erst als ich nach dem Duschen am Frühstückstisch sitze, habe ich mich beruhigt. Was hat Tim bloß gemeint? Was sind das für Leute? Warum hat er Angst, ich könnte nicht mit ihnen klarkommen? SM-Szene? Wahrscheinlich ist alles viel harmloser, als ich denke. Er hat ja recht, denn sollte es mir nicht gefallen, muss ich nur eine Treppe nach oben steigen, um in meine Wohnung zu kommen.

Und was ziehe ich an?

Ich sitze auf dem Balkon, als ich mittags unten Stimmen höre. Neugierig beuge ich mich über die Balustrade und sehe in den Garten. Die drei Männer tragen aus einem dunklen Van Getränkekisten durch den Kellereingang ins Haus. Bevor ich mich zurückziehen kann, hebt Leon den Kopf. Selbst auf diese Entfernung spüre ich seinen Blick wie einen leichten elektrischen Schlag in meinem Körper. Er nickt mir zu, ich grüße kurz zurück und gehe schnell hinein.

Bevor ich die Wohnung verlasse, sehe ich noch mal in den großen Spiegel meines Schlafzimmerschrankes. Ich habe mich schlicht angezogen. Enge Jeans, dazu eine weiße Bluse, unter der man meinen schönsten Spitzen-BH durchschimmern sieht. An den Füßen trage ich Stiefeletten mit kleinen Absätzen. Damit es nicht zu langweilig aussieht, habe ich dazu einen Ledergürtel mit auffälliger silberner Schnalle gewählt. Westernstyle. Nicht gerade der aktuellen Mode entsprechend, aber so fühle ich mich wohl. Ist nun mal so.

Es ärgert mich, dass ich so nervös bin. Warum überhaupt? Ich bin es doch gewohnt, mit fremden Menschen umzugehen. Ich fühle mich wie damals, als junges, unsicheres Mädchen. Zu blöd. Entschlossen straffe ich mich und gehe hinunter. Ich klingele und Tim öffnet. Er lächelt, zieht mich in seine Arme und küsst mich. Na also, ist doch alles in Ordnung. Er führt mich in sein Wohnzimmer, in dem einige Leute herumsitzen und -stehen. Alle sehen mich neugierig an. Im Gegensatz zu den anderen Frauen wirkt meine Kleidung bieder. Die meisten sehen ganz schön schrill aus. Bunte Haare, Piercings im Gesicht, knallenge schwarze Lederröcke. Auch die Männer sind fast alle in Schwarz gekleidet.

Dirk kommt auf mich zu. „Guten Abend, kleine Lady, schön, dass du gekommen bist."

Ich lächele ihn an. „Danke für die Einladung." Ich halte die Flasche hoch, die ich mitgebracht habe. „Ich hoffe, du magst Wein."

Er sieht kurz aufs Etikett. „Klar doch. Immer. Komm, ich stelle dich mal vor."

Er legt den Arm um meine Schultern, als ob wir miteinander vertraut wären, und mir bleibt nichts anderes übrig als mitzuspielen, wenn ich ihm keine unschöne Szene machen will.

Tim ist bei einer Gruppe stehen geblieben, eine kleine Blonde sieht mit einem fast ehrfürchtigen Ausdruck zu ihm auf. Er flüstert ihr irgendetwas ins Ohr und küsst sie auf die Wange. Sie lächeln beide. Mist. Was soll das denn? Verdammt! Klar, zwischen uns ist nichts Festes, aber ich bin trotzdem ganz selbstverständlich davon ausgegangen, dass er nur mit mir was hat.

Ich habe keine Zeit, ausgiebiger darüber nachzudenken, weil Dirk mich weiteren Leuten vorstellt. Small Talk. Er nimmt seinen Arm nicht von meinen Schultern weg. Seine Nähe ist mir unangenehm, aber immer, wenn ich einen neuen Versuch mache, mich von ihm zu lösen, grinst er und zieht mich wieder an sich heran. Jetzt stellt sich eine sehr schlanke, hochgewachsene Frau in einem engen schwarzen, tief ausgeschnittenen Kleid zu uns. Sie hat streichholzkurze Haare und sehr dunkel geschminkte Augen. Er legt den anderen Arm um sie und küsst sie auf den Mund. „Valerie, das ist Mona, Mona, das ist Valerie."

Wir nicken uns zu. Sie mustert mich misstrauisch und wieder will ich mich von Dirk lösen, damit sie keine falschen Schlüsse zieht. Er grinst mich an. „Was ist, fühlst du dich bei mir nicht wohl?"

„Ich … ähm …"

„Lass Mona in Ruhe. Sie ist tabu." Mein Kopf zuckt herum. Tim steht plötzlich neben uns. Dirk gehorcht und aufatmend trete ich einen Schritt zur Seite. Zwei Typen schlendern heran. Tim nickt zu ihnen hinüber. „Mona, Steffen und Marko."

Wir sagen Hallo. Steffen dreht sich zu Marko. „Hol mir ein Bier." Was war das denn? Ich starre ihn an und er grinst. Marko fand den rüde ausgesprochenen Befehl anscheinend völlig normal, denn er ist ohne Zögern losgelaufen. Mir geht ein Licht auf. Natürlich. Die beiden sind ein Paar mit eindeutig verteilten Rollen.

Plötzlich fällt in meinem Kopf im wahrsten Sinne des Wortes der Groschen und in meinem Hals formt sich ein Kloß. Hier sind alle der gleichen Gesinnung. Ganz eindeutig. Da sitzt ein Typ im Sessel und ein Mädchen kniet daneben auf dem Fußboden und lehnt sich an sein Bein. Seine Hand streicht über ihr Haar, genauso, wie er auch einen Hund streicheln würde. Plötzlich erkenne ich eindeutig devote und dominante Gesten und verstehe nun die arrogante Haltung einiger Typen. Ich hasse meine Unerfahrenheit. Bin ich etwa auf einer richtigen SM-Party gelandet?

Ich atme tief durch. Okay. Locker bleiben. Ist doch nichts Besonderes. Und wenn ich Tim näherkommen will, sollte ich meine Hemmungen ablegen und seinen Freunden gegenüber aufgeschlossen sein.

Ich sehe Leon, der sich mit einem anderen Typen unterhält. Ob er wohl auch …? Ein Kribbeln schießt durch meinen Körper, während ich seine großen Hände und kräftigen Unterarme betrachte. Er wirkt sehr selbstbewusst, aber keineswegs arrogant. Er scheint auch keine Frau dabeizuhaben. Jetzt lässt er den Blick durch den Raum gleiten, sieht mich, nickt mir zu und lächelt kurz, bevor er sich wieder dem Typen zuwendet. Das Kribbeln steigert sich. Verdammt! Was soll denn das? Ich will doch gar nichts von so einem Muskelprotz.

Ungefähr zwei Stunden vergehen. Ich esse etwas von dem Büfett in der Küche, stehe meistens in Tims Nähe und höre zu, wie die anderen sich unterhalten. Ich kann nicht viel mitreden, weil ich über die meisten Themen nichts weiß. Sie reden über Musiktitel, die ich nicht kenne, und Filme, die ich nicht gesehen habe. Die meisten beachten mich kaum. Ich denke darüber nach, in meine Wohnung zu verschwinden, doch die Erinnerung an die Szene mit Tim und der Blonden lässt mich neben ihm verweilen.

Plötzlich passiert etwas. Tim, Dirk und ein anderer Typ nicken sich zu und gehen von drei Seiten auf Valerie zu. Ein paar andere Leute machen Platz. Die drei Männer stellen sich in der Mitte des Raumes um sie herum. Tim lächelt sie an und nimmt ihr das Glas, aus dem sie gerade getrunken hat, aus der Hand. Sie sieht ängstlich zu ihm auf.

„Zeit für deine Bestrafung, Valerie", sagt er freundlich und ich zucke zusammen. Was wird das hier?

Sie tritt einen Schritt zurück und stößt mit dem Rücken gegen die breite Brust des dritten Typen. Er legt seine Hände auf ihre Schultern. „Tim und Dirk werden heute die Strafe für dein freches Verhalten während des Frühstücks übernehmen, Prinzessin, damit du in Zukunft besser würdigen kannst, wie gut du es bei mir hast."

Valeries Blick huscht zu den Männern vor ihr. Beide verziehen keine Miene. „Bist du bereit, deine Strafe zu empfangen, Valerie?" Tim lächelt sie jetzt so liebevoll an, wie er mich anlächelt, wenn er mit mir spielt. Ein schmerzhafter Stich jagt durch mein Herz. Ich bin eifersüchtig.

Valerie schluckt deutlich sichtbar. Sie starrt die Männer an und haucht ein kaum wahrnehmbares „Ja".

Einige der Zuschauer grinsen. Tim streicht ihr über die Wange. „Gut. Dann wollen wir jetzt nach unten gehen."

Keiner der Anwesenden scheint sich darüber zu wundern. War das geplant? Wussten alle Bescheid?

Tim geht vorweg zur Wohnungstür. Dirk und der andere halten Valerie an den Oberarmen und folgen ihm. Wie ein Opfer, das dem Henker zugeführt wird. Die übrigen Geburtstagsgäste folgen ebenfalls. Ein paar lachen, einige flüstern und grinsen. Werden die alle zusehen? Ich bin hin- und hergerissen, schaffe es aber nicht, meiner Neugier zu widerstehen und gehe einfach mit.

Wir steigen die Treppe hinab bis in den Keller. Tim führt uns durch einen kleinen Gang in einen großen

Raum, der von kleinen Wandlampen nur notdürftig erhellt wird. Er wirkt fast wie ein kleiner Saal. Mehrere Säulen stützen die Decke. Tim muss einige Wände herausgerissen haben.

Meine Augen gewöhnen sich langsam an das Halbdunkel. Dann sehe ich alle möglichen Geräte, wie man sie von Internetfotos kennt. Ein großes Andreaskreuz mit Vorrichtungen für Fesselungen, Ketten, die von den Wänden hängen, ein langer Tisch mit Metallringen an den Seiten, an denen Delinquenten gefesselt werden können. Es gibt zwei halbhohe Schränke und an den Wänden hängen Peitschen, Gerten und alle möglichen Utensilien, von denen ich nicht weiß, wozu man sie benutzt. An einer Wand steht eine Couch, in den Ecken Sessel, zwischen den Schränken ein paar Stühle.

Die drei Männer führen Valerie in die Mitte des Raumes. Die Zuschauer verteilen sich drum herum. Ich bleibe etwas abseits stehen und starre wie hypnotisiert auf die Szene. Ich sollte gehen. Das hier ist nicht meine Welt. Aber ich kann nicht. Meine Füße fühlen sich wie einbetoniert an und ich kann den Blick nicht abwenden.

Tim dreht sich zur Wand und drückt auf mehrere Schalter. Zwei grelle Spots leuchten auf und erhellen den Schauplatz in der Mitte des Raumes wie eine Bühne. Einige der Zuschauer klatschen und kichern. Leise klassische Musik kommt aus unsichtbaren Lautsprechern.

Valerie starrt mit ausdrucksloser Miene auf Tim. Dirk und der andere lassen sie los und treten einen Schritt zurück. Sie schwankt kurz, steht dann frei und man sieht deutlich, dass ihre Hände zittern. Meine Hände zittern auch.

„Zieh dich aus, Valerie." Tims Stimme klingt ruhig und bestimmt.

Sie starrt ihn immer noch regungslos an und eine Minute lang ist es so still, dass man trotz der Musik die berühmte Stecknadel zu Boden fallen hören könnte.

„Jetzt", sagt der dritte Typ barsch und ich zucke gemeinsam mit Valerie zusammen. Ich beobachte, wie sie sich mit fahrigen, unbeholfenen Bewegungen auszieht. Sie hält den Kopf gesenkt, lässt die Kleidungsstücke achtlos vor sich auf den Boden fallen.

Mein Blick wandert zu den Männern und ein Schreck durchzuckt mich. Tim beobachtet mich. Eine Sekunde lang starren wir uns in die Augen. Plötzlich habe ich furchtbare Angst, er könnte mich in diese Horrorinszenierung hineinziehen. Ich senke unwillkürlich den Kopf und gehe einen Schritt zurück.

Als er Valerie wieder anspricht, zuckt auch mein Blick wieder zurück zu ihr. „Bist du zu Hause auch so unordentlich? Nimm dein Zeug und lege es sorgfältig gefaltet auf einen Stuhl", sagt er und die nun vollständig nackte Frau bückt sich, rauft alles zusammen und sieht sich suchend um. Sie ist knallrot im Gesicht. Ein paar Zuschauer machen Platz, sodass sie zu einem der Stühle laufen kann. Ihre Füße klatschen auf den Boden und ihr Po wackelt.

Das ist so entwürdigend. Sie hält den Kopf konstant gesenkt. Die Männer grinsen. Sie faltet ihre Sachen und legt sie auf den Stuhl. Der Slip entgleitet ihr, sie bückt sich, um ihn aufzuheben, und einige Zuschauer lachen.

„Sie soll mal ihren Arsch zeigen“, ruft jemand und Dirk grinst. „Komm her, Valerie, und knie dich hin, damit Sascha deinen Arsch bewundern kann.“

Sie gehorcht ohne zu zögern, tritt wieder in den Lichtkegel der Spots. Sie weiß anscheinend, was von ihr erwartet wird. Ohne eine weitere Aufforderung sinkt sie auf die Knie, drückt die Stirn auf den Fußboden und streckt den Po nach oben.

Einige Zuschauer applaudieren, einige pfeifen und johlen. Dirk tätschelt ihre Pobacken. „Die werden nachher schön leuchten. Das wird ihnen gut stehen.“ Wieder allgemeine Belustigung.

Tim wendet sich an den dritten Typen. „Julian, deine Frau hat wunderschöne Titten. Ich finde, du solltest sie verzieren. Wie ist es, trägt sie gerne Schmuck?“

Der Typ grinst. Ist sie ihm hörig? Valerie ist seine Partnerin! Für ihn erduldet sie das alles! Das kann sie doch unmöglich anmachen. Es ist so erniedrigend, so entwürdigend. Eine heiße Welle von Mitleid überwältigt mich fast, ich muss die Hände zu Fäusten ballen, um nicht zu ihr zu stürzen und ihr beizustehen.

Tim zeigt mit einem Kopfnicken auf einen der Schränke. „In der obersten Schublade findest du eine Auswahl an Klammern.“

Während Julian rüberschlendert, umfasst Tim Valeries Kehle und zwingt sie so, den Kopf zu heben. Ihr Po landet auf ihren Fersen. Ihr in den Nacken gestreckter Kopf lehnt an seinen Beinen. Er mustert sie durchdringend, sie schließt ergeben die Augen und er streicht zart über ihr Gesicht. Noch einmal sticht es in meiner Brust, als ob man mir ein Messer ins Herz rammen würde. Eifersucht pur.

Julian ist zurück und Tim lässt Valerie los.

„Sieh mich an", sagt Julian und sie gehorcht.

„Sie soll aufstehen, von hier sieht man sonst nichts", ruft jemand. Es ist eine Frauenstimme.

Dirk zieht Valerie hoch. Er hält sie an den Oberarmen, sodass sie mit dem Rücken an ihm lehnt. Julian tätschelt ihre rechte Brust, grinst und befestigt eine Metallklemme an ihrem Nippel. Sie zuckt, wimmert und die Leute murmeln beifällige Worte.

Oh Gott! Muss das wehtun! Das können sie doch nicht machen! Julians Hand nähert sich der anderen Brust. Valerie versucht, sich zu wehren, doch Dirk zieht ihr die Oberarme auf den Rücken, sodass ihre Brüste noch weiter vorstehen. Er hält Valerie erbarmungslos fest. Julian lässt sich beim Befestigen der zweiten Klammer Zeit. Fast wie in Zeitlupe dreht er an der kleinen Schraube und Valerie bäumt sich auf, wimmert laut. Tränen laufen über ihre Wangen. Er lächelt. Das ist pervers. Das ist wirklich so was von pervers. Ich muss schlucken und die Lippen fest zusammenpressen, um nicht loszuschreien, dass sie aufhören sollen.

„Ich wette, sie läuft schon aus", ruft jemand. Alle lachen. Julian stellt sich dicht vor sie. „Mach die Beine breit." Dirk drängt sich von hinten zwischen ihre Füße und Julian fasst ihr zwischen die Beine. „Klatschnass", sagt er und reckt die Finger in die Luft, damit alle die Feuchtigkeit dort sehen können.

In diesem Moment merke ich, dass ich auch feucht geworden bin. Mein Herz klopft mir bis zum Hals und ich schäme mich furchtbar. Es erregt mich, das Leiden dieser Frau zu sehen? Oh Gott! Das will ich nicht. Ich muss hier raus, aber ich kann nicht. Ich stehe wie festgewachsen da und starre auf die Szene im hellen Scheinwerferlicht. Wieder begegnet mir Tims Blick. Er schmunzelt, als ob er gerade in mein Höschen gefasst hätte, und ich sehe schnell zur Seite. Mein Gesicht wird heiß.

Metall rasselt. Sie haben Manschetten um Valeries Handgelenke gelegt, sie an den Ketten befestigt und ziehen sie jetzt daran hoch, sodass sie mit nach oben ausgestreckten Armen dasteht. Auch ihre Füße sind gespreizt an die im Boden eingelassenen Ringen befestigt. Jeder hat jetzt eine uneingeschränkte freie Sicht auf ihren ganzen Körper. Sie ist vollständig wehrlos.

Dirk beginnt, sie mit den Händen zu schlagen. Es klatscht, wenn er auf ihre Pobacken oder ihre Oberschenkel trifft. Nach einigen Hieben hört er auf und Tim macht weiter, dann schlägt Dirk sie wieder, sogar die Brüste schlagen sie, obwohl da doch schon die Klammern sitzen. Sie strampelt, jammert, wimmert und Tränen laufen über ihre Wangen. Die Schminke um ihre Augen herum zerläuft, tropft auf ihre Wangen. Sie sieht erbarmungswürdig aus.

Irgendwann hören sie auf, sie zu schlagen, und Julian stellt sich vor sie. Sie lässt sich den Kopf in den Nacken ziehen, wirkt ergeben und unterwürfig. Er küsst sie, schiebt seine Zunge in ihren Mund. Schließlich betrachtet er sie und nimmt ihr grinsend nacheinander die Klemmen ab. Beide Male schreit sie auf. Ihr Körper bebt. Er küsst sie noch einmal.

Ich atme auf. Das war's. Sie haben genug. Gleich werden sie sie befreien und das Schauspiel hat ein Ende. Niemals wieder werde ich mir so etwas ansehen und ich werde Tim sagen, dass ich mich geirrt habe. Ich will normalen Sex und ganz sicher nicht so etwas.

Ich will mich wegdrehen, da höre ich Tims Stimme. „Trink. So ist es gut. Du willst doch durchhalten. Der Hauptgang wird hart. Sehr hart."

Mein Blick zuckt wieder auf die Frau. Tim drückt ihr ein Glas an die Lippen und sie trinkt gierig.

Anschließend stellt Julian sich vor sie. Er hält einen runden Gegenstand vor ihr Gesicht. Was ist das? Einen gefühlt ewig langen Moment starren sie sich an, er sagt nichts. Dann öffnet sie den Mund und ich begreife. Es ist ein Knebel. Er knebelt sie? Wenn sie jetzt weitermachen, kann sie nicht mehr sagen, wenn es zu viel ist. Oh Gott! Das können sie doch nicht tun!

Nachdem er dieses Teil befestigt hat, tritt Julian einen Schritt zurück und Tim stellt sich vor sie. Er hält eine Gerte in der Hand. „Ich werde dir jetzt viele hübsche Striemen verpassen, von denen du einige Tage lang etwas haben wirst, Valerie. Ich hoffe, du hältst es eine Weile aus."

Sie starrt regungslos nach vorn auf Julian. Im Raum ist es jetzt ganz still. Tim tritt zurück und streicht mit der Gerte über ihren Körper. Sie zuckt, als er zwischen ihren Beinen entlangfährt. Nach einer Weile stellt er sich hinter sie und schlägt ohne Vorwarnung fest auf ihren Po. Sie schreit durch den Knebel hindurch, ihr Körper bäumt sich auf. Julian steht regungslos ungefähr zwei Meter vor ihr und sieht ihr ins Gesicht. Dieser Arsch! Das ist doch seine Partnerin! Hat er denn gar kein Mitleid?

Tim schlägt wieder hart zu.

Jetzt trifft er die Rückseiten ihrer Oberschenkel. Ein roter Striemen bleibt zurück.

Mein Blick zuckt durch den Raum. Niemand scheint schockiert darüber zu sein, im Gegenteil.

Alle sehen ziemlich gelassen zu, manche grinsen schadenfroh. Einige knien ergeben, als ob sie das gleiche Schicksal erwarten würden.

Haben hier alle den Verstand verloren? Da muss man doch einschreiten! Sie werden sie umbringen! Ich kann das nicht zulassen, mache einen Schritt nach vorn und hole tief Luft, um die Arschlöcher anzuschreien. Doch in diesem Moment legt sich eine Hand auf meinen Mund und ein Arm umfasst von hinten meine Taille inklusive der Arme. Ich werde an einen warmen, festen Körper gepresst und habe keine Chance, mich zu befreien. Der Typ ist stark wie ein Bär. Die Umstehenden merken nicht mal, was passiert, so sinnlos sind meine panischen Befreiungsversuche in dieser fiesen Umklammerung.

Der Kerl zieht mich zurück hinter die Zuschauerreihen. „Ganz ruhig. Ich tu dir nichts", flüstert er in mein Ohr.

Ich wimmere wütend gegen die Handfläche auf meinem Mund, will ihn beißen und versuche, nach ihm zu treten.

„Ruhe! Hör sofort auf oder ich tu dir doch was", zischt er stinksauer und ich erstarre. Seine Umklammerung lässt nicht nach. Mein Wimmern wird zu einem Schnaufen. „Sie macht das freiwillig. Sie hat sich das gewünscht und du wirst ihr diese Session nicht kaputtmachen", flüstert er eindringlich. Ich wehre mich immer noch, obwohl es total sinnlos ist. Ich habe Panik und denke nicht nach.

„Ganz ruhig. Hör auf zu zappeln. Du brauchst keine Angst zu haben. Ich will nur nicht, dass du störst." Seine Stimme klingt jetzt besänftigend. Meine Kräfte lassen nach. Ich gebe auf. „So ist es gut", flüstert er. „Dir passiert nichts. Wir warten nur ab, bis sie fertig sind."

Während sie weiter auf Valeries armen Körper einschlagen, hänge ich in der Umklammerung dieses Typen. Mein Herz hämmert so laut, dass es eigentlich im ganzen Raum zu hören sein müsste. Aber niemand kümmert sich um mich und meine Zwangslage.

„Stopp. Sie hat genug." Julians Stimme ist so eindringlich, dass meine Aufmerksamkeit wieder nach vorn gelenkt wird.

Er steht dicht vor Valerie, die leise in ihren Knebel wimmert. „Lasst uns jetzt allein."

Die Zuschauer drehen sich um und verlassen den Raum. Tim kommt auf mich zu. Er runzelt die Stirn. „Was ist passiert?", fragt er leise und der Typ, der mich hält, seufzt genervt. „Sie wollte sie retten."

„Lass sie nicht los", sagt Tim und ich will empört aufschreien, doch wieder dringt nur ein Schnaufen aus meiner Nase.

Tim geht vor uns aus dem Raum und ich werde nach ihm durch den kleinen Gang in einen anderen geschoben. Helles Neonlicht flackert auf. Es ist ein normaler, kleiner Kellerraum mit Regalen und einer Tiefkühltruhe.

Er schließt die Tür hinter uns, dreht sich um und sieht mich an. „Wir müssen irgendwo in Ruhe mit ihr reden, damit sie zur Vernunft kommt. Wenn sie die Polizei ruft, freuen sich die Nachbarn, Valerie bringt mich um und die anderen sind sauer, dass eine Außenstehende eingeladen wurde, ohne es vorher mit ihnen abzusprechen."

„Ich nehme sie mit, dann wird sie sich schon beruhigen", brummt der Typ, der mich festhält. „Aber wir müssen sie fesseln und knebeln, sonst halten uns die Bullen auf der Straße an."

Tim grinst. „Das macht dir jetzt richtig Spaß, was?"

Der Typ grunzt wie ein Wildschwein. Tränen lassen mein Sichtfeld verschwimmen. Diese Arschlöcher werden mich genauso vernichten, wie sie Valerie fertiggemacht haben. Ob die Arme überhaupt noch lebt? Was machen sie mit den Frauen, wenn sie mit ihnen fertig sind, irgendwo im Wald abladen? Oh Gott! Ich will noch nicht sterben.

„Keine Angst, Mona, dir passiert nichts", sagt Tim und zwinkert auch noch fröhlich. Dann verlässt er den Raum. Ich bin allein mit diesem Typen. Es ist plötzlich ganz still. Ich bin nur noch verzweifelt und will nichts mehr, als mich in meiner Wohnung verbarrikadieren und niemanden mehr sehen. Steif wie ein Stock hänge ich in seinem Arm, aber der Typ kennt keine Gnade. Er löst seine Schraubstock-Umklammerung nicht einen Millimeter. „Nun hör schon auf, dich zu wehren. Betrachte es als kleines aufregendes Spiel. So was magst du doch bestimmt", knurrt er und mein Herz donnert in doppelter Geschwindigkeit weiter. Fast bin ich froh, als Tim wieder da ist, doch als ich sehe, was er in den Händen hält, kommt die Panik mit doppelter Kraft zurück.

Bevor ich richtig kapiere, was geschieht, ist die Hand vor meinem Mund verschwunden, dafür so ein Knebel drin, wie sie ihn auch bei Valerie benutzt haben. Dann drücken sie mich nach vorn auf den harten, kalten Betonboden und meine Hände werden auf dem Rücken gefesselt. Zum Schluss schnüren sie noch meine Füße zusammen. Dann drehen sie mich um.

Ich sehe in das Gesicht von Leon. Er ist es also, der mich die ganze Zeit umklammert hielt. Seltsamerweise lässt die Panik bei dieser Erkenntnis augenblicklich nach. Leon schmunzelt.

Er hat das gemerkt! So ein Arsch!

Ich liege auf meinen gefesselten Händen, wodurch mein Kopf relativ weit in den Nacken gestreckt ist und sich mein Unterleib den Männern geradezu entgegenreckt. Hektisch versuche ich mich aufzurichten, doch es ist mir nicht möglich und durch die Nase schnaufend gebe ich auf. Die Männer sehen so gelassen auf mich und meine panischen Bewegungsversuche hinab, als wäre ich ein Hummer, der hilflos in einem Eimer herumkrabbelnd darauf wartet, lebendig in kochendes Wasser geworfen zu werden.

„Sie hat vier Tage frei und ihre Eltern sind verreist. Es wird sie also niemand suchen", sagt Tim und mein Paniklevel steigt umgehend bis ins Universum hinauf.

„Nicht doch. Du stößt dir noch den Kopf." Tim greift in meine Haare und legt eine Hand auf meinen Brustkorb. „So meinte ich das nicht, Mona. Sorry. Du brauchst wirklich keine Angst zu haben. Es ist meine Schuld, ich hätte mit dir darüber reden müssen, was heute Abend geplant ist. Es tut mir leid. Leon nimmt dich jetzt mit und wird dir alles erklären. Wir müssen sicher gehen, dass Valerie geschützt bleibt, denn es wäre ganz schrecklich für sie, wenn du die Polizei rufst und sie sich rechtfertigen müsste oder gar etwas von dem Geschehenen an die Öffentlichkeit dringt."

Ich verstehe kein Wort, aber mit meinen Augen flehe ich ihn an, mir das nicht anzutun.

Leon umfasst meinen Nacken und hebt meinen Oberkörper an. „Lass es gut sein, Tim. Im Moment versteht sie sowieso nur Bahnhof. Ich fahre jetzt. Wenn wir bei mir sind, rede ich in Ruhe mit ihr."

Er nickt und Leon zieht mich ganz hoch. Ich stehe kurz, dann werde ich hochgeschleudert und lande kopfüber wie ein Mehlsack über seiner Schulter. Himmel, muss der Typ Kraft haben.

Er trägt mich über die Kellertreppe nach draußen. Mit einer Hand hält er meine Beine, die andere umfasst eine meiner Pobacken. Das macht ihm garantiert Spaß. Perverser Widerling! Wenn sie mich nicht geknebelt hätten, würde ich jetzt mit aller Kraft zubeißen.

Tim öffnet die Schiebetür des Vans, den ich am Mittag schon gesehen habe, und ich lande auf dem Teppich im Auto. Immerhin lässt Leon mich sanft herunter. Unsere Blicke begegnen sich kurz und er tätschelt grinsend meinen Oberschenkel. Er ist kein Arsch, er ist ein Oberarsch. Ich funkele ihn wütend an, was ihn allerdings kein bisschen beeindruckt.

Die Tür wird zugeschoben. Einen Moment lang ist es still und ich vermisse seinen Geruch. Ein Gemisch aus Aftershave, Seife und Mann. Mich überkommt ein irres Gefühl von Heiterkeit. Hätte ich keinen Knebel im Mund, würde ich wie eine pubertierende Vierzehnjährige vor ihrem ersten Kuss kichern.

Bevor ich mir selber bescheinige, dass ich verrückt geworden bin, klappt die Fahrertür zu und der Motor springt an.

„Es ist unbequem, ich weiß, aber du wirst es überleben. Die Fahrt dauert nicht lange", sagt er gelassen und ich möchte ihm wüste Schimpfworte an
den Kopf werfen, doch durch den Knebel dringt nur
ein leises Wimmern.

Leise Musik ertönt. Schon wieder Klassik. Was für
ein Scheiß!

KAPITEL 4

Ich habe keine Ahnung, wohin es geht. Mein Zeitgefühl ist vollständig flöten gegangen. Wir sind aus der Kleinstadt hinausgefahren und waren auf Landstraßen unterwegs. Jedenfalls vermute ich das, denn es gab plötzlich keine Straßenlaternen mehr und der Motor surrte eine ganze Weile lang ziemlich gleichmäßig. Jetzt blinkt Leon und biegt auf einen holprigen Weg ab. Mein Körper wird hin und her geworfen, mein Herz klopft schneller. Wir sind irgendwo in der Wildnis. Garantiert. Er wird mich doch umbringen. Die Erkenntnis lässt mein Herz rasen.

Er bremst und der Motor geht aus. Es ist stockdunkel draußen. Als er die Tür öffnet, strömt frische Luft herein. Es riecht nach Wald. Ja, ganz eindeutig Wald. Mein Schicksal ist besiegelt, denn ich habe keine Chance gegen ihn. Mein Körper zittert und ich möchte schreien.

Als er die Schiebetür öffnet, zucke ich zusammen und starre ihm im Schein des kleinen Deckenlichtes entgegen. Sein Gesicht zeigt keine Regung.

„Wir sind da", sagt er. „Halt still. Ich mache die Fußfesseln auf, damit du laufen kannst."

Er fummelt an meinen Füßen herum, dann hält er mich an den Oberarmen und hilft mir aus dem Auto heraus. Ich will nicht, dass er mich anfasst, und meine Muskeln versteifen sich, ich verliere das Gleichgewicht und falle gegen seinen Körper. Er ist so stabil und stark, dass er nicht mal ins Wanken gerät. Mein Gesicht landet auf seinem T-Shirt. Leon ist warm und sein Geruch so angenehm. Das passt doch nicht zu einem Mörder. Wenn ich könnte, würde ich mich an ihn klammern und um Gnade betteln. Er schiebt mich ein Stück weg und wartet, bis ich fest auf dem Boden stehe. Dann lässt er mich los.

„Der Bewegungsmelder ist anscheinend defekt, denn das Außenlicht geht nicht an. Aber ich habe eine Taschenlampe im Handschuhfach.“

Er tritt einen Schritt zur Seite und öffnet die Beifahrertür. Das ist meine Chance! Ich drehe mich vom Auto weg und renne los. Einfach geradeaus, in die Dunkelheit hinein.

„Nicht! Du tust dir noch weh!“, ruft er und ich laufe noch schneller. „Fuck!“, höre ich ihn brüllen und die Autotür wird zugeschlagen.

Ich bin schnell! Ich schaffe das! Ja!

Der Kegel einer starken Taschenlampe erfasst den Wald vor mir. Undurchdringliches Grün, aber ich achte nicht darauf, nur weiter, weiter, schneller, nur weg von ihm. Raus aus dem Licht, dann bin ich in Sicherheit!

Ein scharfer Schmerz zuckt durch mein rechtes Bein. Ich hänge irgendwo fest, verliere das Gleichgewicht, falle auf die Knie und dann mit dem Oberkörper nach vorn. Da meine Arme immer noch auf dem Rücken gefesselt sind, kann ich mich nicht abstützen. Zweige fangen mich auf und dämpfen den Aufprall. Bis auf einen dumpfen Schlag gegen die Stirn tut es kaum weh, aber Sekunden später brennen mein Gesicht, meine Brust und mein Bauch wie Feuer. Ich stöhne auf, will mich aufrappeln, doch bei jeder Bewegung sticht, brennt und kratzt es irgendwo. Was ist das? Die Erkenntnis kommt beim nächsten Bewegungsversuch. Es sind Dornen. Ich liege in einem Dornenbusch und mein rechter Fuß hängt irgendwo fest. Es fühlt sich an, als ob sich Heftzwecken an tausend Stellen gleichzeitig in meine Haut bohren, sobald ich auch nur die kleinste Bewegung mache. Oh Scheiße, tut das weh. Tränen laufen mir aus den Augen und ich bleibe, durch die Nase schnaufend, bewegungslos liegen.

Dann hat Leon mich eingeholt. Er atmet normal, hat es anscheinend nicht für nötig gehalten, zu rennen. Der Mistkerl! Wahrscheinlich macht es ihm diebischen Spaß, mich hier liegen zu sehen.

Er steht über mir und leuchtet mich an. „Mädchen, was machst du denn? Du kannst doch nicht einfach ins Dunkle rennen! Du hättest dir das Genick brechen können!"

Ein seltsamer, albern gurgelnder Ton findet den Weg durch den Knebel. Am liebsten würde ich brüllen. Ich rühre mich nicht, denn es tut einfach zu weh.

Jetzt beugt er sich über mich. „Mitten in die Brombeeren. Das hast du ja klasse hinbekommen." Er legt eine Hand auf meinen Oberschenkel, direkt unter meinen Po. „Versuch, dich zu entspannen und ganz still liegen zu bleiben, dann tut es nicht so weh, wenn ich dich da raushebe."

Ich höre Holz brechen, dann bewegt er meinen rechten Fuß. „So, das haben wir schon mal." Ich will aufstehen, doch sofort zerkratzen mich wieder tausend Dornen. „Sch … nicht doch. Warte."

Ich rühre mich nicht mehr, aber ich spüre, dass meine Muskeln zittern. Jetzt fühle ich seinen festen Griff um einen meiner Oberarme herum. Er hebt mich sachte ein Stück an. Wieder Kratzen und Brennen, ich schnaufe und sein anderer Arme schiebt sich unter meinen Körper auf meine Rippen. Er hebt mich hoch und lässt mich zur anderen Seite sanft wieder runter.

Jetzt liege ich auf kühlem Erdboden. Oh Gott, was für eine Erleichterung. Er löst die Fesseln an meinen Handgelenken und befreit mich von dem Knebel. Dann dreht er mich auf den Rücken. Ich sehe im Licht der Taschenlampe, die er neben mir auf den Boden gelegt hat, schemenhaft sein Gesicht. Er hockt vor mir, einen Arm auf ein Knie aufgestützt. Selbst in dieser Position wirkt er riesengroß. Ich bin ihm ausgeliefert. Er wird mich töten. In mir ist kein Mut und keine Kraft mehr. Ich habe verloren. Meine Haut schmerzt wie bei einem schlimmen Sonnenbrand und ich bewege mich nicht. Irgendetwas in mir zerbricht. Ich verliere jeglichen Selbsterhaltungstrieb. Tränen laufen aus meinen Augen, ich stoße seltsame Laute aus. Alles ist plötzlich egal.

Er beugt sich herunter, streicht mir sanft mit dem Finger die Haare aus dem Gesicht. „Ist ja gut, keine Angst, beruhige dich. Wieso bekommst du denn plötzlich solche Panik? Ich dachte, du hast kapiert, dass ich dir nichts tue." Die sanfte Berührung ist wie ein Rettungsanker. Mein Gesicht schmiegt sich an seine große Hand, ohne dass ich es verhindern kann.

Er seufzt. „Na komm, halt dich fest."

Ich schlinge meine Arme um seinen Nacken und er hebt mich hoch. Mein Gesicht landet an seiner Brust, ich heule wie ein Schlosshund und sauge seinen Geruch in mich ein. Noch nie hat mich ein Mann getragen und es scheint ihn nicht mal anzustrengen. Ich fühle, wie sich seine Brustmuskeln bewegen, höre seine regelmäßigen Atemzüge und weine einfach völlig haltlos weiter.

Er trägt mich bis vor eine Tür, lässt mich vorsichtig runter und ich zucke zusammen, als ich das rechte Bein belaste. Sein starker Arm hält mich, während er aufschließt. Schon hat er mich wieder hochgehoben und trägt mich hinein. Ich weine immer noch unkontrolliert wie ein kleines Kind und klammere mich an seinen Hals. Er macht Licht und schiebt die Tür mit dem Fuß hinter uns zu. Seufzend lässt er sich auf eine Couch fallen, ohne mich loszulassen. Ich sitze auf seinem Schoß und heule in sein schon völlig durchnässtes T-Shirt. Seine Hand streicht über meinen Rücken. „Sch … Beruhige dich, Mona, alles ist gut. Ich tu dir nichts."

„Es tut mir leid", bringe ich zwischen zwei Schluchzern hervor, „ich hatte doch solche Angst … Ich wusste doch nicht … ich mach das nie wieder … Bitte … es tut mir wirklich leid, ich hab doch mit Tim nur … Das war einfach zu viel … das musst du verstehen … Ich sage ganz bestimmt niemandem was."

Zwischen den Schluchzern blubbern alle wirren Gedankenfetzen aus meinem Kopf ungefiltert über meine Lippen. Wahrscheinlich versteht er kein Wort. Aber er hält mich, geduldig, ganz fest und sicher. Seine Wange liegt an meinem Haar, seine Hand streicht immer wieder warm über meinen Oberschenkel und er murmelt leise besänftigende Worte. Endlich werde ich ruhiger. Einige letzte trockene Schluchzer lassen meinen Körper noch beben. Ich kann mich nicht erinnern, jemals vorher in meinem Leben so sehr die Fassung verloren zu haben.

Während ich noch etwas Zeit brauche, um mich ganz zu beruhigen, beginnt er, die Manschetten von meinen Handgelenken zu lösen. Meine Augen verfolgen seine Bewegungen. Es ist still und es ist ein seltsames Bild, diese Lederfesseln an meinen Armen und seine großen Hände mit den deutlich hervortretenden Adern unter der Haut. Mir war gar nicht bewusst, dass ich sie noch trage, und ich wundere mich darüber, wie weich und bequem sie sich angefühlt haben. Seine Finger streichen über meine Haut, als ob er Druckstellen massieren wollte, aber da sind gar keine. Die Situation ist so unwirklich, als säße ich im Kino und wäre plötzlich Teil eines Films in einer völlig fremden Realität.

Leon legt einen Finger unter mein Kinn und will mein Gesicht anheben, doch ich versuche, ihm auszuweichen. Ich schäme mich so und bin so unsicher.

„Mona, sieh mich an." Die deutliche Dominanz in seiner Stimme zwingt mich, ihm zu gehorchen. Unsere Blicke treffen sich.

Er zwinkert fröhlich. „Geht's jetzt wieder?"

„Mmh."

Er nickt, schiebt mich zur Seite, sodass ich jetzt normal auf der Couch sitze, und steht auf. Er geht und ich sehe mich um. Es ist ein sehr männliches Wohnzimmer, in dem ich mich befinde. Die Einrichtung wirkt urtümlich, robust, wie sie in ein Blockhaus oder das Haus eines amerikanischen Cowboys passen würde. Ich sehe überall dunkle Balken, ähnlich wie in meiner Wohnung, aber viel ausgeprägter und mächtiger. Es ist ein altes Fachwerkhaus. Die Wände zwischen den Balken sind gemauert und weiß verputzt. Ein rechteckiger Esstisch mit vier schlichten Stühlen aus dunklem Holz stehen auf der einen Seite, zwei Ledersessel und eine passende Couch gegenüber, alles ist groß und wuchtig. Auf dem Holzfußboden sind mehrere kleinere dunkelrote Teppiche ausgelegt, die dem Raum ein sehr gemütliches Ambiente geben. Indirektes Licht aus versteckten Lampen verstärkt diesen Eindruck. Die Atmosphäre ist anheimelnd. Leon ist durch eine offene Tür links vom Eingang verschwunden. Helles Licht geht in dem angrenzenden Raum an und ich höre eine Kühlschranktür.

Leon kommt mit einer Flasche Mineralwasser und einem Glas wieder. Nachdem er eingeschenkt hat, stellt er die Flasche auf den niedrigen Couchtisch und reicht mir das Glas.

„Danke", flüstere ich, nehme es und trinke es vollständig aus. Mir war gar nicht bewusst, wie durstig ich war.

Er hockt sich hin und greift an meine rechte Wade. Unwillkürlich zucke ich zusammen und er wirft mir einen missbilligenden Blick zu. Mein Herz klopft schneller. Obwohl er vor mir hockt, wirkt seine Gestalt mächtig, einschüchternd. Und er ist mir so verdammt nah! Ich möchte den Verkaufstresen aus dem Laden zwischen uns haben. Wobei seine imposante Größe und Breite mich wahrscheinlich auch dann noch verunsichern würde. Er zieht mir vorsichtig den Schuh und den Strumpf aus und ich beiße die Zähne zusammen. Seine Finger betasten das Gelenk sanft von allen Seiten, dann bewegt er sachte den Fuß. Ich zische durch meine zusammengebissenen Zähne, bemühe mich aber, stillzuhalten.

„Es ist nichts gebrochen. Wir werden es kühlen, dann sollte es schnell besser werden."

Er mustert mein Gesicht, seine Finger nähern sich und wieder zucke ich zurück. Er zieht drohend eine

Augenbraue hoch, legt eine Hand sehr bestimmend an mein Kinn und schiebt mit der anderen meine Haare zur Seite. Ich zucke fast zusammen, traue mich aber nicht, mich zu bewegen, obwohl alles in mir ihn abwehren will. Seine Finger auf meiner Stirn sind ganz sanft und warm. Ich starre ihn an, nein, ich starre seinen Mund an, diese wunderschön geschwungenen Lippen, und plötzlich sehnt sich alles in mir danach, von ihm geküsst zu werden.

„Das ist auch nicht schlimm, muss nur gesäubert und desinfiziert werden."

Sein Blick wandert über meinen Oberkörper. Leon ist mir unheimlich. Meine Gefühle sind mir unheimlich. Er ist gefährlich und ich bin ihm ausgeliefert, denn ich bin erschöpft und zu schwach für ihn. Er könnte alles mit mir tun. Das Ganze überfordert mich total. Ich möchte in meine Wohnung, mich in meinem Bett unter der Decke verkriechen, und ich muss mal, ziemlich dringend.

„Kann ich …", ich räuspere mich. „Ich müsste mal auf die Toilette." Oh Gott! Ich komme mir so blöd vor.

Er nickt Richtung Eingang. „Da vorn. Ich helfe dir."

Ich rappele mich auf und er stützt mich, sodass ich mich humpelnd fortbewegen kann.

Im Flur öffnet er eine Tür und schiebt mich rückwärts vor eine Toilette. Ich stütze mich am Waschbecken ab.

„Kommst du klar?", fragt er und glaubt anscheinend allen Ernstes, ich würde jetzt vor ihm die Hosen runterlassen.

„Ja!" Ich starre ihn an und er schmunzelt. So ein Arsch! Er geht. Gott sei Dank. Bevor er die Tür schließt, zieht er allerdings den Schlüssel ab. So ein Riesenarsch!

Leider muss ich so dringend, dass ich es darauf ankommen lassen muss, von ihm beim Pinkeln überrascht zu werden. Doch er lässt mich in Ruhe.

Nachdem ich mich erleichtert und die Hose mühsam wieder hochgezogen habe, sehe ich in den Spiegel über dem Waschbecken und erschrecke. Mein Gesicht ist zu einer grauenhaften Maske mutiert. Eine dicke Schramme, unter der sich ein blauer Fleck bildet, ziert meine Stirn. Mein Augen-Make-up ist zerlaufen, sodass schwarze Schlieren meine Wangen verunstalten. Überall sehe ich kleine, blutige Kratzer. Ich bin blass, meine Augen sind rot und geschwollen, das Haar wirr. Meine weiße Bluse ist hinüber, überall Flecken und Risse. Meine Haut im Ausschnitt und am Hals ist übersät mit weiteren blutigen Kratzern und Flecken von Erde.

Ich presse die Lippen fest zusammen, um nicht schon wieder zu heulen, und würde alles darum geben, jetzt allein in meiner Wohnung zu sein. Stattdessen muss ich mich wieder diesem riesigen Monster stellen, gegen das ich mental und physisch nicht die geringste Chance habe.

Ich wasche mir die Hände und versuche, mein Gesicht zu säubern, aber das ist in dem kleinen Waschbecken der Gästetoilette kaum möglich.

Er klopft. „Komm raus, waschen kannst du dich oben, da ist ein großes Bad.“

Widerstrebend öffne ich die Tür. Leon ist nicht mehr zu sehen und ich humpele langsam zurück ins Wohnzimmer und setze mich wieder auf die Couch. Er kommt aus einer Tür auf der anderen Seite des Raumes, hinter der ich vor einem

Aktenschrank die Ecke eines Schreibtisches sehe, und bleibt mit vor der Brust verschränkten Armen vor mir stehen.

Sein Blick gleitet über meinen Körper. „Bist du gegen Tetanus geimpft?"

„Ja."

„Wann?"

Unwillig ziehe ich die Stirn kraus. Ich bin doch kein kleines Kind. „Erst letztes Jahr."

Er betrachtet mich wie ein seltenes Tier, das ihm in die Falle gegangen ist, und schüttelt den Kopf. „Ich sollte dich übers Knie legen. Für die Aktion hast du dir einen glühenden Arsch verdient."

Ich zucke zusammen und starre ihn fassungslos an. Er verdreht die Augen und stöhnt genervt auf. „Keine Angst, für heute hast du dich schon selbst genug bestraft."

„Ich …" Meine Stimme ist nur ein Krächzen und ich räuspere mich. „Ich steh nicht auf so was. Ich hab damit nichts zu tun."

Er lacht. „Baby, das kannst du deiner Oma erzählen, aber nicht mir. Ich hatte dich während der ganzen Session im Blickfeld. Deine Mimik sprach Bände."

„Nein!" Ich will aufspringen, doch seine Hand landet auf meiner Schulter und hält mich ungerührt fest. „Schluss jetzt. Als Erstes müssen wir dich versorgen und deinen Fuß kühlen. Morgen werden wir in Ruhe reden."

„Ich brauche nichts. Ich will nur nach Hause. Ich verspreche, ich sage niemandem etwas."

„Du wirst jetzt dein freches Mundwerk halten und gehorchen. Leg deinen Arm um meinen Hals. Ich trage dich nach oben."

„Ich ..."

„Mona!"

Die unausgesprochene Drohung in seiner Stimme lässt meinen Körper augenblicklich erstarren. Mit einer zittrigen Bewegung lege ich den Arm um seinen Nacken und er hebt mich hoch. Es ist so unfair, dass er so gut duftet. Das bringt mich total durcheinander. Ich möchte mein Gesicht an seine Brust legen, aber das kann ich doch nicht tun. Er ist schließlich ein Fremder, der mich gefesselt und entführt hat. Ich darf ihm nicht trauen.

Er trägt mich eine knarrende Holztreppe hinauf. Die Stufen sind ausgetreten. Es muss wirklich ein sehr altes Haus sein.

Oben öffnet er eine Tür und drückt auf einen Lichtschalter. Erstaunt reiße ich die Augen auf. Wir stehen in einem riesengroßen und gleichzeitig unglaublich gemütlichen Schlafzimmer mit einem breiten Bett. So einen Raum habe ich noch nie gesehen.

Auch hier ist der Fußboden aus Holz und es gibt diese dunklen Balken. Aber da der Raum die gesamte Breite des Dachstuhls einnimmt, sind zwei Wände ab einem Meter Höhe Schrägen, wie in einem Nur-Dach-Haus oder einem überdimensional großen Zelt. Ich sehe direkt auf eine dreieckige Wand, die aus Schrank- und Regalfächern mit Büchern besteht. Davor befindet sich mitten im Raum ein massives, breites Bett. Gegenüber, an der Wand der anderen Seite, direkt neben dem Zugang zur Treppe, gibt es noch eine Tür. Links im Dach sehe ich mehrere große Fenster, darunter stehen zwei Stühle. Wäre es nicht seiner, würde ich diesen Raum lieben.

Er stellt mich vorsichtig vor dem Bett ab, stützt mich mit einer Hand, während er mit der anderen die Decken und Kissen zur Seite schiebt. „Leg dich hin."

In mir zieht sich alles zusammen. Ich will nicht in seinem Schlafzimmer sein und schon gar nicht in seinem Bett liegen.

Zögernd setze ich mich auf die Kante.

„Mona, hör auf zu zicken. Du sollst dich hinlegen. Jetzt." Seine Stimme klingt ein klitzekleines bisschen angepisst und ich beiße die Zähne zusammen, um nichts Unbedachtes zu erwidern, als er unter meine Kniekehlen fasst und mich kurzerhand richtig auf das Bett verfrachtet. „Ich hole Eis für deinen Fuß. Zieh dich schon mal aus." Er dreht sich um und verlässt den Raum.

In meinem Kopf schrillen sämtliche Alarmglocken. Zieh dich schon mal aus? Der spinnt wohl! Niemals! Eher soll er mich umbringen!

Ich höre ihn auf der Treppe, möchte aufstehen, aber traue mich nicht. So stütze ich mich auf den Ellenbogen ab, um eine halbwegs sitzende Stellung einzunehmen. Das macht mich etwas sicherer. Der Gedanke, wie ein hilfloser Käfer vor ihm auf dem Rücken zu liegen, ist unerträglich.

Leon kehrt mit einer Eispackung und einem Handtuch zurück. Ich atme tief ein und presse die Lippen fest zusammen. Ich lasse mich von diesem gefühllosen Monster nicht unterkriegen. Niemals! Auch wenn er noch so drohend vor mir aufragt.

Seine Mundwinkel zucken. So ein Arsch! Ich weiß wirklich nicht, was gerade so lustig ist.

„Ich zieh mich nicht aus. Ich will das nicht", zische ich. Ich bin so wütend. Es ist einfach zu viel. Der

ganze Abend war zu viel. Ich bin erschöpft vom
Weinen und von meiner Angst. Mein Körper
schmerzt. Seine Dominanz und seine Wirkung auf
mich scheinen mich vollständig willenlos zu machen. Er ist mir zu nah. Das alles ist zu viel, er ist zu
viel. Ich kann nicht mehr.

„Entweder du ziehst dich aus oder ich ziehe dich
aus. Eine andere Option hast du nicht, denn ich
muss deine Kratzer desinfizieren, damit sich nichts
entzündet."

Mit einer schnellen Bewegung ruckt er an meinen
Handgelenken und ich liege auf dem Rücken. Bevor
ich irgendwie reagieren kann, sitzt er auf dem Bettrand, presst meine Arme neben meinem Körper auf
die Matratze und beugt sich dicht über mich. Mein
Herz rast. So muss sich eine Maus in einer Lebendfalle fühlen.

Er zwinkert und grinst. „Deine Augen haben ein
schönes Blau. Man erkennt sofort, wenn du wütend
wirst. Sie wirken dann wie das Meer, wenn ein
schweres Gewitter aufzieht und die Sonne unter
den Wolken verschwindet. Das gefällt mir. Und
deine Sturheit gefällt mir auch. Ich mag es, wenn ein
Mädchen sich wehrt, flucht und zetert, bevor es unter meinen Händen dahinschmilzt und die Tränen
fließen."

Seine Worte treffen exakt meine Körpermitte, es
vibriert, als hätten sie in meinem Unterleib einen
Elektromotor gestartet. Ich muss schlucken. Ich will
das nicht! Panik beginnt sich breitzumachen, mein
Körper erstarrt zu einem Eisblock.

Sein fester Griff um meine Handgelenke wird zu
einem besänftigenden Streichen über meine Unterarme. „Bleib ruhig, Mona. Du bist sicher bei mir.

Aber ich muss dich verarzten, ob du das willst oder nicht, daran führt kein Weg vorbei."

Seine Finger nesteln an meiner Jeans. Ich zucke unwillkürlich zusammen. Er stockt und sieht mir ins Gesicht.

„Ich habe die Manschetten noch griffbereit unten liegen. Soll ich sie benutzen?"

„Nein", krächze ich und er nickt. „Dann halt still. Noch eine unbedachte Bewegung und ich hole sie."

Ich wage nicht, mich zu wehren. Er zieht mir die Hose aus, drapiert die Kühlpackung über meinem Fuß und schiebt einen dicken Strumpf darüber. Es wirkt, als ob er weiß, was er tut.

Dann sitzt er wieder neben mir und knöpft meine Bluse auf. Ich starre geradeaus durch eins der Dachfenster in den schwarzen Nachthimmel hinein und meine Fingernägel bohren sich in meine Handflächen. Der Mistkerl zieht mir nicht nur die Bluse aus, sondern auch den BH. Nur noch im Slip liege ich nun vor ihm. Ich spüre seine Blicke auf meiner Haut. Alle Muskeln meines Körpers sind so angespannt, dass ich zittere.

Er betrachtet mich in aller Ruhe, dann steht er auf und öffnet die zweite Tür. Ich sehe, dass sich dahinter ein Badezimmer verbirgt. Wasser rauscht, Schranktüren klappern, dann kommt er zurück.

Er setzt sich wieder neben mich und beginnt, die Flecken von Erde und Dornengestrüpp vorsichtig mit einem feuchten Handtuch von meiner lädierten Haut zu wischen. Seine Berührungen sind sanft und ruhig. Sorgfältig und vorsichtig reinigt er mein Gesicht, ohne zu fest auf die Stirnwunde zu drücken. Er steht auf, um das Handtuch im Bad auszuspülen. Dann kommt er wieder und widmet sich meinem

Hals, meinen Schultern und meinen Brüsten. Mein Bauch zuckt, als er darüberwischt. Manchmal brennen die Kratzer von den Dornen. Ich liege stocksteif da. Zaghaft betrachte ich sein herb schönes Gesicht. Doch wenn seine Augen hochzucken, weiche ich seinen Blicken schnell aus. Die Situation ist eigenartig. In meinem Körper kämpfen widerstreitende Gefühle gegeneinander, Angst, Erregung, Wut und Sehnsucht.

Mein Körper reagiert auf seine sanften Berührungen und seinen Blick. Ich kann mich nicht dagegen wehren und weiß, dass er es sehen kann.

Er ist fertig und schraubt eine Tube auf. „Das ist eine desinfizierende Salbe. Es wird etwas brennen, aber das lässt schnell nach", sagt er und beginnt, meine Blessuren zu versorgen. Er hat Recht, das Brennen ist unangenehm, aber es geht schnell vorbei. „Bleib noch einen Moment so liegen, damit die Salbe vollständig einziehen kann." Er ist fertig, schraubt die Tube zu und legt sie zur Seite. Dann betrachtet er meinen Körper und seine Mundwinkel zucken. Meine Haut kribbelt, meine Brustwarzen sind hart.

„Ich sehe, deine Angst hat sich gelegt."

Ich will meine Hände heben, doch er runzelt drohend die Stirn. „Ich sagte, liegen bleiben."

Meine Finger graben sich in das Laken, aber ich traue mich nicht, mich zu bewegen.

„Du hast schöne Brüste. Genau die richtige Größe, herrlich gleichmäßig, prall und rund." Er streicht beiläufig über meine linke Brust und zupft mit Daumen und Zeigefinger neckend an dem aufgerichteten Nippel. Ich schlucke und presse die Lippen aufeinander, damit ich ihn nicht anschreie. Ich hasse ihn, und dieser Mistkerl grinst mich fröhlich an. Arsch!

„Es muss dir nicht peinlich sein, dass dich die Situation erregt.“

„Ich bin nicht erregt“, presse ich hervor.

„Deine Brustwarzen sind hart und aufgerichtet, dein Slip ist nass, dein schöner flacher Bauch bebt.“

Mein Körper macht sich selbstständig. Ohne dass ich darüber nachdenke, drehe ich mich auf die Seite und rolle mich zusammen. Eine Sekunde später fliege ich wieder auf den Rücken und Leon presst mit der linken Hand meine Handgelenke über meinem Kopf auf das Laken. Ich habe keine Chance gegen seine Kraft, nicht mal ansatzweise.

Er grinst und in meinem Kopf explodiert die Wut. „Lass mich los! Du Arsch! Lass mich sofort los!“, keife ich und versuche, ihn zu treten.

Seine Augen blitzen vor Vergnügen. „Danke für den Arsch. Damit hast du dir definitiv glühende Pobacken verdient. Es wird mir morgen ein Vergnügen sein, sie dir zu verpassen.“

„Arsch! Arsch! Arsch! Mieser, widerlicher, arroganter Arsch!“

Ich bin so sauer! Die Worte kommen wie Peitschenhiebe aus meinem Mund, ohne dass ich sie aufhalten kann. Ich strampele, aber ich habe keine Chance, mich zu befreien.

Seine rechte Hand liegt schwer auf meinem Bauch. „Das werden aber wirklich sehr schön glühende Pobacken.“

Mein Puls donnert in meinem Unterleib. Ich bin so erregt wie noch nie in meinem Leben. Bin ich denn wahnsinnig? Ich will das doch gar nicht!

Jetzt wandert er mit der rechten Hand tiefer. Mit dem Zeigefinger streicht er neckend über meine Oberschenkel, meinen Venushügel und über die empfindlichen Linien in der Leiste. Meine Bauchmuskeln zucken, meine Oberschenkel zucken, ich spüre glühende Hitze im Gesicht. Instinktiv ziehe ich die Beine an, um meine Scham zu schützen. Der Mistkerl nutzt die Gelegenheit und reißt mir mit einer schnellen Bewegung das Höschen herunter.

„Streck die Beine aus!" Seine Stimme ist ein tiefes, drohendes Knurren und meine Muskeln gehorchen wie ferngesteuert.

Seine Finger drängen sich zwischen meine Oberschenkel und ich stöhne gequält auf. Er senkt den Kopf. „Wann möchtest du übers Knie gelegt werden, gleich morgen früh oder lieber erst nachmittags, damit du die Vorfreude länger genießen kannst?", raunt er verführerisch an meinem Ohr und meine Beine spreizen sich von ganz allein.

Sein Finger umkreist meine Klitoris und ich bäume mich wimmernd auf.

„Schenk mir einen Orgasmus, schöne Mona."

„Nein! Hör auf!", wimmere ich.

Er lacht leise und schiebt seinen Finger in meinen engen Gang. Mit dem Daumen kratzt er über meine Klit. Nie gekannte Gefühle sausen durch meinen Unterleib und meine tiefen Muskeln ziehen sich rhythmisch um seinen Finger herum zusammen. Zwei Finger zwängen sich in meine Vagina und dehnen sie.

„Mach die Beine breiter, Mona", befiehlt er und meine Muskeln gehorchen. Ich kann das nicht beeinflussen. Mein Körper gehört nicht mehr mir, er gehört ihm. Verzweifelt drehe ich das Gesicht weg.

Ich kann ihn nicht ansehen, winde mich hemmungslos unter seinem Griff und werde immer geiler und gieriger.

Plötzlich saugt er an meiner rechten Brustwarze, fest und hart, und ich spüre kurz seine Zähne. Meine Hände sind immer noch wehrlos über den Kopf gestreckt. Ich bin ihm vollständig ausgeliefert. Mein Hinterkopf drückt sich auf die Matratze, da mein bebender Brustkorb sich seiner Hand entgegenstreckt, und ich begegne kurz seinem Blick. Seine Augen sind fast schwarz, als er sich wieder über meine Brüste beugt. Ich kneife die Lider zusammen, als ob das irgendetwas ändern würde. Wie ein Kind, das denkt, wenn es selber nichts sieht, kann es auch nicht gesehen werden. Seine Lippen umschließen den linken Nippel, saugen fast schmerzhaft, und wieder höre ich mich wimmern und stöhnen und recke mich ihm schamlos entgegen.

„Sehr schön. So gefällt mir das, kleines, freches Mädchen.“

Ich bin so wütend! Muss dieser widerliche Kerl mich jetzt auch noch verarschen? Ich will nicht erregt sein! Ich will nicht, dass er mich besiegt! So eine Scheiße!

„Schenk mir einen Orgasmus und als Dankeschön spendiere ich dir beim nächsten Mal Nippelklemmen, so wie Valerie sie heute trug. Das hat dir gefallen, es hat dich erregt. Ich habe es in deiner Mimik gesehen. Und nun komm für mich. Jetzt.“

Er kneift in meine Klit und zieht gleichzeitig mit den Zähnen an einer Brustwarze. Ich bäume mich schreiend auf. Ein Orgasmus tobt durch meinen Körper, sodass ich nur noch explodierende Sterne sehe. Jeder einzelne Muskel zieht sich zusammen, meine Scheidenmuskeln pumpen um seine Finger herum und ich schreie eine gefühlte Ewigkeit.

Als mein Verstand langsam wieder zu arbeiten beginnt, höre ich mich atemlos keuchen. Leon hält immer noch meine Handgelenke, streicht jetzt zärtlich und sanft durch die Nässe zwischen meinen Schamlippen und um meine Klit herum, dann legt er seine Hand an meine Taille und wartet darauf, dass ich mich beruhige. Er lächelt und zwingt mich dazu, ihn anzusehen. Ich wehre mich nicht mehr. Er hat mich besiegt, es hat keinen Sinn mehr, sich gegen ihn aufzulehnen.

„Hör auf, gegen dich selbst zu kämpfen, Mona. Du kannst deine Gefühle nicht ändern. Es ist, wie es ist. Akzeptiere und genieße es."

Tränen laufen an meinen Schläfen herunter. Er küsst mich sanft auf die Lippen. Dann endlich lässt er mich los, steht auf, öffnet eine Schranktür, kommt sofort wieder und hält mir ein T-Shirt hin. „Komm, schlüpf rein."

Ich strecke wie ein Kind die Arme nach vorn und er streift es mir über. Dann zieht er die Decke über meinen Körper. Ich rolle mich auf die Seite, schließe die Augen und höre Geräusche, die Matratze senkt sich. Leon fummelt an meinem Fuß herum, damit die Eispackung wieder richtig sitzt. Das Licht geht aus.

Ich atme auf, denn jetzt wird er mich bestimmt allein lassen. Doch die Decke raschelt und sofort spannt sich mein Körper wieder an. Er legt sich hinter mich und hat mit einem Ruck meinen Körper an seinen herangezogen. Sein Bein landet über meinen und seine Hand liegt über meiner Taille. Ich fühle

seinen harten Schwanz an meiner Lendenwirbelsäule. Will er mich jetzt ficken? Ich muss mich befreien, aber nicht mehr heute. Meine Augen fallen
zu und im Halbschlaf registriere ich, dass ich meine
Hand auf seinen starken Arm lege. Okay, aber nur
diese eine Nacht. Danach nie wieder.

- 76 -

KAPITEL 5

Ich blinzele, als ich die Augen öffne. Der Morgen graut, es müsste ungefähr fünf sein. Leon liegt neben mir auf dem Rücken. Seine Augen sind geschlossen und sein Atem geht tief und regelmäßig. Er hat die Decke heruntergeschoben und mein Blick bleibt auf seinem beeindruckenden Brustkorb hängen. Mit so einem Mann habe ich noch nie in einem Bett gelegen. Seine Haut ist leicht gebräunt und ein paar dunkle Haare kringeln sich auf seiner Brust. Ich möchte meine Hand auf diese Muskelpakete legen und seine Brustwarzen küssen. Mein Blick gleitet seine kräftigen Arme hinunter. Er hat Tattoos auf den Oberarmen. So wie die Matrosen in alten Hollywoodfilmen. Dicke Adern ziehen sich unter der Haut bis auf seine Handrücken. Seine Finger sind so kräftig, dass er mich locker mit einer Hand erwürgen könnte. Zwischen meinen Beinen pulsiert es. Oh nein! Bitte nicht. Er schläft! Er kann mich doch nicht erregen, obwohl er schläft! Bin ich denn völlig verrückt geworden? Ich muss mich zusammennehmen. Es kann doch nicht sein, dass dieser Scheißtyp so eine Macht über mich hat.

Vorsichtig krabbele ich aus dem Bett und schleiche auf Zehenspitzen in das Bad. Zum Glück schmerzt mein Knöchel deutlich weniger als am Abend. Ich kann vorsichtig auf Zehenspitzen laufen. Nachdem ich die Tür geräuschlos geschlossen habe, atme ich auf und sehe mich um. Es ist ein wunderschönes, großes, weiß gefliestes Badezimmer. Die feudale Badewanne neben der Dusche ist an der schrägen Wand direkt unter einem großen Fenster installiert, sodass man beim Baden in die Wolken schauen kann. Dicke, weiche Läufer und ein herrlicher großer Farn auf einem antiquarischen, hölzernen Blumenständer geben dem Raum eine heimelige Atmosphäre. Er ist genauso gemütlich wie das Schlafzimmer. Auch hier sind Regale in die schrägen Wände eingepasst. In den Fächern liegen Stapel mit Handtüchern, Seifen, ein Föhn und alles, was man sonst noch in einem Bad benötigt. Ganz schön ordentlich, der Typ. Und sauber. Vielleicht hat er eine Putzfrau. Natürlich, er hat garantiert eine Putzfrau. Kein Mann aus meinem Bekanntenkreis ist so ordentlich.

Ich benutze das Klo und wasche mir die Hände. Als ich mich wieder zur Tür drehe, sehe ich mich in einem mannshohen Spiegel. Ich trage Leons weißes T-Shirt, das mir bis zu den Oberschenkeln reicht, fast wie ein Minikleid. Darunter bin ich nackt. Mein Haar ist wirr und meine Haut blass. Wenigstens habe ich nicht mehr die verschmierte Schminke im Gesicht, und die Schrammen von den Dornen haben sich auch nicht entzündet. Sie werden schnell ganz verheilen. Bei der Erinnerung daran, wie Leon mich gewaschen hat, vibriert es tief in mir und mein Puls beschleunigt sich. Ich versuche, das zu ignorieren. Der blaue Fleck unter der Schramme an der Stirn ist jetzt ziemlich deutlich zu sehen und verfärbt sich in interessanten Schattierungen.

Ich schleiche zurück ins Schlafzimmer und suche meine Klamotten, aber es ist alles verschwunden. Nicht mal meinen Slip finde ich. Bestimmt hat Mister Monster-Arsch mein Zeug mit Absicht versteckt, um mich weiter zu demütigen. Er ist wirklich ein Mistkerl! Ich muss mich nach unten schleichen.

Dort werde ich meine Sachen schon finden und dann kann ich abhauen, bevor er wach wird.

Ich umfasse die Türklinke und zucke im gleichen Moment vor Schreck zusammen.

„Schlechte Idee, ganz schlechte Idee." Seine Stimme klingt gleichgültig, gelangweilt, und mein Wutpegel steigt umgehend an. Wieso kann ich nicht cool bleiben? Warum reagiere ich schon wieder auf Monster-Arsch?

Er seufzt. „Beweg deinen kleinen süßen Po in dieses Bett zurück, Mona."

Ich drehe mich um und erdolche ihn mit meinem Blick. „Ich …"

„Jetzt!"

„Wie redest du denn mit mir? Was bildest du dir eigentlich ein? Du hast mir überhaupt nichts zu …"

„Mona!"

Ich zucke zusammen und starre ihn an. Er wirkt, nun ja, sagen wir mal, sauer. „Es ist viel zu früh zum Streiten. Hierher! Sofort! Zwing mich nicht, dich zu holen. Glaub mir, das willst du nicht wirklich."

Mein innerer Kampf dauert nicht lange. Auch wenn ich es schaffen sollte, die Treppe nach unten zu rennen, bevor er mich zu fassen bekommt … ich habe nichts anzuziehen, soll ich in seinem T-Shirt und mit nacktem Po nach Hause laufen?

Zähneknirschend lege ich mich neben ihn, so nah an den Rand der Matratze, wie es eben geht, ohne dass ich runterfalle. Er grinst, packt mich und zieht mich wieder in die Löffelchenstellung. „Mach die Augen zu."

Wieder liege ich in seinen Armen, halb unter seinem Bein begraben. Ich kann mich nicht rühren, ohne dass er es merkt. Seine Atemzüge werden wieder tiefer. Er schläft ein. Sein Kinn liegt an meinem Kopf, ich fühle sein Herz schlagen und sein Arm über meinem Körper fühlt sich viel zu sehr nach Geborgenheit an, aber ich bin machtlos gegen ihn. Resigniert schließe ich die Augen und erlaube mir, mich in seine Umarmung zu kuscheln. Er schläft ja und merkt es nicht.

Als ich das nächste Mal aufwache, scheint die Sonne hell ins Zimmer. Leon liegt nicht mehr neben mir. Ich drehe mich auf den Rücken und sehe mich um. Sein Schlafzimmer ist wirklich ein wunderschöner, gemütlicher Raum, und ohne Leon fühle ich mich fast wohl hier oben. Ich möchte am liebsten einfach liegen bleiben, aber das erlaube ich mir nicht. Außerdem würde ich gerne duschen. Ob ich ihn fragen muss?

Verdammt! Natürlich werde ich nicht fragen! Mister Monster-Arsch ist doch nicht mein Kerkermeister!

Ich beweise mir meine Freiheit und Selbstständigkeit, indem ich zwanzig Minuten lang unter dem Wasserstrahl stehe, ohne ihn um Erlaubnis gefragt zu haben. Oh! Mein! Gott! Immerhin fühle ich mich danach bedeutend wohler. Ich rieche nach seinem herben Duschgel. Benehme ich mich gerade wie eine pubertierende Dreizehnjährige? Ja. Eindeutig ja. Es ist nicht zu fassen.

Mein Fußgelenk ist mittlerweile von allen Seiten blau angelaufen, aber ich kann fast normal auftreten und meine Haare sehen nach dem Waschen und Föhnen auch wieder ansehnlich aus. Nur leider habe ich immer noch nichts zum Anziehen. Das Einzige, was ich finde, ist ein riesengroßer

Bademantel von ihm. Ich traue mich allerdings auch nicht, seine Schranktüren zu öffnen, wobei ich nicht weiß, welche Angst größer ist, die, irgendwelche Folterinstrumente zu finden, oder die, beim Schnüffeln erwischt zu werden. Also ziehe ich den Mantel über und knote den Gürtel fest zu. Jetzt rieche ich noch mehr von seinem tollen Duschgel und seinem Aftershave. Gerüche dieser Art sollten verboten werden. Bin ich ein Geruchsfetischist? Gibt es das überhaupt?

Mein Aufzug erinnert mich daran, dass ich als kleines Mädchen mal den Bademantel von meinem Vater angezogen habe, um mich als Nikolaus zu verkleiden. Ungefähr genauso albern sehe ich jetzt aus. Mir graut davor, Leon gegenüberzutreten, aber wenn ich wieder in sein Bett krabbele, meint er womöglich, ich warte auf ihn.

Zaghaft öffne ich die Tür. Von unten ist Geschirrgeklapper zu hören und es duftet verführerisch nach Kaffee. Langsam steige ich die Stufen hinab und gehe in das große Wohnzimmer hinein. Die Sonne scheint durch eine fußbodentiefe Flügeltür mit Sprossenfenstern. Die ist mir am Abend gar nicht aufgefallen. Sicher hatte er die Gardinen davor gezogen.

Es ist wirklich ein traumhaftes Haus. Die ganze Einrichtung, jedes Detail wirkt so gemütlich. Da verliebt man sich zwangsläufig nicht nur in das Haus, sondern in den Besitzer gleich mit. Oh! Shit! Was denke ich denn da? Die Geräusche kommen aus der Küche und ich tapse bis in den Türrahmen. Leon steht am Herd und dreht mir den Rücken zu. Den Tisch hat er fürs Frühstück gedeckt und aus einem Radio erklingt leise Musik. Mein Gott, warum ist er bloß so riesig?

Ich räuspere mich und schaffe es, ein schüchternes „Guten Morgen" herauszubringen.

Leon dreht sich um und sein Lächeln fährt mir direkt in den Unterleib. „Guten Morgen, Mona."

Er kommt, legt seine Hand an mein Gesicht und küsst mich auf die Wange. Dann schiebt er mich zum Tisch. „Setz dich, das Frühstück ist gleich fertig."

„Ich möchte mich anziehen."

„Deine Sachen müssen erst gewaschen werden." Er lässt seinen Blick mit skeptischem Ausdruck über meinen Körper wandern. „Aber Socken brauchst du."

Ehe ich antworten kann, ist er aus der Küche raus und die Treppe nach oben gelaufen. Ich lasse mich auf einen Stuhl fallen. Auch hier passt alles zum Stil des alten Hauses. Die Schränke sind zwar hell und modern, aber über der Spüle gibt es zwei schöne alte Sprossenfenster und man hat einen herrlichen Blick auf eine Rasenfläche und den angrenzenden Wald dahinter. Wie schön wäre es, nach einer Liebesnacht in Eintracht und Harmonie hier zu frühstücken. Bevor ich mich über meinen Gedanken ärgern kann, ist Leon zurück. Er dreht mit einem Ruck meinen Stuhl herum und hockt sich vor mich hin. „Wie geht's deinem Fuß?", fragt er freundlich.

„Geht schon. Viel besser", stammele ich und lasse zu, dass er ihn in die Hand nimmt und ausgiebig mustert. Seine Finger sind warm und sanft. Er nickt zufrieden und zieht mir eine dicke Wollsocke an, greift nach meinem anderen Fuß und macht mit ihm das Gleiche. Mein Herz klopft schon wieder bis zum Hals. Warum macht er das? Ich hätte mir diese verdammten Strümpfe doch auch selber anziehen können!

Er grinst, als könnte er meine Gedanken lesen, und rückt meinen Stuhl samt mir wieder an den Tisch. „Trinkst du morgens Kaffee oder soll ich dir lieber einen Tee machen?"

„Kaffee ist gut."

Er nickt, schenkt mir einen Becher ein und zeigt auf den Tisch. „Hier sind Milch und Zucker." Es piept und er dreht sich von mir weg. Ich sehe schweigend zu, wie er gekochte Eier abschreckt, auf den Tisch stellt und alles Mögliche aus dem Kühlschrank herausholt. Seine Schulterblätter bewegen sich unter dem ausgeleierten, grauen T-Shirt. Die Konturen der Muskeln zeichnen sich deutlich ab. Wenn er sich bückt, sieht man ein Stück Haut seines Rückens. Ein breiter, brauner Ledergürtel hält seine ausgewaschenen Jeans. Seine braunen Haare liegen wirr, wie vom Wind zerzaust, um seinen Kopf. Ich ertappe mich bei dem Wunsch, mit der Hand hindurchzukämmen.

Schließlich setzt er sich mir gegenüber und hält mir einen kleinen Korb vors Gesicht. „Bitte. Greif zu."

Erstaunt betrachte ich die frischen Brötchen. „Hast du die heute schon geholt?"

Er nickt. „Lass es dir schmecken."

Ich greife zu. „Wo sind wir hier?"

„Nicht mal fünfzehn Kilometer aus Soltau heraus. Offiziell gehört das Grundstück zu einem kleinen Dorf namens Albershof, aber das Haus liegt ganz allein im Wald."

„Es ist wunderschön. Hast du es selber renoviert?"

Er lächelt. „Ja. Freut mich, dass es dir gefällt."

Ich trinke einen großen Schluck Kaffee. Mmh … Das habe ich gebraucht. Was für ein Genuss.

„Wohnst du ganz allein hier?"

„Ja. Meine Eltern sind gemeinsam mit meiner Schwester bei einem Autounfall ums Leben gekommen. Seitdem habe ich keine Angehörigen mehr."

Betroffen lasse ich den Kaffeebecher sinken. „Das tut mir leid."

Er nickt. „Es war schlimm, aber nun ist es schon einige Jahre her. Meine Schwester vermisse ich oft. Ihre Esel leben bei mir."

„Esel?"

„Ja. Sie hatte Esel, vier Stück. Ich stelle sie dir nachher vor. Hast du sie heute Morgen nicht schreien hören?"

Ich schüttele den Kopf. „Nein. Warum hatte sie Esel?"

Er lacht. „Sie hat sie irgendwo gerettet. Sie war sehr aktiv im Tierschutz. Eine Horde Katzen habe ich auch von ihr übernommen." Er deutet auf meinen Teller. „Iss. Du musst doch Hunger haben."

Ich nicke. Er hat recht, ich habe Hunger, und nachdem wir uns wie zivilisierte Leute unterhalten, kann ich mich sogar entspannen und mit Genuss in meine Brötchenhälfte beißen.

Eine Weile schweigen wir. Die leise Musik im Radio, der Kaffeeduft, das helle, warme Tageslicht lullen mich ein. Ich kann gar nicht anders als mich wohlzufühlen.

Er neigt leicht den Kopf zur Seite und lächelt mich an. „Was arbeitest du, Mona?"

„Ich habe gerade den Schreibwarenladen meiner Eltern übernommen. Sie sind in Rente gegangen."

„Wolltest du das oder haben sie ihn dir aufgedrängt?"

Ich zucke mit den Schultern. „Na ja. Von selber wäre ich wohl nicht auf die Idee gekommen, in den Einzelhandel zu gehen, aber es ist ihr Lebenswerk."

„Macht du es denn gern?"

„Ich weiß noch nicht. Die ersten Wochen waren sehr anstrengend. Ich musste mich überall einarbeiten und die Buchführung, die war vorsintflutlich. Ich habe einige Abende bis in die tiefe Nacht gesessen, um alles geordnet in den Computer zu übertragen."

Er sieht mich interessiert an. „Was würdest du tun, wenn du die freie Wahl hättest?"

Ich zucke mit den Schultern. „Keine Ahnung. Früher habe ich gerne getöpfert." Ich lache verlegen und schiebe meine Kaffeetasse dämlich hin und her. „Vielleicht hätte ich das richtig gelernt und ein Atelier aufgemacht, aber bereits während der Ausbildung als Bürokauffrau ist das schnell in Vergessenheit geraten. Und du? Was machst du?"

„Ich verwalte mein Geld."

Ich versuche misstrauisch, in seinem Gesicht zu lesen. Wie ein arroganter Geldheini wirkt er eigentlich nicht.

Er schmunzelt. „Ich bin zehn Jahre lang als Maschinist zur See gefahren. In der Zeit habe ich gespart und als dann meine Familie starb, bekam ich zwei Lebensversicherungen ausgezahlt und habe ihr Haus in Hannover verkauft. Zusammen mit dem Schmerzensgeld vom Unfallverursacher war es ein ordentliches Sümmchen. Ich habe diese alte Hütte als halb verfallene Ruine gekauft und den Rest in Aktien angelegt. Nebenbei restauriere ich alte Möbel. Wenn ich sparsam bin, reicht es mir zum Leben."

„Und du versorgst Esel."

Er lacht und nickt. „Und ich bin Futtermeister der vier Esel. Richtig." Motorengeräusch ist zu hören und kommt näher. Leon dreht sich zum Fenster und sieht hinaus. „Das ist Tim."

Ich zucke zusammen.

Ich sitze nackt in Leons Bademantel gehüllt am Frühstückstisch. Das soll er nicht sehen.

„Bleib sitzen, Mona. Reg dich ab." Plötzlich hat seine Stimme wieder diesen dominanten Klang und sofort werde ich wütend. Oh Mann! Er steht auf, umfasst mein Kinn und zwingt mich, ihn anzusehen. Mister Monster-Arsch wackelt vergnügt mit den Augenbrauen. „Es macht wirklich Spaß, dich auf die Palme zu bringen."

Bevor mir eine passende Antwort einfällt, öffnet er schon die Haustür. Sie kommen gemeinsam in die Küche und mein Gesicht glüht. Ich bin garantiert knallrot angelaufen.

Tim grinst. „Hey Mona, Süße."

Ohne dass ich es verhindern kann, küsst er mich rechts und links auf die Wange und betrachtet mich mit gerunzelter Stirn. „Dornenbusch, was? Leon hat's mir am Telefon erzählt. Du machst Sachen." Unwillig drehe ich meinen Kopf weg und er lacht. „Schlecht erzogen, das Mädchen. Das sollten wir ändern."

Auf meinem Gesicht könnte man mittlerweile Spiegeleier braten. Klasse. Wirklich oberklasse.

Er zieht sich einen Stuhl heran und setzt sich breitbeinig verkehrt herum darauf, sodass er sich mit den Armen auf der Lehne aufstützen kann. Er scheint sich in dieser Küche zu Hause zu fühlen.

Oh Mann! Mit zwei solch selbstherrlichen Typen in einer Küche, das kann doch keine Frau aushalten! Am liebsten würde ich mich in einem Erdloch verkriechen.

Leon schenkt Tim Kaffee ein und setzt sich auch wieder hin.

Tim zwinkert. „Na, Mona, gefällt's dir hier?"

„Nein!", grolle ich und er lacht. „Ich habe dir einige Dinge aus deinem Kleiderschrank mitgebracht."

„Du warst in meiner Wohnung?"

„Natürlich. Du brauchst doch was zum Anziehen und deine Zahnbürste. Im Flur steht eine Reisetasche. Dein Joggingzeug ist auch dabei."

Wütend schiebe ich meinen Frühstücksteller zurück. „Ich bleibe nicht hier! Ich will nach Hause! Und was bildest du dir ein, in meinen Sachen zu wühlen?"

Er schüttelt den Kopf und lässt seinen Blick über den Tisch gleiten. „Du kannst nicht nach Hause, Süße. Ich habe Valerie versprochen, dass du erst wieder unbeaufsichtigt herumläufst, wenn ihre Striemen vollständig verschwunden sind. Sie möchte einfach, dass es keine Beweise gibt, falls du doch noch zur Polizei gehst. Das hört sich ein bisschen verrückt an, ich weiß, aber du musst das verstehen, sie kennt dich nicht und ich muss heute noch auf Geschäftsreise nach München und kann deshalb nicht auf dich aufpassen. Habt ihr für mich ein Brötchen übrig?"

„Ich werde niemandem was erzählen!"

Leon zeigt zum Schrank. „Klar. Bedien dich."

Tim steht auf, dreht seinen Stuhl richtig herum und stellt sich einen Teller auf den Tisch. Dann zieht er eine Schublade auf und holt sich ein Messer.

Diese Mistkerle beachten mich überhaupt nicht! Was bin ich? Eine Puppe? „Hey! Ich sagte, ich werde nicht hierbleiben! Ihr könnt mich doch nicht zwingen!"

Beide drehen mir ihre Gesichter zu und grinsen. Mir läuft ein Schaudern über den Rücken. Sie können, natürlich können sie, und sie haben auch keine Hemmungen, es zu tun. Oh Mann!

Tim legt seine Hand auf meinen Arm. „Es tut mir wirklich leid, Mona. Es ist meine Schuld. Ich hätte dich nicht so unvorbereitet zusehen lassen dürfen. Valerie ist sehr schüchtern und hat große Angst, dass ihre Neigungen bekannt werden könnten. Sie ist Lehrerin. Beruflich wäre es eine Katastrophe für sie. Als Julian und sie mich um diese Session vor Zuschauern baten, weil es eine Fantasie von ihr war, habe ich ihr garantiert, dass sie sicher ist. Diesen Schutz muss ich nun auch gewährleisten. Bitte versteh das."

„Aber ich …"

„Jede Diskussion ist sinnlos, Mona. Finde dich einfach damit ab. Alles andere ist nur Energieverschwendung", sagt Leon und sein Blick scheint plötzlich brennende Pfeile in meine Klitoris zu jagen. Oh Gott! Ich bin so was von aufgeschmissen, schlucke und kann seinem Blick nicht standhalten. Er darf auf keinen Fall sehen, was er in mir anrichtet. Es geht einfach nicht. Statt ihm starre ich meinen Teller an, als ob ich mein halb aufgegessenes Brötchen hypnotisieren will.

Tim streicht mir über den Arm. „Bitte, Süße. Mach keinen Ärger. Es sind doch nur drei Tage, bis ich wieder da bin. Ich habe auch dein Handy mitgebracht. Falls deine Angestellten dich brauchen, fährt Leon einfach mit dir hin." Er grinst augenzwinkernd zu ihm hinüber.

Leon als mein Aufpasser im Geschäft! Die Vorstellung verursacht einen Stein in meinem Magen.

„Nein! Niemals! Und hör auf, mich Süße zu nennen!"

Er grinst. „Süße."

Leon lacht und ich öffne den Mund, um die wüstesten Schimpfworte, die mir einfallen, herauszulassen. Doch er hebt die Hand. „Lass es, Mona, sonst wird es bei deiner noch ausstehenden Strafe nicht beim harmlosen Übers-Knie-Legen bleiben."

Mein Mund klappt wieder zu. Unbändige Wut explodiert in mir.

Bevor ich klar denken kann, greife ich irgendetwas und werfe es ihm über den Tisch hinweg an den Kopf. Das war mein halb aufgegessenes Brötchen. Panisch springe ich auf und will Richtung Haustür flüchten, doch bevor ich auch nur in die Nähe der Tür komme, legt sich ein Arm um meine Taille und zerrt mich zurück, ich kreische auf und fliege Sekunden später rücklings auf die Couch. Meine Beine hängen über der Armlehne, mein Kopf liegt auf der Sitzfläche, meine Hände werden über meinem Kopf in das Polster gepresst und der Blick aus seinen fast schwarzen Augen seziert mich. Wir starren uns an. Es ist ganz still.

Hinter uns räuspert sich Tim. „Schade, ich würde gerne zusehen, aber mein Flieger geht in drei Stunden. Also, ich bin dann weg. Tschau, tschau!"

„Tschüss, Tim. Viel Spaß in München", sagt Leon gelassen, ohne den Blick von mir zu lösen. Die Haustür klappt zu. Wir sind allein. Keuchend liege ich unter ihm. Mein Körper wehrt sich immer noch, wohl vor allem, weil Mister Monster-Arsch nicht merken soll, dass ich schon wieder erregt bin. Mein Herz rast. Es macht mich wahnsinnig an, ihm so ausgeliefert zu sein, aber gleichzeitig habe ich furchtbare Angst vor seiner Wut. Meine Gefühle ringen miteinander, ich bin kurz davor, einfach nur noch zu schreien.

„Mona, du bist sicher bei mir." Seine Stimme ist ruhig und sanft. Keine Wut. Kein Hass. Aber er lässt mich nicht los.

Ich schlucke, kann nicht reden, starre auf seine wunderschön geschwungenen Lippen. Er ist mir so nah. Er könnte mich töten, jetzt, einfach so. Mein Herz rast immer noch und meine Lippen sind trocken.

„Ich will, dass du jetzt aufhörst, dich zu wehren." Der Druck auf meine Handgelenke wird weniger. Ich rühre mich nicht. „So ist es gut", sagt er, zieht einen Arm weg, hält meine Arme über meinem Kopf nur noch locker mit einer Hand fest.

Ich denke nicht, liege nur stocksteif da und starre ihn an. Er knotet in aller Ruhe den Bademantel auf. Seine Finger streichen über meinen Bauch und drängen sich sanft zwischen meine zitternden Beine.

„Lass locker", flüstert er und ich gehorche. Seine Finger versinken in meiner Feuchtigkeit. Ein grelles Quietschen dringt aus meinem Mund und reflexartig versteife ich mich, presse die Beine zusammen und wehre mich gegen seinen Griff an meinen

Handgelenken. Er zieht unwillig die Augenbrauen zusammen. Oh nein! Sofort zwinge ich mich, wieder nachzugeben, und schließe fest den Mund. Er schenkt mir ein angedeutetes Lächeln, zupft an meinen Schamlippen und zieht schließlich seine Hand zurück. Fast entfährt mir ein sehnsüchtiges Seufzen.

„Du bist erregt. Die Aussicht, von mir übers Knie gelegt zu werden, gefällt dir anscheinend. Versuch nicht, es zu leugnen. Dein Körper spricht eine deutliche Sprache."

Nachdem er den Bademantel wieder zugeklappt hat, sieht er mir ins Gesicht. Seine Hand liegt auf meiner Brust.

„Weißt du, was ein Safeword ist?"

Ich nicke.

„Deine Sicherungsleine ist jedoch die Ampel. Rot stoppt alles, was zwischen uns passiert, bei Gelb reden wir darüber und Grün heißt, alles ist okay. Du kannst dich hundertprozentig darauf verlassen. Immer", sagt er so ruhig, als ob er mir die Bedienung seiner Waschmaschine erklären würde.

Ich schließe die Augen.

„Hast du das verstanden? Hat Tim schon mal mit dir über die Ampel gesprochen?"

Ich krächze ein „Ja".

Er beugt sich über mich. „Mach die Augen auf, Mona. Sieh mich an." Ich gehorche. „Du hast mir ein Brötchen an den Kopf geworfen. Deine Strafe dafür wird sehr schmerzhaft sein."

Unsere Blicke versinken ineinander. Alles um uns herum ist vergessen. Die Zeit scheint still zu stehen und in meiner Lustperle pocht es. „Welche Farbe zeigt die Ampel jetzt?" Seine Stimme ist rau.

Ich glaube, er kann meine Gedanken lesen.

Er weiß alles. Ich habe längst verloren.

Rot! Rot! Rot, schreit es in mir immer lauter.

„Grün", flüstere ich atemlos.

Er streicht mir sanft über die Wange. „Dann soll es so sein", raunt er und küsst mich zart auf die Lippen.

Eine Träne rollt aus meinem Auge. Leon wischt sie weg und lässt mich los. „Nimm deine Tasche und geh nach oben. Zieh dir was an." Er schmunzelt und zwinkert mich an. „Die Esel warten darauf, dich kennenzulernen."

Mein Gesichtsausdruck muss ziemlich deutlich meine Verwirrung ausdrücken.

Er lacht. „Enttäuscht? Keine Angst, deine Strafe vergesse ich nicht."

Er ist und bleibt ein widerlicher Monster-Arsch!

Ich springe auf und zucke kurz zusammen, weil ich meinen verletzten Fuß vergessen habe. Als ich losgehe, fühlen sich meine Knie wie Watte an. Ich beiße die Zähne zusammen und versuche, sichere Schritte zu machen, bevor er noch einen blöden Spruch raushaut und mich dazu verleitet, ihn irgendwie zu beschimpfen, was ich nachher wieder bereue.

Eine Viertelstunde später kann Leon bleiben, wo der Pfeffer wächst, denn ich habe mich neu verliebt.

Als ich die kleine Gruppe Esel zum ersten Mal sehe, dringt ein selig verzücktes Aufjauchzen aus meiner Kehle. Leon grinst.

„Die hinteren beiden sind die Wallache, Stan und Olli, und die dunkleren kleinen vorn sind die beiden Stuten. Darf ich vorstellen? Schneewittchen und Dornröschen."

Die vier stehen um eine Heuraufe herum und sehen uns aus dunklen Augen freundlich entgegen. Sie kommen sofort neugierig näher, als wir am Zaun stehen bleiben. Ihre langen Ohren wackeln.

Das penibel gepflegte Gehege ist mit einem grün gestrichenen Lattenzaun umrandet. Neben einer Blockhütte mit großem, offenem Eingang steht ein Kratzbaum mit Bürsten daran. Eine kleine Holzbrücke führt über einen kunstvoll angelegten Teich. Ein großer Ball liegt herum und an einem halben Baumstamm wurde schon ausgiebig geknabbert.

Es gibt ein Podest zum Draufklettern und eine etwas tiefer gelegene Sandkuhle. Das ganze Areal ist ein liebevoll angelegter großer Spielplatz. Ich bin begeistert.

„Darf ich sie anfassen?"

„Natürlich. Sie warten darauf, ausgiebig gekrault zu werden."

Leon öffnet das Tor und wir gehen hinein. Sofort umringen uns die Vier. Ihr Fell ist weich und ihre Nasen fühlen sich wie Samt an. Die beiden Stuten versuchen, die Nasen in seine Jackentasche zu stecken.

Ich muss lachen. Es sieht so witzig aus, wie der große, dominante Monster-Arsch die kleinen Langohren zärtlich streichelt.

„Lachst du mich aus?", fragt er mit hochgezogenen Augenbrauen.

„Leon und sein Harem."

„Aha. So siehst du mich also."

„Es sind absolut die passenden Begleiterinnen für dich." Ich kichere albern wie ein Teenager und er schüttelt nachsichtig den Kopf.

„Hast du Lust, mir ein bisschen zu helfen? Du kannst sie bürsten, während ich den Stall sauber mache."

Natürlich will ich das. Er holt aus einem kleinen Schrank unter dem Dach an der Außenwand der Hütte eine Tragekiste mit Putzzeug, und ich mache mich begeistert daran, die witzigen Tierchen zu striegeln. Sie genießen es und drängeln, um ja genug von meiner Aufmerksamkeit abzubekommen. Die Sonne wärmt mich, Vögel zwitschern, ein paar Katzen kommen zutraulich näher, reiben sich an meinem Bein und betteln um Streicheleinheiten. Es ist so friedlich hier.

Zwischendurch beobachte ich Leon. Er sammelt Mist in einer Schubkarre, schleppt einen Strohballen und verteilt ihn in der Blockhütte und macht immer wieder Pausen, um Katzen auf den Arm zu nehmen und zärtlich zu kraulen. Jedes Mal, wenn sich unsere Blicke treffen und er lächelt, läuft ein Schaudern durch meinen Körper und ich denke an die versprochene Bestrafung und in meinem Unterleib vibriert es. Ich muss verrückt sein. Ganz und gar durcheinander und nicht mehr ernst zu nehmen. Bevor ich ins Grübeln komme, konzentriere ich mich wieder auf die Esel. Ich brauche die Pause und schätze, Leon hat gewusst, dass es so ist, und mich deshalb hierhergebracht.

Nachdem ich die Esel geputzt habe, sehe ich mich um. Das alte Fachwerkhaus sieht aus wie ein Hexenhäuschen aus einem Märchen. Gegenüber steht ein weiteres Gebäude, anscheinend ein ehemaliger Stall, und dazwischen ist der Hof mit altem Kopfsteinpflaster bedeckt. Auf der anderen Seite sehe ich noch ein kleineres uraltes Gebäude, das nicht renoviert worden ist. Zwischen dem Gehege der Esel und dem Wohnhaus gibt es eine Rasenfläche mit hölzernen Gartenmöbeln. Das ganze Anwesen ist von dichtem, hohem Wald umgeben. Würde nicht der moderne Van in einem Carport vor dem Haus stehen, käme man sich wie in eine alte Zeit zurückversetzt vor. Überall laufen Katzen herum. Einige liegen faul in der Sonne und beobachten gelassen, was wir so tun.

Nach etwa einer Stunde stellt Leon Schubkarre und Forke beiseite. „Jetzt brauchen sie nur noch frisches Heu in die Raufe, dann ist alles fertig."

„Soll ich welches holen? Wo ist es?", frage ich eifrig und er nickt nach vorn zu dem alten Stallgebäude.

„Da drin. Komm mit."

Er öffnet eine Tür und lässt mir den Vortritt. Neugierig gehe ich hinein. Wir befinden uns in seiner Werkstatt. Alte Schränke und Stühle stehen herum, daneben allerlei Werkzeug, Farbeimer, Pinsel und eine Werkbank.

„Hier restaurierst du bestimmt deine Möbel."

„Richtig. Geh weiter. Dahinter ist noch ein Raum."

An einem Balken hängt ziemlich weit oben und etwas versteckt ein Schlüssel. Er nimmt ihn, schließt eine weitere Tür auf, schiebt mich in den Raum hinein und nun stehe ich in einem Pferdestall mit jeweils zwei gegenüberliegenden Boxen, die unten aus Holz bestehen und oben Gitterstäbe haben. Rechts davor geht eine Treppe auf einen Dachboden, geradeaus fällt mein Blick direkt auf ein großes Andreaskreuz, ausgerüstet mit vier massiven Metallringen zum Befestigen von Fesseln.

Ruckartig bleibe ich stehen. „Oh."

Nachdem ich mich von meinem ersten Schreck erholt habe, gehe ich zögernd weiter und sehe mich um. Ich entdecke, dass in den Boxen alte Schränke, Tische und Stühle gelagert sind. Jede Menge Stricke und Ketten hängen von einem Querbalken herab und ich sehe im Geiste die nackte Valerie mit hochgezogenen Armen vor mir. Will er mich etwa hier ... jetzt ... und dann einsperren und gefangen halten? Meine Knie werden schon wieder weich wie Watte.

Ein Räuspern lässt mich zusammenzucken und ich drehe mich um. Leon lehnt mit vor der Brust verschränkten Armen im Türrahmen. „Das Kreuz gehört mir nicht, ich restauriere es für einen Freund, aber falls du es gerne ausprobieren möchtest ...“

„Nein!“

Er grinst und nickt in Richtung Treppe. „Das Heu lagert da oben.“

Ich bin bei ihm und steige vor ihm die Treppe hinauf, bevor mich sein freches Grinsen zu einer frechen Antwort verleitet. Oben riecht es herrlich nach Heu. Etwa die Hälfte des Dachbodens ist mit kleinen rechteckigen Ballen gefüllt und vorn gibt es eine Dachluke. Daneben liegt ein großer Haufen loses Heu.

Leon beugt sich vor und öffnet die Luke. „Wir werfen sechs Ballen nach unten auf den Hof, das reicht dann für drei Tage“, erklärt er und macht sich ans Werk. Als er fertig ist und in die Hocke geht, um die Klappe wieder zu schließen, überfällt mich der Übermut. Ohne mögliche Folgen meines Handelns zu überdenken, gebe ich ihm einen Stoß und er fällt rücklings in den Heuhaufen. Ich stürze mich kichernd auf ihn, hocke mich über seinen Körper und recke die Faust in die Luft. „Du bist besiegt, Krieger!"

Er lächelt und legt die Hände um meine Taille. „Und du bist süß, Kriegerin."

Sein Lächeln und seine glitzernden Augen wecken Verlangen in mir, Verlangen nach Sex und noch viel mehr. Ein tiefes Gefühl von Zuneigung erfüllt mich plötzlich. Es ist ein fast schmerzhaftes Sehnen.

Ich folge einem Impuls und streiche über seine Wange. Seine Bartstoppeln kratzen. Leon sieht mich an, bewegt sich nicht und sagt kein Wort. Ohne weiter nachzudenken, beuge ich mich vor und lege vorsichtig meine Lippen auf seinen Mund. Ich bedecke erst seine Oberlippe, dann seine Unterlippe mit zärtlichen, leichten Küssen, zupfe vorsichtig daran und necke ihn mit der Zunge. Er lässt sich darauf ein, folgt meinen Berührungen und öffnet den Mund, sodass ich mit der Zunge hineinkann. Das fühlt sich gut an. Seine Lippen sind warm und weich, aber gleichzeitig kräftig, und unsere Zungen treffen sich ganz sanft, umschließen sich zaghaft, betasten sich behutsam.

Seine Hand legt sich in meinen Nacken, er hält meinen Kopf und seine Zunge wird fordernder, drängt sich jetzt in meinen Mund. Willig gebe ich nach und öffne mich für ihn. Ich glaube, ich habe noch nie einen Kuss so sehr genossen wie diesen. Ich möchte, dass er mit mir schläft. Er rollt mich auf den Rücken und liegt nun über mir. Sein Schwanz ist hart, ich fühle es durch die Hose. Noch einmal drängt sich seine Zunge in meinen Mund, dann zieht er stöhnend seinen Kopf zurück. Schmetterlinge flattern in meinem Bauch herum. Zärtlich streicht er mir die Haare aus dem Gesicht und schließt für einen Moment die Augen. Dann atmet er plötzlich geräuschvoll aus und sein Gesicht verzieht sich, als ob er Zahnschmerzen hätte.

„Okay, ich muss das jetzt loswerden. Deine Entführung ...", er seufzt, „wir hätten natürlich einfach in deiner Wohnung mit dir reden können, aber ... na ja, du gingst mir den ganzen Tag lang nicht aus dem Kopf, seit ich dich bei Tim vor der Haustür zum ersten Mal gesehen habe, und während der Feier hast du mir ziemlich eindeutige Blicke zugeworfen. Als du dann im Keller die ganze Zeit vor mir standest und ich dich beobachtete ... Also, was ich sagen will ... ich dachte nicht, dass du wirklich Angst vor mir bekommen würdest. Ich dachte, ich verschaffe dir ein spritziges Abenteuer, über das wir später lachen, und Tim, der Blödmann, der es eigentlich hätte besser wissen müssen, hat mich nicht gewarnt, sondern fand das auch witzig. Ich wollte bei mir nur einen Wein mit dir trinken, damit wir uns ein bisschen kennenlernen. Als du dann weggelaufen und in den Dornen gelandet bist, war plötzlich zwischen uns alles so schnell so intensiv und der Rest wurde irgendwie zum Selbstläufer. Ich weiß erst, seit ich heute Morgen mit Tim telefoniert habe, wie unerfahren du wirklich bist." Er schließt für einen Moment die Augen und atmet tief durch. „Du musst das wissen, bevor es mit uns weitergeht. Es tut mir leid und es war nicht richtig. Wenn du nicht bei mir sein willst, fahre ich dich jetzt nach Hause. Ich weiß, dass du Valerie nicht schaden wirst."

Sein Gesicht sieht jetzt aus wie das eines zerknautschten Teddybären. Er hat wirklich ein schlechtes Gewissen. Nein, ich habe keine Angst vor ihm, und zum Teufel, nein, ich will jetzt nicht weg.

„Das könnte dir so passen, mich erst heißmachen und dann den Schwanz einziehen. Kommt gar nicht infrage." Eigentlich wollte ich das frech und laut rausbringen, aber irgendwie klang es dann doch eher verlegen und leise.

Er lächelt. „Ich mag dich, Mona."

„Ich mag dich auch", flüstere ich.

Er sieht mich einen langen Moment still an, bis ich ganz nervös werde. Dann schmunzelt er. „Mal sehen, ob du das nachher auch noch sagst, wenn dein herrlicher, praller Po ordentlich glüht."

Augenblicklich bin ich stinksauer. „Du Ar…"

Er legt seine Finger auf meine Lippen. Aus seinen Augen strahlt wieder diese eisenharte Dominanz, der ich nicht gewachsen bin. „Willst du dein Strafmaß noch erhöhen? Für eine Anfängerin reicht eigentlich, was du bisher schon auf deinem Konto angesammelt hast."

„Du … du … du … A…" Seine Augenbrauen ziehen sich zusammen und mein Herz hämmert im Stakkato. „Albatros!"

Seine Mundwinkel zucken. „Albatros? Du bezeichnest mich als Albatros?"

Ich beiße die Zähne zusammen und versuche, ihm mit meinem Blick Angst zu machen. Er wirft den Kopf in den Nacken und lacht schallend. „Albatros! Das ist gut! So hat mich noch keine genannt."

Er küsst mich noch einmal auf den Mund, springt auf und zieht mich mit hoch. „Ab ins Haus, kleiner Kolibri, bevor der große Albatros der Versuchung erliegt und dich ans Andreaskreuz nagelt."

KAPITEL 6

Draußen befüllt Leon noch die Heuraufe der Esel und stapelt die restlichen Ballen ordentlich unter dem Vordach. Dann legt er mir seinen Arm um die Schultern und wir schlendern über den Hof.

„Was ist in dem Gebäude?", frage ich mit Blick auf das nicht renovierte alte Gemäuer.

„Das ist auch ein alter Stall. Die Katzen wohnen darin."

Ich bin in einer seltsamen Stimmung, einerseits genieße ich seine Berührung, andererseits flattern wilde Schmetterlinge in meinem Magen herum und meine Finger zittern vor Aufregung. Ich habe Angst oder doch nicht. Ich will verdammt noch mal wissen, wie es sich anfühlt, seine Hand auf meinem Po, und gleichzeitig würde ich am liebsten doch noch weglaufen. Und mieser Monster-Arsch pfeift fröhlich vor sich hin. Das nennt man wohl Vorfreude. Oh Mann!

Jetzt sieht er zu mir herab und grinst. Langsam glaube ich wirklich, er kann Gedanken lesen.

Er öffnet die Tür und geht mit mir ins Wohnzimmer. Dort setzt er sich breitbeinig auf die Couch. „Okay, Kolibri, zieh die Hose aus und leg dich über meine Oberschenkel, dann hast du es gleich hinter dir."

Ich starre ihn an, als ob ihm plötzlich lila Haare wachsen würden. Was bildet dieser Mistkerl sich ein? Diesen Möchtegern-Macho habe ich gerade liebevoll geküsst? Nicht mit mir! Ganz sicher nicht mit mir!

„Du kannst mich mal!" Ich greife nach einem Couchkissen, pfeffere es ihm an den Kopf und drehe mich irre kichernd in Richtung Haustür um. Ich schaffe vier Schritte, dann ergreift er mich. Ich fluche, zetere und strampele, doch er hält mich völlig ungerührt um die Taille gepackt und schleppt mich in den Flur. Auf einem kleinen Regal liegen die Manschetten. Er greift sie sich.

„Wie praktisch, dass Tims Utensilien noch da sind." Er schleppt mich die Treppe hoch ins Schlafzimmer. „Auf die Knie, Kolibri."

Der deutlich mitschwingende Humor bei der Rezitation dieses Reimes facht meine Wut neu an. Ein grelles „Fuck!" löst sich aus meiner Kehle. Oh ja, Schreien ist gut!

Leon drückt mich am Fußende des Bettes auf den Boden. Als ich knie, zieht er meine Hände über meinen Kopf und drückt mit den Beinen gegen meinen Rücken, sodass ich mit dem Oberkörper auf der Matratze lande. Ich spüre noch seinen Griff um meine Taille, werde ein Stück weiter hoch auf die Matratze geworfen, dann sitzt er schon rücklings bequem auf meinem Po. Das Ganze geht so schnell, dass ich nicht die geringste Chance hatte, irgendetwas gegen ihn auszurichten. Er streift mir das T-Shirt über den Kopf und öffnet meinen BH. Als ich nackt bin, befestigt er vor meinem Kopf die Manschetten um meine Handgelenke. Ich bin gefesselt. Es folgt ein Griff in meine Haare. Er dreht meinen Kopf, sodass er seitlich in mein Gesicht sehen kann. Seine Augen haben wieder dieses hypnotisierende dunkle Glitzern.

„Bleib so liegen, Kolibri, wenn du deine Strafe nicht um ein Maß erhöhen willst, welches du als

Anfängerin bestimmt nicht ertragen könntest." Er steigt in aller Seelenruhe von meinem Körper und ich wage es nicht, mich zu bewegen.

Er sieht sich kurz suchend um und greift nach dem Bademantel, den ich über eine Stuhllehne gehängt habe, als ich in meine Kleidung schlüpfte. Er zieht den Gürtel raus und tritt vorn ans Bett, um meine Handfesseln und die Streben des Kopfteils zu verbinden, sodass ich mit gestreckten Armen auf der Matratze liege, während meine Füße noch gerade so den Boden berühren. Bequem ist anders.

„Eigentlich hatte ich für dein erstes Spanking eine romantische Atmosphäre geplant, das hast du dir nun versaut, kleiner Kolibri."

Meine Wut ist zurück. Ich zerre an den Fesseln, aber natürlich habe ich keine Chance. Leon steht hinter mir. Genießt er den Anblick auf meinen wehrlosen Körper? Wartet er darauf, dass ich um Gnade bettele? Oder weine? So ein Arsch! Ich versuche, ihn zu treten. Unbeeindruckt beugt er sich vor, schiebt die Hände unter meinen Bauch und öffnet meine Jeans. Eine Minute später hat er mich vollständig ausgezogen.

Ich spüre seinen Atem im Nacken und ein Schaudern läuft über meinen Rücken. Ich liege nackt mit nach vorn gestreckten Armen da und mein Arsch wölbt sich ihm wehrlos entgegen. Wie konnte ich mich nur darauf einlassen? So eine Scheiße! Wenn er jetzt zur rücksichtslosen Bestie wird? Wenn er mich nur in Sicherheit wiegen wollte und mich nun doch tötet? Fast bekomme ich Panik, doch dann streicht er sanft über meinen Rücken, meinen Po und meine Schenkel entlang nach unten. Seine

Bewegungen sind ruhig und warm. Er ist nicht wütend. Er ist liebevoll. Ich gebe zitternd auf.

Plötzlich werde ich mir der Stille bewusst. Es gibt nur ihn und mich. Und ich bin ihm ausgeliefert. Ich höre mein Keuchen und den harten Schlag meines Herzens. Nach einer gefühlten Ewigkeit lehnt er sich über mich und sein vertrauter Duft umhüllt mich. Er stützt sich mit den Händen rechts und links von meinem Kopf ab. Ich liege mit der Wange auf der Matratze und sehe auf seine große, schöne Hand und seinen kräftigen Unterarm, auf die ausgeprägten Adern, Muskelkonturen und wenigen dunklen, kurzen Härchen.

Seine raue Jeans und sein harter Schwanz darin drücken fest gegen meinen nackten Po. Ich gehöre ihm und das erregt mich, wie mich noch nie die Nähe eines Mannes erregt hat.

„Du wirst gleich zappeln und schreien, dann betteln und schließlich weinen. Und das alles wird mir großes Vergnügen bereiten, kleiner Kolibri."

Seine Worte fachen das Feuer in meinem Unterleib noch mehr an. Mein Atem geht schneller. Leon scheint auf eine Antwort zu warten. Falls er sich jedoch einbildet, dass ich um Gnade flehe, kann er lange warten. Ich beiße die Zähne fest zusammen.

Sein Mund nähert sich meinem Ohr. „Möchtest du mir eine Ampelfarbe nennen?"

In mir explodiert die Wut. Mal wieder. „Grün, du Hornochse! Giftgrün, so giftig, dass du dir die Augen verderben wirst!", fauche ich. Ich höre ein Glucksen. Der miese Arsch lacht! „Fang endlich an, du Kröte!", schreie ich und beiße wieder fest die Zähne zusammen. Wahrscheinlich ist das mein Ende. Ich werde es bereuen. Er wird mich vernichten. Aber ich werde verdammt noch mal nicht heulen, nicht jammern und nicht strampeln. Er wird auf seinen grandiosen Spaß verzichten müssen. Er kennt mich nicht. Mich schüchtert man nicht so leicht ein!

Warmer Atem weht über meinen Hals, als er sanft die empfindliche Haut unter dem Ohr küsst. Ich balle die Hände zu Fäusten, schließe die Augen und warte auf den ersten Hieb. Ich schaffe das! Er streicht zart über meine nackte Haut, zieht mit den Fingernägeln sanft kratzende Kreise am Übergang vom Rücken zum Po. Meine Nerven prickeln bis in meine Vagina und Feuchtigkeit tropft aus meinem Eingang. Ich presse die Beine fest zusammen, denn ich will auf keinen Fall, dass er es sieht. Bei jeder Berührung zucke ich unwillkürlich, weil ich Schmerz erwarte und es dann doch nur ein sanftes Streicheln mit den Fingerspitzen ist. Ich verfluche ihn!

Er knetet und drückt eine Weile meine Arschbacken und es folgt noch einmal ein sanftes Streicheln. Dann tritt er zurück und mir ist klar, dass er jetzt beginnen wird. Plötzlich bin ich ganz ruhig. Ich spüre seinen Blick auf meinem nackten Hintern und weiß, dass er diesen Anblick genießt. Meine Haut prickelt. Ist das Stolz? Ich bin mutig, stelle mich ihm und werde diese Tortur ertragen. Ich werde nicht betteln und er wird von meiner Stärke beeindruckt sein. Ich atme tief durch und schließe die Augen.

„So ist es gut", sagt er leise, als hätte er auf dieses Zeichen meiner Bereitschaft gewartet.

Er klapst leicht auf eine Pobacke, einmal, zweimal, dann auf die andere. Es kribbelt, dann schlägt er allmählich stärker zu. Mehrere Male. Pause. Es brennt, dann folgt ein intensiveres Kribbeln. Ich rühre mich nicht, konzentriere mich darauf, still zu sein und still zu halten.

Er steigert die Intensität der Schläge. Nun zieht es gemein. Fast hätte ich aufgejault, aber ich stöhne bloß durch meine zusammengebissenen Zähne. Ich schaffe es, mich zu beherrschen. Noch einmal beugt er sich über mich. Er streicht mir meine Haare aus dem Gesicht und küsst mich auf die Wange. „So tapfer, meine kleine süße Kriegerin", flüstert er.

Eine Welle der Euphorie jagt durch meinen Körper. Ich bin stolz und irre erregt. Meine Lustperle pocht. Ein Schwall von Nässe tropft aus meinem Schoß.

Er küsst mich zwischen die Schulterblätter, streicht mit einem Finger meine Wirbelsäule entlang. „Und jetzt, Mona, will ich in deine Seele sehen. Wehr dich nicht dagegen, lass es einfach zu. Öffne dich und schenk mir deine kostbaren Tränen, kleiner Kolibri."

Jedes seiner Worte ist wie ein Hammerschlag in meinem Herzen. Angst, Euphorie, Erregung, Panik überschwemmen mein Denken und Fühlen.

Er tritt zurück und jetzt treffen mich Schläge, gegen die ich keine Chance habe. Brennende Schärfe, im steten, aber langsamen Rhythmus, erst auf die Pobacken, dann auf die Oberschenkel. Ich bäume mich auf, versuche mit aller Kraft, meinen Körper zu kontrollieren, doch er kennt keine Gnade.

„Gib auf, Mona. Trau dich, lass los, lass einfach los."

Plötzlich ist mir alles egal. Jede Zelle meines Körpers ergibt sich ihm und dem Schmerz. Die Anspannung fällt von mir ab, vollkommen gelöst, ohne jegliche Selbstbeherrschung reagieren mein Körper und meine Seele auf die Schläge, ich weine hemmungslos.

Er hört auf. Stille. Ich höre mein Schluchzen, schwebe auf einer Wolke, vollkommen leicht und frei. Mein Körper brennt und prickelt.

„Jetzt bist du angekommen", flüstert er. Seine Finger drängen sich zwischen meine Schenkel und versinken in meiner Feuchtigkeit. „Mach die Beine breit, Baby, knie dich hin. Zeig mir, wie sehr dir meine Behandlung gefallen hat."

Schamlos spreize ich die Beine, finde mit den Knien Halt auf der Matratze und strecke ihm wimmernd meinen Arsch entgegen.

„Das machst du sehr gut. Wie gehorsam mein kleines Vögelchen doch sein kann." Er umkreist meine Klitoris, die um ein vielfaches empfindlicher reagiert als jemals zuvor. Ich stöhne laut und gierig und er lacht leise. „So heiß, süße Mona, wie schön." Er kneift in meine Klit und ich schreie vor Wonne.

„Komm, Kolibri, schenk mir einen Orgasmus", flüstert er und ich keuche auf, während zwei seiner Finger hart in meine feuchte Mitte stoßen. Die Spannung baut sich auf, es entsteht dieses sehnsüchtige Ziehen, das fast schmerzhaft wird, während es sich immer mehr steigert. Er intensiviert den Druck seiner Finger, die andere Hand reibt über die von den Schlägen heiß kribbelnde Haut auf meinem Po. Mein Höhepunkt reißt mich mit, ein Feuerwerk explodiert vor meinen Augen und in meinem Körper, Wellen der Euphorie rasen immer wieder durch meine Muskeln und es dauert lange, bis ich wieder ruhiger werde. Schweißnass, keuchend und erschöpft sacke ich auf die Matratze. Erst jetzt wird mir klar, dass seine Finger immer noch in mir sind. Sanft zieht er sie heraus und löst die Manschetten von meinen Handgelenken. „Bleib liegen, Baby."

Ich hatte sowieso nicht vor, noch eine einzige Bewegung zu machen, denn ich bin von einer wunderbaren, alles umfassenden Entspannung erfüllt. Kühler, glatter Stoff streicht über meinen Körper. Leon schiebt einen Arm unter meinen Brustkorb und dreht mich sanft, sodass er sich zu mir legen und mich in den Arm nehmen kann. Mein Kopf fällt an seine Brust, ich schließe die Augen.

„Was machst du bloß mit mir", murmele ich, und er küsst meine Stirn. Ich fühle sein sanftes Streicheln auf meinem Arm, seinen Herzschlag und meinen Atem. Es ist ein Moment der Zusammengehörigkeit, wie es ihn wohl nur nach einer so intensiven Begegnung geben kann.

Nach einer Weile schiebt er das Laken wieder zurück und betrachtet meinen Körper. Ich genieße seine Blicke. Ich gehöre ihm. Er streicht über meinen Bauch, zupft an meinen Brustwarzen und ich strecke mich ihm entgegen, denn ich bin schon wieder erregt und stöhne wohlig.

„Gefällt dir, was ich mache?"

„Ja", flüstere ich. Das Wort Schamgefühl kenne ich nicht mehr.

„Sieh mich an, Kolibri", sagt er sanft und ich öffne die Augen.

„Ich liebe dich", sage ich und er lächelt. Seine Finger umkreisen meine Brustwarzen. „Mmh …"

„Ist das gut, Mona?"

„Ja."

„Ich möchte in deine Nippel kneifen."

Er macht es und ich wimmere. Er streicht mit dem Finger über meine Lippen. Ich nehme seine Hand und halte sie an meinem Mund fest. Ich liebe seine starke Hand, küsse sie und beginne, sanft an einem seiner Finger zu saugen.

Er stöhnt. „So gefällt mir das. Ein wenig Erziehung tut dir definitiv gut."

Ich küsse seine Handfläche. „Ich liebe dich. Tu alles, was du willst."

Er seufzt, entzieht mir seine Hand und streichelt wieder meine Brüste. Ich winde mich schamlos unter seinen Händen und spreize die Beine.

„Beim nächsten Mal könnte ich dich im Stall an die Gitter fesseln und dir dann den Hintern versohlen."

„Ja."

„Du möchtest an die Gitter gefesselt werden?"

„Mmh … Ich möchte alles, was dir gefällt."

„Und was gefällt dir am meisten?"

„Wenn du mich unterwirfst und ich dir ausgeliefert bin."

Er zieht meinen Kopf in den Nacken und küsst mich, seine Zunge drängt sich in meinen Mund und ich empfange ihn voller Hingabe. Er beendet den Kuss, stöhnt, beißt sanft in meine Kehle und zieht sich dann zurück.

Er hebt seinen Kopf und lächelt. Unsere Blicke treffen sich. „Bitte fick mich", bettele ich.

„Noch nicht."

„Bitte."

Er lächelt und greift zwischen meine Beine. Ich stöhne auf. Er muss mich nur kurz stimulieren, denn meine Nervenzellen sind so gereizt, dass ich Minuten später schon wieder in einem Orgasmus explodiere, und ich genieße es, seine Blicke dabei auf meinen Körper gerichtet zu wissen. Erschöpft schließe ich die Augen.

Der große, starke Albatros küsst mich auf die Stirn. „Du kannst nicht mehr, kleiner Kolibri. Du musst dich ausruhen."

Er zieht das Laken über meinen Körper und will aufstehen.

„Nein! Nicht weggehen. Lass mich nicht allein!" Plötzlich laufen Tränen aus meinen Augen und ich schluchze völlig aufgelöst los.

„Scht … Ist ja gut, ich gehe nicht weg. Keine Angst. Ich hole nur schnell was zu trinken. Du musst was trinken, denn du bist total erschöpft."

Er geht und ich fühle mich schrecklich allein. Aber er hält Wort, ist ganz schnell wieder da, hebt meinen Kopf und hält mir ein Glas an die Lippen. Ich trinke gierig das herrlich kühle Wasser.

Er stellt das Glas zur Seite, legt sich wieder zu mir und nimmt mich fest in den Arm.

„Jetzt mach die Augen zu und schlaf ein Stündchen. Ich bin da und passe auf dich auf. Es ist alles in Ordnung. Du bist in Sicherheit."

Als ich aufwache, bin ich allein im Bett. Es ist immer noch taghell und ich habe keine Ahnung, wie spät es sein könnte. Meine Augen brennen. Ich schließe sie wieder und drehe mich auf die Seite. Sämtliche Muskeln meines Körpers fühlen sich an, als ob ich einen Marathonlauf absolviert hätte. Ich bin verwirrt, schäme mich, verstehe mich nicht. Die intensiven Erlebnisse dieses Tages haben mich völlig aus dem Gleichgewicht gebracht. Leon liegt nicht neben mir. Er wollte auch keinen Sex mit mir. Ich entspreche wohl nicht seinen Erwartungen. Und ich dumme Kuh habe was von Liebe gefaselt, dabei hat er gar kein Interesse an mir. Es war wohl nicht so, wie er es sich vorgestellt hat. Diese Erkenntnis tut weh. Ich fühle mich furchtbar allein und habe keine Kraft mehr, mich zu beherrschen. Tränen fließen aus meinen Augen, ich ziehe die Beine an und rolle mich ganz klein zusammen. Ich habe mich bis zur Selbstaufgabe schlagen lassen und nun bin ich ganz allein. Ich ziehe die Decke über meinen Kopf und wimmere leise vor mich hin.

„Hey, Kolibri, nicht weinen. Was ist los?"

Die Matratze senkt sich, er legt sich hinter mich, dreht mich zu sich herum und zieht meinen Kopf eng an seine Brust. Nun muss ich noch mehr weinen.

„Warum weinst du?"

„Ich bin nicht normal. Ich schäme mich so."

„Du hast keinen Grund, dich zu schämen. Du bist schön. Und mutig. Du bist wunderbar."

„Aber du bist gegangen."

„Nein, Kolibri. Ich war die ganze Zeit da. Ich habe hier im Sessel gesessen."

Ich öffne die Augen und sehe an ihm vorbei. Neben dem Sessel steht ein geöffneter Laptop.

Er küsst mich auf die Stirn. „Es ist alles in Ordnung, Mona. Du bist durcheinander. Das ist ganz normal. Du bist immer noch die gleiche schöne und aufregende Frau wie heute Morgen. Hab keine Angst vor deinen Gefühlen. Sie sind nicht falsch. Du musst dich nicht schämen."

Er drückt mich an sich, streicht mit den Fingern durch meine Haare und summt leise an meinem Ohr. Langsam beruhige ich mich. Er schiebt mich ein Stück zurück, um in mein Gesicht sehen zu können. „Besser?“

„Mmh ...“

„Aber noch nicht richtig, oder?“

Ich schweige und drücke mich noch enger an ihn. Er tröstet mich, aber er will mich nicht. Er wird mich nach Hause bringen, sich verabschieden und dann werde ich ihn nie wiedersehen. Es ist so demütigend und ich vermisse ihn jetzt schon. Ich muss in eine andere Stadt ziehen. Ich kann auch Tim nicht mehr unter die Augen treten. Ich muss irgendwo anders ganz neu anfangen und das hier so schnell wie möglich vergessen.

„Was ist los, Mona?“

Ich schlucke und kann ihn nicht ansehen. „Was habe ich falsch gemacht?“, krächze ich in sein T-Shirt hinein.

„Du hast alles richtig gemacht.“

„Du willst mich nicht.“

„Ich will dich, kleiner Kolibri. Ich will dich sogar sehr.“

„Aber du willst keinen Sex mit mir.“

„Ich möchte dich nicht nur für ein paar Sessions, Mona. Ich möchte viel mehr von dir. Ich möchte dich ganz. Und ich schlafe erst mit dir, wenn du dich für mich entschieden hast.“

„Aber das habe ich doch längst.“

„Das kannst du im Moment noch gar nicht sagen, kleiner Kolibri. Du öffnest gerade ein paar Türen in deiner Seele und lernst neue Seiten an dir kennen. Du musst mit Gefühlen klarkommen, von denen du bisher nichts gewusst hast. Das braucht Zeit. Jetzt weißt du noch nicht, ob du jemanden wie mich wirklich nah an dich heranlassen willst.“

„Doch, das weiß ich."

Er lächelt. „Nein, kleines Vögelchen. Das glaubst du nur, weil du gerade so verwirrt und erschöpft bist. Denk jetzt nicht mehr nach. Morgen sieht die Welt schon wieder anders aus. Okay?"

Ich nicke. Meine Nase reibt an seinem T-Shirt. Seine Antwort gefällt mir nicht. Ich will ihn. Er soll mich nicht wie ein dummes Kind vertrösten. Ich weiß, dass ich ihn will, und meine Hemmschwellen hat er mit seinen Händen auf meinem Po samt jeglicher Art von Schamgefühl vollständig aufgelöst. Ich wandere mit den Fingern auf seine Hose und versuche unauffällig, den Kopf zu öffnen.

Seine Hand landet auf meinem Handgelenk. „Mona, was soll das?"

„Du bist hart."

Er stöhnt. „Hast du nicht zugehört, was ich gerade gesagt habe?"

„Hab ich."

„Warum machst du das dann?"

„Weil ich will."

Er drückt mich auf den Rücken und zieht mir die Arme über meinen Kopf. Ich liebe es, wenn er das macht, und seufze. Ich spüre seine Härte in seiner Jeans. Grinsend reibe ich mein Becken an dem rauen Stoff, der seinen Schwanz bedeckt.

„Hör auf damit", knurrt er.

„Wenn du glaubst, dass ich nach einmal Verhauen eine folgsame Sklavin bin, hast du dich geirrt, du arroganter Ar..."

Seine Augenbrauen mal wieder ... Shit! Wenn er die so zusammenzieht, dann bleibt mir einfach die Stimme weg.

„... Albatros", stoße ich mühsam hervor.

Seine Mundwinkel zucken, aber er lacht nicht. „Mädel, du willst nicht wirklich, dass ich mich heute noch einmal mit deinem brennenden Hintern beschäftige."

Seine Augen haben wieder diesen glänzenden Fast-Schwarz-Schimmer und seine Stimme hat eine Tonlage angenommen, die mich dazu bringt, ihm uneingeschränkt zustimmen zu wollen. Ich schlucke.

Er lässt meine Hände los, greift in meine Haare und zieht meinen Kopf fest in den Nacken.

„Du wirst jetzt sehr brav sein und genau das tun, was ich dir sage, hast du das verstanden?" Seine Stimme dicht an meinem Ohr ist schärfer als ein Rasiermesser.

„Ja", krächze ich.

Sein Mund senkt sich auf meinen und er küsst mich sanft. Dann steht er auf und greift nach seinem Bademantel.

„Komm, Kolibri, aufstehen. Du musst was essen."

Ich gehorche, habe keine Chance gegen ihn. Es hat definitiv keinen Sinn, sich aufzulehnen, also entspanne ich mich und gehorche. In meinem Kopf kehrt Frieden ein. Erstaunt stelle ich fest, dass ich noch nie so tief und vollkommen zufrieden damit war, mich dem Willen eines anderen Menschen unterzuordnen. Was für ein unglaublich wohltuendes Gefühl.

Er hüllt meinen nackten Körper in seinen Bademantel. Als er den Gürtel drumbindet, grinst er, und ich fühle Hitze in meinem Gesicht. Dann drückt er mich aufs Bett zurück und zieht mir die dicken Socken an. Er nickt Richtung Tür. „Vorwärts."

Gehorsam steige ich vor ihm die Stufen hinunter.

„Couch", knurrt er und schiebt mich ins Wohnzimmer. „Hinlegen."

Er deckt mich mit einer Wolldecke zu und küsst mich auf die Nasenspitze.

Ich lächele ihn an. „Und ich weiß doch, dass ich mich in dich verliebt habe."

Er schüttelt den Kopf und rubbelt durch meine Haare.

„Still jetzt."

Es ist ein wunderbarer Abend geworden. Er hat Essen gekocht und mich dazu gebracht, einen Teller Suppe und zwei Scheiben Brot zu essen. Dann hat er mich, eingewickelt in die Decke, hinausgetragen. Es war einer der ersten richtig warmen Frühsommerabende. Wir haben Arm in Arm auf der Gartenbank gesessen, Wein getrunken und die Sterne betrachtet. Er hat mir von seinen Erlebnissen auf See und in fremden Ländern erzählt und ich, wie ich als Teenie Tim angehimmelt habe und dabei so schüchtern war, dass er es nicht mal gemerkt hat.

Jetzt ist es spät und wir sind ins Bett gegangen. Er umklammert mich wieder in der Löffelchenstellung und ich kuschele mich zufrieden an ihn.

Ich bin schon fast eingeschlafen, als er mich auf den Hals küsst. „Mona, du musst mir was versprechen." Seine Stimme ist rau.

„Mmh?"

Seine Hand streicht sanft über meinen Arm. „Versprich mir, dass du dich nie auf einen Kerl einlässt, von dem du nicht ganz sicher bist, dass er mit deinen Neigungen verantwortungsvoll umgeht."

„Es wird keinen anderen mehr geben."

Seine Hand stockt. „Wie meinst du das?“

„Ich traue nur dir. Wenn du mich nicht willst, mache ich so was nie wieder.“

Er antwortet nicht, küsst mich aber auf den Hals.

Als ich erwache, ist es hell. Neben mir atmet Leon tief und in langen Zügen. Ich habe mal wieder keine Ahnung, wie spät es ist. Ist ja auch egal. Jegliche verwirrenden Gedanken sind aus meinem Kopf verschwunden. Ich fühle mich ausgeglichen, leicht und glücklich. Ich habe mir von ihm jegliches Schamgefühl austreiben lassen und er hat es genossen, mich in diesem losgelösten Zustand zu erleben. Und danach hat er mir durch seine liebevollen Blicke, Gesten und Berührungen das Gefühl gegeben, wertvoll zu sein. Es ist verrückt, aber es hat mich so stolz gemacht, das alles für ihn zu ertragen. Ein Kichern ringt sich aus meiner Kehle. Es ist wirklich geil, sich von so einem Kerl den Arsch versohlen zu lassen.

Ich kuschele mich an ihn und er seufzt. Unauffällig schiebe ich die Decke etwas zur Seite und kann nun seinen Körper betrachten. Er trägt nur eine Boxershorts.

Ob sein Schwanz den Proportionen seines Körpers entspricht? Ein Grinsen schleicht sich in mein Gesicht.

Ich lege die Hand auf seinen Bauch und streiche sanft darüber. Er regt sich, wacht aber nicht auf. Ich streichele ihn weiter und nähere mich langsam dem Rand seiner Shorts. Als er immer noch nicht aufwacht, fahre ich mit den Fingern sacht unter den Bund. Er stöhnt leise. Ich warte einen Moment, doch er schläft weiter, und ich kann meine Expedition fortführen. Dann ist meine Hand ganz in seiner Hose und meine Fingerspitzen berühren seinen Schwanz, der sofort zuckend darauf reagiert. Nur ein paar Berührungen später wird er hart. Ich zupfe am Stoff der Hose und es gelingt mir, das Objekt meiner Begierde zu befreien, ohne dass er wach wird.

Also … das mit den Proportionen kommt hin. Ich bin beeindruckt und die Schmetterlinge in meinem Magen erwachen. Leon ist anscheinend auch kurz davor aufzuwachen. Seine Augen zucken, während er wieder stöhnt. In Zeitlupe rutsche ich nach unten, beuge mich über ihn und streiche mit den Lippen über seinen Schwanz. Die Haut fühlt sich ganz weich an. Leon bewegt sich, aber nicht von mir weg. Er spreizt die Beine, fast so, als wollte er mich ermutigen, mein Tun zu intensivieren. Es fällt mir schwer, ein Kichern zu unterdrücken. Okay, Albatros, mit Vergnügen. Sachte rutsche ich zwischen seine Oberschenkel und schiebe meine Haare zurück, damit sie nicht über seinen Bauch kitzeln und ihn vorzeitig wecken. Sein Schwanz ist jetzt vollständig aufgerichtet. Wow. Ich taste mit der Fingerspitze über die dicken Adern an der Oberseite. Die Haut fühlt sich an wie Samt.

„Mona", raunt er und bewegt seine Arme, als ob er mich sucht. Sanft umfasse ich seine Handgelenke und drücke sie auf die Matratze, während meine Zunge über seine Hoden leckt. Er ist überall rasiert. Meine Wange liegt an seinem warmen Bein.

„Schön liegen bleiben, Albatros", wispere ich und lecke wieder, bevor ich nach oben in sein Gesicht schiele. Seine Augen sind halb geöffnet. Er stöhnt. „Was machst du da?"

„Nicht denken, einfach genießen“, säusele ich mit den Lippen an seiner samtigen Härte. Langsam küsse ich mich seinen Schaft hinauf.

Er will seine Arme heben. Sanft erhöhe ich den Druck meiner Hände auf seinen Unterarmen. „Liegen bleiben, oder muss ich die Manschetten holen, damit du gehorchst?“

„Du verwechselst da gerade unsere Neigungen.“ Seine Stimme ist rau und sorgt für Vibrationen in meinem Bauch.

„Ich bin nur frech, damit du einen Grund hast, mich nachher wieder zu bestrafen“, flüstere ich, ohne die Lippen von seinem Schwanz zu nehmen.

„Fuck.“ Er stöhnt lauter, befreit seine Arme und greift in meine Haare. Einen Moment denke ich, er zieht mich weg, aber er lässt mich weitermachen und ich weiß, dass ich gewonnen habe. Ich umfasse seinen Schwanz an der Wurzel, ziehe mit der anderen Hand die Vorhaut zurück, sodass ich seine Eichel erst mit Küssen bedecken und dann in den Mund nehmen kann. Meine Zunge fängt seinen Lusttropfen auf, ich sauge sanft und er zuckt. Ich küsse mich an seinem Schwanz entlang, lecke einige Male über die Unterseite und lasse meine Zunge wieder über seine Eichel kreisen. Er stöhnt. Seine Bauchmuskeln zucken. Ich schiebe mich etwas höher und nehme seine Hoden abwechselnd in den Mund, um sie mit der Zunge sanft zu massieren. Er seufzt und ich knete sie weiter mit der Hand, um mich wieder seinem Penis zu widmen. Ich lasse die Spitze etwas tiefer in den Mund gleiten und beginne, vorsichtig an ihr zu saugen. Ich nehme ihn für einen Moment noch tiefer in mir auf, um ihn dann langsam wieder aus meinem Mund hinausgleiten zu lassen. Er wird unruhig und ich wiederhole das Spiel, während ich ihn mit der anderen Hand an der Wurzel umfasse. Eine Weile gibt er mir die Illusion, die Regie übernommen zu haben, dann wird sein Griff in meinen Haaren fester und er beginnt, mich zu führen. Schlagartig bin ich nicht mehr nur feucht, sondern nass. Erstaunt registriere ich die Veränderung in meinem Körper, habe aber keine Zeit, länger darüber nachzudenken.

„Mona." Er sagt ihn nicht, er stöhnt meinen Namen und versetzt damit mein Innerstes in Vibrationen. Ich gebe mich seinen Bewegungen vorbehaltlos hin, versuche, meinen Würgereiz zu unterdrücken, als er mich zwingt, seinen Schwanz immer tiefer in meinen Mund aufzunehmen. Er stößt einige Male kräftiger in meinen Rachen und es gelingt mir nicht mehr, entspannt und locker zu bleiben. Reflexartig packe ich seine Oberschenkel und mache eine Abwehrbewegung.

„Das üben wir ein andermal", brummt er. Mit einem Ruck zieht er mich hoch, wirft mich zur Seite, rollt sich über mich, stützt sich mit den Ellenbogen auf und hält meine Haare weiter fest gepackt. „Du bist reichlich frech, kleiner Kolibri."

Eine Sekunde lang habe ich Angst, dass er tatsächlich sauer ist, aber aus seinen Augen leuchtet Begierde, kein Zorn. Ich grinse keck. „Der große Albatros scheint's zu mögen." Meine Hände streichen über seinen Rücken. Unsere Blicke vereinen und intensivieren sich, als hätte jemand ein unsichtbares Band gespannt, das wir nicht mehr durchtrennen können. Seine Augen sind wieder fast schwarz. Er senkt den Kopf und beißt sanft in meine Unterlippe, sodass ich den Mund öffne und seiner Zunge

Einlass gewähre. Ich empfange ihn stöhnend und willig, dränge mit meinem Becken gegen seinen harten Schwanz und seinen Bauch. Er seufzt an meinem Mund und beendet den Kuss, um mich wieder anzusehen.

„Ich habe mich für dich entschieden", wispere ich. „Ich will dich nicht nur für ein paar Sessions, ich will dich ganz, großer Albatros."

„Mona."

„Leon."

Sein Gesichtsausdruck ist undurchschaubar. Mit fester Stimme sage ich: „Wenn du mich auch willst, dann hör jetzt nicht auf."

„Ich will dich auch, Kolibri."

Wir küssen uns so intensiv, dass ich atemlos bin, als er seine Zunge zurückzieht und grinsend noch einmal in meine Unterlippe beißt.

„Liegen bleiben", knurrt er und lässt mich los. Er richtet sich auf, drückt meine Beine auseinander und kniet sich dazwischen. So hat er einen freien Blick auf meine triefend nasse Vulva. Ich betrachte seinen Oberkörper. Seine Muskeln sind so kräftig, dass er mir mit einer Umarmung die Rippen brechen könnte. Seine Gesichtszüge sind jetzt verhärtet. Kein Zweifel. Er will mich und wird mich ficken. Der fast schwarze Schimmer in seinen Augen intensiviert das sehnsüchtige Ziehen in meinem Unterleib. In meiner Lustperle pulsiert es. Ich fühle Hitze in meinem Gesicht und er grinst. „Peinlich?"

„Nein", knurre ich wütend und packe seine Oberarme.

„Untersteh dich, mich davon abhalten zu wollen, dich so anzusehen, wie ich es für richtig halte."

Oh Gott! Mein Herz galoppiert in meiner Brust. Meine Muskeln geben nach, aber ich kann meine Hände nicht von seinen Armen lösen. Ergeben schließe ich die Augen.

Er zieht meine Schamlippen auseinander. „Deine inneren Schamlippen sind länger als die äußeren. Das sieht neckisch aus, und deine geschwollene Pussy glänzt nass. So mag ich das." Ich hebe ihm ganz automatisch mein Becken entgegen und er zieht meine Schamlippen noch weiter auseinander, sodass ich seinen Atem an meinem Eingang spüre. Aus meinem Mund dringt ein Geräusch, das man halb als Wimmern, halb als gieriges Stöhnen bezeichnen könnte. Es entlockt ihm ein leises Lachen. Dann dringt er mit dem Daumen schnell und hart in mich ein. Ich schreie auf. Meine Fingernägel bohren sich in seine Haut und er zieht seinen Daumen zurück. Ich stöhne frustriert auf.

„Leg die Hände über den Kopf." Meine Augenlider klappen auf, ich starre ihn an, gehorche aber umgehend. Mein Herz donnert gegen meinen Brustkorb. Ohne den Blick von mir zu lösen, beugt er sich zur Seite und holt aus der Schublade des Nachtschränkchens ein Kondom. Ich sehe gebannt zu, wie er die Hülle aufreißt und es sich überstreift. Sein Schwanz ist groß und dick. Leon beugt sich über mich und streicht mit seiner Eichel über meine geschwollene Klitoris und an meinen Schamlippen entlang. Ich spreize meine Beine weiter und erwarte Schmerz, denn er ist bestimmt zu groß für meinen engen Eingang. Leon stößt langsam, aber zielstrebig zu und dringt ein Stück in mich ein. Meine vorderen Vaginalmuskeln umschließen fest seinen Schaft. Leon wartet. Seine Hände legen sich um meine

Brüste und massieren sie sanft. Erst als ich stoß-
weise weiteratme, bemerke ich, dass ich die Luft angehalten habe.

Seine Daumen reiben über meine Brustspitzen.
Die Berührungen sind fast grob, aber sie heizen
mich zusätzlich an. Ich drücke den Rücken durch
und Leon senkt den Kopf, nimmt den rechten Nippel in den Mund und saugt fest an ihm. Ich wimmere auf. Stromstöße toben durch meinen Körper.
„Bitte!"

Er lacht leise. „Was möchtest du?"

Er widmet sich dem linken Nippel. Wieder Stromstöße. Mein Körper bebt.

„Mona? Wolltest du mir nicht was sagen?"

„Mehr von dir in mir", flüstere ich atemlos.

„Mehr von mir?"

„Mehr von deinem Schwanz." Gierig hebe ich
mein Becken.

Seine Finger streicheln um meinen Kitzler herum,
dann fast grob darüber. „Bitte mich darum."

Genervt stöhne ich und er lacht wieder. „Ich
denke, ich bin zu groß für dich, Kleines. Wir sollten
lieber aufhören." Er zieht seinen Schwanz zurück.

Meine Hände schnellen nach vorn und packen in
seine Unterarme. „Nein!"

„Die Hände wieder über den Kopf, Kolibri",
knurrt er.

Fuck! Dieser Arsch! Ein Blick in sein Gesicht lässt
mich die Zähne zusammenbeißen, um bloß nichts
Falsches zu sagen. Schnell lege ich die Hände erneut
über meinen Kopf, recke ihm meine Brüste entgegen und schließe die Augen. „Bitte", flehe ich heiser.

Seine Finger streichen über meine Wangen, seine Lippen streifen über meine. „Worum bittest du mich?" Das sanfte Vibrieren seiner Stimme an meinen Lippen setzt sich in meinem Körper als heiße Welle fort.

„Ich möchte deinen Schwanz tief in mir fühlen. Ich möchte dir gehören. Bitte, Leon. Nur dir."

Er hebt den Kopf und plötzlich ist sein Blick so voller Wärme, dass sich in meiner Kehle ein Kloß bildet. Ich schlucke. Er küsst meinen Mund, streicht einmal fordernd um meine Zunge, küsst mein Kinn, meinen Hals, küsst sich einen Pfad zwischen meinen Brüsten über den Bauch bis auf den Venushügel entlang. Dann richtet er sich etwas auf und drückt mit seinem Schwanz wieder gegen meinen feuchten Eingang. Stöhnend spreize ich die Beine weiter und er schiebt sich tiefer in mich hinein. Meine vaginalen Muskeln umschließen ihn, geben immer mehr nach und legen sich fest um seinen harten Schaft. Er stößt tiefer und hält wieder inne. Oh Gott, ist das gut.

„Mona, sieh mich an."

Meine Augen klappen auf und ich möchte ihn berühren. „Darf ich dich anfassen?"

Er nickt kaum merklich.

Zaghaft ziehe ich die Arme nach vorn und lege die Hände um sein Gesicht. Er schließt kurz die Augen und ich wandere mit meinen Fingern weiter, auf den Hals und in den Nacken.

Er küsst meine Nasenspitze und atmet schwer, dann zieht er seinen Schwanz zurück und ich stöhne frustriert auf, doch diesmal lässt er mich nicht im Stich, sondern stößt erneut in mich hinein.

Er dringt tief ein, lässt seinen Schwanz wieder fast ganz herausrutschen, nur um sich erneut tiefer in mich einzuschieben. Er wiederholt dieses Spiel immer wieder und meine Muskeln umschließen ihn immer fester. Oh Gott, ist das gut. Das typische sehnsüchtige Ziehen, das einen Orgasmus ankündigt, entsteht in meinem Becken und steigert sich immer mehr. Meine Hüften haben längst seinen Rhythmus aufgenommen und drängen sich ihm jetzt immer fordernder entgegen. Das scheint ihn anzuturnen, denn seine Stöße werden immer kräftiger.

„Ja. Bitte. Gib mir mehr von dir, gib mir alles", flüstere ich.

Er stöhnt auf und rammt sich so tief in mich hinein, dass er gegen meinen Muttermund stößt. Durch meinen G-Punkt schießen elektrische Wellen, die mich zum Schreien bringen. Noch so ein kräftiger Stoß und noch einer, so schnell und so heftig, dass es mich in den Abgrund reißt. Blitze explodieren unter meinen geschlossenen Lidern, meine inneren Muskeln zucken unkontrolliert um seinen Schwanz.

„Fuck!", stöhnt er, als mein Körper sich etwas beruhigt. Ich spüre seine Zähne an meinem Hals. „Verdammt Mona, ich will das, seit ich dich zum ersten Mal gesehen habe, ich muss das jetzt ziemlich schnell intensivieren."

Kein Problem, denke ich und dann denke ich gar nichts mehr, denn er gibt sich ganz seinen Gefühlen hin. Seine harten, schnellen Stöße treiben mich in einen Strudel aus heißen Blitzen und elektrischen Wellen, lassen meinen Körper zu heißem Wachs zerfließen. Leon stöhnt tief aus der Kehle heraus und macht einige kreisende Bewegungen, sodass sein Schwanz noch intensiver über meinen G-Punkt reibt. Der Reiz lässt mich erneut aufschreien. Er hält keuchend inne. Oh Gott! Wie kann er jetzt Pause machen? Ich wimmere schamlos und stoße mit meinem Becken gegen seine Hüfte. Er grinst.

„Bitte", jammere ich. Seine Lippen bedecken meine, sein Atem strömt in meinen Mund und wieder macht er mit dem Becken eine drehende Bewegung, die mich schreien lässt. Er richtet sich auf und packt mit beiden Händen meine Taille. Seine Augen fixieren mein Gesicht. Ich könnte seinem Blick nicht ausweichen, will es aber auch nicht. Jetzt kennt er keine Grenze mehr, rammt sich tief in mich hinein und wird unaufhaltsam immer schneller. Er benutzt meinen Körper und ich gebe mich ihm hin. Sein Gesicht verhärtet sich. Mit einem tiefen, fast animalischen Stöhnen versteift er seinen Körper und ergießt sich, stößt noch mal zu, schreit laut auf, versteift sich ein drittes Mal, während meine Muskeln ihn in meinem immer noch andauernden Höhepunkt rhythmisch so fest umschließen, als ob sie ihn nie wieder loslassen wollten. Er stößt noch zwei, drei Mal kurz hart zu, bleibt dann regungslos in mir. Meine Beine zittern. Schweiß rinnt zwischen meinen Brüsten entlang. Langsam normalisiert sich mein Herzschlag, mein Atem wird ruhiger, seine Stirn legt sich an meine. Immer noch bleibt er in mir, bis mein Körper sich langsam entspannt und ihn loslässt. Wow.

Kraftlos liege ich unter ihm, als er sich schließlich sanft aus mir zurückzieht und sich neben mir auf die Matratze fallen lässt.

Erst als er das Kondom entsorgt hat und wieder neben mir liegt, drehe ich mich um, um mich in seinen Arm zu kuscheln.

Keiner von uns redet. Es sind Minuten des Friedens und der Eintracht. Meine Finger streichen über seinen Brustkorb, seine Finger über meinen Oberarm. Irgendwann dringt von draußen ein durchdringendes, klagendes Iiiaaah an unser Ohr, und Leon bewegt sich. Er grinst und küsst mich auf die Stirn. „Meine Chefs rufen.“

„Dann solltest du sie nicht länger warten lassen. Ich mache schon mal Frühstück, falls du nichts dagegen hast, dass ich deine Küche durcheinanderbringe.“

„Nicht im geringsten, Vögelchen.“

Wir sitzen uns gegenüber und durch das Fenster scheint die Sonne herein. Ich muss ihn immer ansehen, trinke einen Schluck Kaffee, ohne den Blick von seinem Körper zu nehmen.

„Du starrst mich an, Kolibri.“

„Ich kann nicht anders. Ich liebe deine Muskeln.“

Er lächelt und neigt den Kopf. „Es geht dir wirklich gut, ja? Keine miesen Gefühle mehr?“

Mein Herz schmilzt dahin. „Nein. Keine miesen Gefühle.“

Er wird ernst. „Ich wollte dich beim ersten Mal nicht so heftig schlagen, aber du hast mir deutlich gezeigt, dass dir leichter Schmerz nicht reichte.“

Ich starre ihn an und er spricht leise weiter. „Es war umwerfend, deine Reaktionen zu sehen.“

„Ich habe noch nie etwas so intensiv gefühlt“, stammele ich und er nickt. „Ich weiß, was du meinst.“ Er legt seine Hand auf meine. „Und damit hast du mich sehr glücklich gemacht.“ Unsere

Blicke versinken ineinander. „Das ist ziemlich viel, was da gerade zwischen uns passiert", sagt er rau.

Ich schlucke. „Ja, das empfinde ich auch so."

Er lächelt, küsst meine Handfläche und lässt mich los. „Heute Nachmittag bringe ich dich nach Hause. Ich muss einen Schrank an seinen Besitzer ausliefern und werde erst spät nachts zurück sein."

„Okay."

„Und heute Vormittag machen wir einen Spaziergang mit der Eselbande, wenn du Lust hast."

„Du gehst mit ihnen spazieren?"

„Ich musste letzten Herbst die Weide, die ich für sie gepachtet hatte, abgeben und habe nun endlich eine neue gefunden. Ein Landwirt auf der anderen Seite des Waldes hat seinen Betrieb aufgelöst und mir einen Hektar verkauft. Sie dürfen allerdings am Anfang nur eine Stunde drauf, damit sie keine Bauchschmerzen bekommen. Später können sie dann ganze Tage dort bleiben."

Eine Stunde später sind wir einen schmalen Pfad entlang durch den Wald gelaufen und haben die Vierbeiner auf die Weide gelassen. Sie waren ganz schön unternehmungslustig und neugierig und kein bisschen ängstlich. Zum Glück ist Leon mit den beiden größeren Wallachen vorweggegangen, sodass die Stuten automatisch hinten blieben. Ich glaube, wäre ich allein gewesen, wären sie mir weggelaufen.

Nun stehen wir auf der Wiese. Leon hat das Tor aufgemacht, wir sind hineingegangen und haben die Führstricke gelöst. Die vier toben wild bockend los.

Wir setzen uns an den Rand ins Gras und sehen ihnen zu. Ich muss laut lachen. „Ich wusste nicht, dass Esel so wild sein können!"

Leon nickt. „Sie sehen so lieb aus, aber sie haben es faustdick hinter den Ohren, fast wie kleine Kolibris."

Er zieht mich an seinen Körper heran, bis ich mit dem Kopf in seinem Schoß liege, streicht mir die Haare aus dem Gesicht und ich sehe verliebt zu ihm auf.

„Tut dein Hintern noch weh?", fragt er und ich muss albern kichern. „Nein."

Er grinst. „Schade."

„Hey!"

„Was? Ich bin ein Sadist, falls du das noch nicht gemerkt hast."

„Wie ist das für dich?"

Er grinst frech. „Ziemlich geil."

„Das habe ich mir fast gedacht, Blödmann."

„Was hören meine alten Ohren, das kleine Vögelchen wird schon wieder übermütig?"

Mein Herz klopft schneller. Oh Gott! Ich bin schon wieder erregt. Hoffentlich merkt er das nicht.

Ich schlage ihm mit der flachen Hand scherzhaft auf den Arm. „Sag mal ernsthaft."

Er neigt den Kopf zur Seite und sieht einen Moment nachdenklich in die Weite. „Es hat viele Facetten. Erst mal ist es heiß, wenn eine Frau unsicher und nervös wird, weil sie nicht weiß, was sie erwartet. Man fühlt sich mächtig und überlegen. Anschließend ist es geil, wenn du mit ihrem Körper machen kannst, was du willst. Sie liefert sich dir aus und das macht sie freiwillig, weil sie dir vertraut. Es ist für mich wirklich sehr anregend, einen nackten

Arsch zu meinem Vergnügen vor mir zu haben. Die Reaktionen der Frau sind natürlich auch sehr erregend, wenn sie zappelt und schreit." Er sieht auf mich hinab und zwinkert. „Oder wenn eine, so wie du, stur darum kämpft, sich zu beherrschen, um dann doch zu verlieren und alle Gefühle zuzulassen."

Er streicht mir mit einem Grashalm über mein Gesicht. „Aber richtig gut ist dieses Gefühl von Macht. Du vertraust mir so sehr, dass du dich mir auslieferst und ich dich nach meinem Ermessen leiden lassen kann, bis du dich vollkommen gehen lässt."

Ich muss schlucken. „Würde es dich auch mit einer Frau anmachen, die es nicht freiwillig macht?", frage ich leise.

„Nein, Kolibri. Das ist etwas ganz anderes. Dabei würde ich mich nur beschissen fühlen. Du träumst ja auch davon, vergewaltigt zu werden, würdest es aber absolut nicht erregend finden, wenn es wirklich passiert, weil eine echte Vergewaltigung eben nichts mit lustvoller Unterwerfung zu tun hat."

„Woher weißt du …"

Seine Hand legt sich an mein Kinn und er schüttelt mich leicht. „Baby, eins deiner Lieblingsspiele ist es, wegzulaufen und dich einfangen zu lassen. Ich gehe jede Wette ein, dass du diese Fantasien hast." Er grinst wieder frech. „Du liebst es, unterworfen zu werden. Apropos: Auf welche Art möchtest du den Blödmann bestraft bekommen?"

Unauffällig ist seine Hand auf meine Brust gerutscht und sein Zeigefinger umkreist durch den Stoff des T-Shirts sanft eine Brustwarze, die bei seiner Frage schlagartig hart wird.

Shit! Ich will ihn wegschieben, doch er ergreift meine Hände und drückt sie über meinen Kopf. Sofort schießt mein Blut heiß in meine Klit, sodass ich es in ihr pulsieren fühle, und ich fange an zu stöhnen. In aller Ruhe kreist sein Finger weiter um meinen Nippel.

„Willst du nicht antworten?"

„Das erwartest du nicht wirklich", stoße ich mühsam hervor.

Er grinst. So ein gemeiner Arsch! „Mitspracherecht ist zwar nicht unbedingt üblich in unseren Kreisen, aber manchmal mache ich eine Ausnahme. Du sollst dich schließlich bei mir wohlfühlen."

„Du bist so ein Ar… Albatros."

Er lacht fröhlich. „Du wolltest ausprobieren, wie sich Nippelklemmen anfühlen."

„Ich bin mir nicht sicher", flüstere ich atemlos und versuche, mich aus seinem Griff zu befreien.

„Lieg still, wenn ich mit dir rede. Als sie sie Valerie angelegt haben, hat es dich so fasziniert, dass du gar nicht wegsehen konntest, und jetzt hat dich deine Brustwarze bereits verraten, Süße. Die ist nämlich steinhart." Wieder dieses zufriedene Grinsen. „Diese Klammern sind auch wirklich toll, sie schmerzen besonders nett beim Befestigen und beim Lösen tut's noch mal extra weh. Wirklich sehr anregend. Ich glaube, ich werde welche für dich besorgen."

Er zieht mein T-Shirt hoch, betrachtet ausgiebig meinen Oberkörper, und meine Bauchmuskeln beben, ohne dass ich es unterdrücken kann. Warum habe ich dumme Kuh bloß keinen BH angezogen? Und was ist, wenn uns jetzt jemand sieht?

„Lass mich los, du Arsch!", zische ich wütend und er lacht.

„Weißt du eigentlich, dass viele Masochisten es lieben, tagelang mit Striemen auf dem Po herumzulaufen?"

„Nein!"

„Wie masochistisch bist du, Mona?" Seine Stimme ist plötzlich tief, lockend und verführerisch, sodass ich ganz vergesse, wie zornig ich eigentlich bin.

„Ich weiß nicht", flüstere ich.

„Ah, du wirst das bald beurteilen können, denn du hast dir gerade mit diesem überaus höflichen Lass-mich-los-du-Arsch Klammern an deinen Brüsten verdient."

Fuck! Mein Höschen ist durchnässt.

Er grinst und bedeckt meinen Oberkörper sorgfältig wieder. „Ich denke, jetzt hast du genug Gründe, dich nach mir zu sehnen, wenn ich heute Nachmittag weg bin, nicht wahr?"

Er lässt mich los und ich flüchte spontan außerhalb seiner Reichweite. „Du bist so ein … ein …"

Er lacht, beugt sich mit einer schnellen Bewegung vor, legt die Hand in meinen Nacken und zieht mich wieder zu sich zurück. Sein Mund landet auf meinem und die Bewegungen seiner Zunge lassen allen Widerstand in mir dahinschmelzen.

„Bleib so, wie du bist, kleiner wilder Kolibri", flüstert er und in meinem Herzen wird es ganz warm.

KAPITEL 7

„Ich bin hinten, falls was Wichtiges ist", sage ich zu Frau Hartmann, die mich mal wieder missbilligend ansieht, weil sie bereits seit über fünfzehn Jahren für meinen Vater gearbeitet hat und alles besser weiß als ich. Sie nickt und ich setze mich in meinem kleinen Büroraum an den Computer. Hier ist alles noch so, wie es mein Vater bei der Übernahme des Ladens vor fast zwanzig Jahren eingerichtet hat. Die Schreibtischoberfläche ist abgeschabt, der Teppichboden bis auf das Linoleum darunter durchgelaufen. In den deckenhohen Regalen an den Wänden stehen unzählige Aktenordner. Mein Vater hat seit der Geschäftseröffnung alles aufbewahrt, was er für wichtig hielt. Mindestens die Hälfte aller Papiere kann entsorgt werden. Irgendwann werde ich damit beginnen, Ordner für Ordner durchzusehen.

Jeden Tag betrachte ich seufzend diese Regale. Ein Familienerbe zu erhalten, kann eine schwere Last sein.

Ich muss noch einige Bestellungen aufgeben, dann ist Feierabend. Wir haben bereits siebzehn Uhr und schließen um achtzehn Uhr. In unserer Kleinstadt lohnt es sich nicht, einen Schreibwarenladen abends länger zu öffnen.

Kaum bin ich allein, sehe ich im Geiste Leon vor mir. Zurück im Alltag kommen mir die Tage bei ihm so irreal vor. Seit er mich gestern Nachmittag zu Hause abgesetzt hat, denke ich ständig an ihn. Hier, im Laden, allerdings mit gemischten Gefühlen. Ich bin nach wie vor verliebt und erregt, sobald ich mich daran erinnere, was er alles mit mir gemacht hat. Meine devote Veranlagung lässt sich definitiv nicht leugnen. Aber mit etwas Abstand, im Job, umgeben von Menschen, die mich für pervers hielten, wenn sie wüssten, was ich am Wochenende erlebt habe, bekomme ich Angst vor der Zukunft. Es ist ein großer Gegensatz, das gediegene alte Geschäft, Kunden, die mich zum Teil schon seit meiner Kindheit kennen und für vernünftig und intelligent halten, und das Abenteuer Liebe und Sex mit einem Typen wie Leon.

Die meisten Frauen in meinem Alter, die ich heute bedient habe, würden ängstlich den Kopf einziehen, stände er vor ihnen. Wir leben in einer Kleinstadt. Wüsste jemand von meinen Neigungen, könnte ich den Laden dichtmachen. Meine Eltern würden mich in die Psychiatrie einweisen lassen und weinend an meinem Bett sitzen. Na gut, so schlimm wohl nicht, aber es wäre doch problematisch. Ich weiß nicht, ob ich mein Leben so führen kann. Werde ich so bleiben, wie ich bin? Werde ich mein Alltagsleben unverändert weiterleben? Werden unsere Spiele extremer? Wird man es mir irgendwann anmerken, dass ich anders bin? Es hat mich erregt, als er von Striemen auf meinem Po geredet hat. Vielleicht bin ich ihm irgendwann total hörig. Was, wenn ich eines Tages nicht mehr selbstständig klarkomme, weil ich so auf ihn fixiert bin? Was, wenn er mich dann nicht mehr will?

Bei ihm auf dem Hof, so abgeschirmt von der Welt und allen anderen Menschen, war es so einfach. Die Natur, die Tiere, dieses alte, liebevoll renovierte Häuschen, man kann dort gar nicht anders, als sich wohl und sicher fühlen. Ich habe keinen Gedanken an meinen Alltag verschwendet, bis er mich nach

Hause gebracht hat. Allein in der leeren Wohnung kam ich mir plötzlich seltsam vor. Und je länger wir uns nicht gesehen haben, desto seltsamer ist es, so, als wären die Tage bei ihm gar nicht real gewesen.

Wir haben uns Handynachrichten geschrieben und abends telefoniert, wie jedes andere Paar auch. Ich weiß nicht, wann wir uns wiedersehen. Vielleicht sollte ich ein paar Tage warten, bevor ich mich wieder mit ihm verabrede, um meine Gedanken zu ordnen. Ich muss lächeln. Ich sehne mich nach ihm, trotz der blöden Gedanken – oder vielleicht gerade wegen ihnen.

Mein Handy klingelt. Es ist Leon. „Hi", melde ich mich.

„Hey, Kolibri. Wie geht's dir?"

„Gut. Und dir?"

„Mir auch. Soll ich heute Abend vorbeikommen?"

„Ähm … ich …" Ich atme aus und schüttele über mich selbst den Kopf. „Ja. Gerne."

„Du hast gezögert?"

„Nein. Ich freue mich, wenn du kommst. Ich habe nur … äh … nichts eingekauft, aber ich kann noch …"

„Mach dir keinen Stress. Ich bringe uns etwas zu essen mit." Ich höre ihn leise lachen. „Und deinen besonderen Schmuck habe ich auch besorgt, falls du ihn ausprobieren möchtest."

Augenblicklich drücken meine Brustwarzen steinhart gegen meinen BH. Oh Mann!

Ausgerechnet jetzt ruft Frau Hartmann aus dem Laden nach mir. „Ich … äh … ich muss Schluss machen. Meine Mitarbeiterin braucht mich."

„Kein Problem, Kolibri. Bis nachher."

Arsch, denke ich, denn ich habe natürlich aus seiner Stimme deutlich sein Amüsement herausgehört. Die nächsten Stunden werden zur Qual. Ich bin erregt, aufgeregt, etwas ängstlich und gleichzeitig ungeduldig. Keine Sekunde kann ich ihn und seine Ankündigung aus meinen Gedanken vertreiben, weder im Laden noch danach auf dem Fahrrad und erst recht nicht vor dem Haus, das ich erreiche, als Tim gerade mit seinem Koffer aus dem Taxi steigt. „Hey Mona", grüßt er mich und ich erschrecke ein wenig. Ich habe keinen Gedanken mehr daran verschwendet, was er jetzt denkt. Ich meine, wir hatten keine Beziehung, waren aber doch irgendwie zusammen und jetzt …

Ich muss mit ihm reden. „Hey Tim."

Er grinst, während wir zusammen zur Tür gehen. „Na, wie war der Rest deines Landurlaubs?", fragt er mit einem Augenzwinkern.

Prompt laufe ich knallrot an. Klasse! Wirklich oberklasse! Er lacht. „Bleib cool, Mona, du bist in Leon verliebt, das war am Sonntag schon offensichtlich."

Ich grinse verschämt. „Und es macht dir nichts aus, ich meine, wir …"

Er umarmt mich freundschaftlich. „Nein, Mona, es macht mir überhaupt nichts aus. Ich bin keiner für eine feste Beziehung, das weißt du doch." Erleichtert lehne ich mich in seine Umarmung, bis er mich vor seiner Wohnungstür loslässt und wir uns trennen.

Ich habe geduscht und sitze mit einem Glas Saft auf dem Balkon, als ich Leons Bus auf der Straße näher kommen sehe. Wir haben Mitte Juni und so langsam spürt man den nahenden Hochsommer. Meine Dachwohnung hat sich im Laufe des Tages etwas aufgeheizt, so trage ich nur eine kurze Shorts und ein ärmelloses, weites Shirt.

Mein Herz schlägt schneller. Ich warte prickelnd erregt und gleichzeitig ängstlich auf die Begegnung mit diesem Mann, der wie ein Erdbeben mein Leben umzuwälzen droht. Das ist anstrengend. Mein Körper reagiert, ohne dass ich irgendeine Chance habe, es zu unterdrücken. Schmetterlinge flattern in meinem Magen herum und ich werde bestimmt nichts essen können. Falls wir tatsächlich länger zusammenbleiben, muss ich mir Baldriantropfen besorgen, um auch mal zur Ruhe zu kommen.

Leon steigt aus und ich winke ihm zu. Beladen mit zwei prall gefüllten Einkaufstüten kommt er näher. Er sieht in seinem lässigen Jeans-und-T-Shirt-Outfit so gut aus, dass es kaum auszuhalten ist. Und er will mich! Alle Zweifel sind vergessen. Innerlich jubilierend gehe ich rein, um den automatischen Türöffner zu betätigen und ihn an der Wohnungstür zu begrüßen. Als er vor mir steht, falle ich ihm, bevor er die Chance hat, sich der Einkäufe zu entledigen, um den Hals.

Er küsst mich kurz und grinst. „Hey, wilder Kolibri, lass mich erst den Kram loswerden, damit ich dich richtig begrüßen kann."

Er stellt die Tüte in der Küche ab, dreht sich um und schließt mich dann in seine kräftigen Arme. Jetzt versinken wir in einem richtigen Kuss. Das ist gut, unglaublich, phänomenal gut. Lüstern stöhnend reibe ich mein Becken an seinem Oberschenkel und versuche, mich zwischen seine Beine zu drängen. Ich atme tief ein, bin süchtig nach seinem

Geruch, wie eine Drogenabhängige. Er schiebt mich ein Stück zurück und mustert mich so durchdringend, dass ich verlegen werde. „Was ist?", frage ich nervös.

„Nichts. Ich will nur wissen, ob zwischen uns alles in Ordnung ist."

„Natürlich ist es das. Warum sollte es nicht in Ordnung sein?", frage ich flapsig, aber er geht auf meinen lockeren Ton nicht ein. „Weil man manchmal mit etwas Abstand Zweifel bekommt und weil deine Stimme am Telefon etwas zweifelnd klang."

Augenblicklich spüre ich, dass ich rot anlaufe. Der Kerl kann wirklich Gedanken lesen. Es ist nicht zu fassen.

Schnell lache ich. „Nein, ich habe keine Zweifel. Es ist alles in Ordnung."

Ich drehe mich weg und öffne den Kühlschrank. „Du hast sicher Durst. Was möchtest du trinken?"

Er packt mich und ein greller kurzer Schrei entfährt mir. Dann ist die Kühlschranktür auch schon zugeschlagen und ich liege rücklings auf meiner Couch. Er hat mich so schnell hochgehoben und ins Wohnzimmer transportiert, dass ich nicht mal gezappelt habe. Er beugt sich über mich und meine Hände drücken gegen seine Brust, was ihn allerdings wenig bis gar nicht beeindruckt. Mein Atem rasselt, meine Augen sind weit aufgerissen, aber ich sage keinen Ton.

Seine Stimme ist nah an meinem Ohr. „Hör mir gut zu, Mona. In einer Beziehung, in der BDSM eine Rolle spielt, ist absolute Ehrlichkeit eine Grundvoraussetzung, damit keiner der Partner zu Schaden kommt. Du hast jetzt genau zwei Entscheidungsmöglichkeiten. Option eins, wir unterhalten uns in

Ruhe und du sagst die Wahrheit. Option zwei, wir unterhalten uns, du versuchst aber weiter, mir etwas vorzulügen. In dem Fall ist es aus mit uns."

Sein Blick ist stechend und in meinem Hals wächst ein fieser Kloß. Ich schlucke. Seine Stimme war, sagen wir mal, leicht frostig und mein Herz donnert in vierfacher Geschwindigkeit. Ich müsste jetzt Option eins wählen. Jede vernünftige, normale Frau würde Option eins wählen. Aber ich bin keine vernünftige und normale Frau und über Gefühle reden konnte ich sowieso noch nie besonders gut. Habe ich Angst? Nein. Er soll nicht gehen. Auf keinen Fall.

„Überlege dir gut, was du willst. Du hast nur eine Chance für die richtige Wahl."

Ich schlucke noch einmal. Meine Hände drücken nicht mehr gegen ihn, sondern streichen zaghaft über seine Brust. „Ich bin beschissen darin, über meine Gefühle zu reden", sage ich leise. „Ich kann das einfach nicht. Aber ich weiß ganz genau, dass ich dich will. Bitte, Leon, glaub mir das und geh nicht."

Er sieht mich an, als ob er in meinem Gesicht lesen wollte, und ich weiche seinem Blick nicht aus. Oh Gott, ich weiß, was ich jetzt möchte. Das Kribbeln in meinem Körper spricht eine deutliche Sprache. Ohne richtig darüber nachzudenken, folge ich einem Impuls. Ich lege die Hände über meinen Kopf.

„Grün", wispere ich, ohne den Blick zu senken. Er reagiert nicht und in mir wächst die Wut. Erwartet er jetzt, dass ich ihn anbettele, mir wehzutun? Dieser Mistkerl!

„Was ist, hat es dir die Sprache verschlagen?", frage ich frech. „Du kannst dir deine blöden verschissene Optionen an den Hut stecken, du miese Ratte! Glaub ja nicht, dass ich zu feige für dich bin!", keife ich und keuche im nächsten Moment vor lauter Schreck darüber, was mir gerade herausgerutscht ist.

Es ist ganz still. Mein ganzer Körper ist angespannt. Dann umfasst er meine Handgelenke und drückt sie gegen das Polster. Ich atme aus und mein Körper entspannt sich.

Er küsst mich sanft auf die Stirn. „Ganz wie du möchtest, kleiner, wilder Kolibri."

Seine Worte lösen irgendetwas in mir. Ruhe kehrt ein. Ich atme tief durch und schließe für einen Moment die Augen.

„Ins Schlafzimmer", knurrt er und zieht mich von der Couch. Vor dem Bett wischt er die Decke achtlos auf den Boden. Er stellt mir ein Bein und lässt mich langsam runter, sodass mein Körper sanft bäuchlings in der Mitte der Matratze landet, obwohl ich mich ganz steif mache.

„Ich rate dir dringend, dich jetzt kooperativ zu zeigen", zischt er und dreht mich auf den Rücken. Er kniet über mir. Seine Augen glitzern. Mit meiner Ruhe ist es vorbei. Ich zittere am ganzen Körper und wage es nicht, mich zu bewegen.

„Zieh das Oberteil aus."

Mit fahrigen Händen gehorche ich. Er rutscht etwas tiefer und zerrt mir mit einer schnellen Bewegung die Shorts und den Slip herunter. „Liegen bleiben."

Er steht auf und sieht sich suchend um. Ich kämpfe mit mir, nicht doch panisch aufzuspringen. Als er mir die Chance dazu verwehrte, war es einfacher. Ich kralle mich im Bettzeug fest und beiße die

Zähne zusammen. Mein Blick folgt ihm wie hypnotisiert. Er dreht sich zur offenen Tür, geht zur kleinen Garderobe im Flur, an der ein paar Seidenschals und Halstücher von mir hängen, greift sich zwei und ist sofort wieder da.

„Stell die Füße auf."

Mein Gehirn ist ausgeschaltet. Ich gehorche reflexartig. Er schiebt meine Beine etwas auseinander und bindet auf jeder Körperseite das Handgelenk mit dem Fußgelenk zusammen. Auf die Art hat er nicht nur den freien Blick auf meinen nackten Oberkörper, sondern auch in meine ebenso entblößten intimsten Zonen. Als er fertig ist, betrachtet er mich, schiebt mir ein Kissen unter den Kopf und wischt mir eine Haarsträhne aus dem Gesicht. Seine Miene ist unergründlich. Wenn er doch nur einmal ganz kurz lächeln würde.

Er hockt sich vor meine Beine, streicht die Innenseiten meiner Oberschenkel entlang und berührt mit den Fingern leicht meine Schamlippen. Ohne dass ich es verhindern kann, schleicht sich ein Seufzer aus meinem Mund.

„Du bist erregt, Kolibri", stellt er lächelnd fest und ich laufe, wie sollte es anders sein, mal wieder knallrot an. Ohne dass ich mich dagegen wehren kann, vibriert es tief in meinem Körper. Ich hasse dieses selbstgefällige Arschloch so sehr! Er umkreist sanft meine Klit und reibt darüber. Ich schließe die Augen, stöhne gequält, recke ihm mein Becken entgegen. Ich möchte ihn in mir spüren. Doch der miese Arsch hat nur darauf gewartet, dass ich mir die Blöße gebe, ihm mein Begehren so deutlich zu zeigen. Er hört auf, mich zu berühren, lehnt sich stattdessen mit den Ellenbogen gemütlich auf meinen Knien auf.

„Öffne die Augen und sieh mich an."

Ich drehe demonstrativ den Kopf weg.

„Mona, ich warne dich. Stell meine Geduld nicht auf die Probe." Seine Stimme ist leise und klingt deutlich angepisst, sodass mein Gehirn sich weigert, meinem Willen zu folgen. Ich gehorche und begegne seinem Blick. Immer noch kein Lächeln. Nur Eiseskälte glitzert in seinen Augen.

„Welche Gedanken sind dir heute in deinem kleinen, niedlichen Köpfchen herumgewandert?"

Dieses widerliche sadistische Monster! Muss er jetzt damit anfangen? Ich kneife die Lippen fest zusammen und versuche, ihn mit Blicken zu töten.

Er lacht, steht auf und sieht mit vor der Brust verschränkten Armen auf mich hinab. „Du kannst nichts vor mir verbergen, Kolibri. Genauso wie ich alles an deinem Körper sehe, werde ich auch in deine Seele sehen. Gib auf und rede, dann hast du es hinter dir, ohne lange leiden zu müssen."

Er wartet. Sein Blick haftet sich deutlich auf meine Vulva. Ich könnte heulen vor Wut und Scham.

„Okay, wie du willst. Es ist ja nicht so, dass es mir keinen Spaß machen würde, dich zu quälen."

Er grinst, tätschelt meinen Oberschenkel und verschwindet. Meine Nerven sind zum Zerreißen gespannt. Ich schreie bestimmt jeden Moment panisch los. Warum ist es so erregend, Angst zu haben? Das Blut pulsiert durch meinen Kitzler, dabei hat Leon mich noch nicht mal berührt.

Er kehrt zurück, setzt sich wieder neben mich und legt lässig zwei kleine Metalldinger auf meinen Brustkorb. Ich weiß natürlich sofort, worum es sich handelt, und meine verräterischen Brustwarzen erstarren in deutlicher Vorfreude. Er spielt mit der linken, zupft und streichelt sie und ich zucke und halte in Erwartung der Schmerzen die Luft an.

„Deine Nippel sind für Klammern wie geschaffen, kleiner Kolibri. Es ist mir eine Freude." Ohne eine Antwort abzuwarten, befestigt er eins der fiesen Teile an meiner Brust. Er dreht die kleine Schraube erst in dem Moment fest zu, in dem der Mangel an Sauerstoff mich zum Ausatmen zwingt, sodass mir ein ungewolltes Jammern entweicht, als ich den beißenden Schmerz fühle. Er grinst und ich schnappe nach Luft. Mein Körper wehrt sich, alle Muskeln spannen sich an, ich beiße die Zähne zusammen und kann das Stöhnen doch nicht unterdrücken. Seine Hand liegt auf meinem Bauch und er betrachtet mich mit deutlichem Genuss. Der Schmerz lässt allmählich nach und meine Muskeln entspannen sich zitternd. Darauf scheint er gewartet zu haben, denn nun folgt die Prozedur an der anderen Brustwarze.

„Versuch, weiter zu atmen, Mona, nimm den Schmerz an, dann ist es erträglicher", erklärt er beiläufig, während er an dem Nippel zupft, als wolle er dafür sorgen, dass er ganz hart ist, bevor er sein fieses Werk fortführt. Bestimmt hat er recht, aber aus Trotz halte ich wieder den Atem an. Er grinst und schüttelt den Kopf. „Ach Mäuschen, lass es, das bringt doch nichts."

Ich weiß, dass es stimmt, schließe resigniert die Augen und lasse los. Mein Brustkorb bäumt sich auf, als er die Klammer festdreht, und auch hier dauert es eine Weile, bis ich mich an den Schmerz gewöhne.

Meine Bauchmuskeln zittern unkontrolliert. Seine Finger streichen zwischen meinen Schamlippen hindurch. Meine überreizten Nerven reagieren sofort. Mein Becken zuckt. Ich glaube, ich stehe kurz vor einem Höhepunkt.

„Du bist klatschnass, Mona", sagt er und pustet gegen meine Klitoris. Ich schreie auf. Er dringt mit einem Finger in mich ein. Bevor ich die Augen schließe, begegne ich seinem Blick. Er sieht gierig aus, sadistisch und gierig. Vor meinen Augen explodiert ein Feuerwerk. Durch meinen Körper zucken elektrische Schläge, meine inneren Muskeln umklammern seinen Finger. Die ungewollten Bewegungen lösen neue Schmerzen an meinen Brüsten aus, was den Wellen des Höhepunktes neue Energie gibt. Erst als er sachte seinen Finger zurückzieht, finde ich ganz allmählich wieder ins Jetzt zurück. Ich wimmere haltlos. Mein ganzes Sein ist nur noch fühlen, denn das Brennen an meinen Brüsten und die fast schmerzhafte Empfindlichkeit meiner Lustperle erlauben mir keinen klaren Gedanken mehr.

Leon steht auf, zieht sich aus und kniet sich zwischen meine Beine. Sein Schwanz wippt steil aufgerichtet vor seinem Bauch. Trotzdem lässt er sich Zeit, schiebt meine Füße weiter auseinander, wobei mein Oberkörper zuckt. Wieder dieser fiese Schmerz in meinen Brüsten. Ich schreie leise auf. Bloß nicht bewegen!

In aller Ruhe befreit er mich von den Schals um meine Gelenke, rutscht näher an mich heran und legt meine Beine auf seine Schultern. Längst rinnen Schweißperlen an meinen Schläfen entlang, tropfen auf die Matratze. Ich starre an die Decke und warte am ganzen Körper bebend darauf, von ihm genommen zu werden. Plastikfolie knistert. Seine Eichel umspielt meinen Kitzler. Ich schreie, als er tief in mich eindringt und, durch die Stellung bedingt, direkt auf meinen G-Punkt trifft. Mein Körper ist völlig haltlos.

Leon stöhnt, packt mich an der Taille und stößt mehrere Male hart zu, bevor er tief in mir verharrt. Keuchend starre ich in sein Gesicht. Er hat den Mund geschlossen, seine Haare fallen ihm in die Stirn, seine Wangen zucken, als ob er die Zähne fest zusammenbeißen würde. Der Blick auf seinen überwältigenden Körper wirkt mehr als stimulierend auf mich. Ich hätte nie gedacht, dass Sex so intensiv sein kann.

„Schenk mir deine Tränen, Kolibri", flüstert er und öffnet die erste Klammer. Das in die Brustwarze dringende Blut löst einen neuen fiesen Schmerz in mir aus, der meinen Körper zum Erbeben und ihn zum Stöhnen bringt. „Ja, Kolibri, genau so will ich das haben."

Er löst die zweite Klammer und während mein Körper zuckt, stößt er mit seinem Schwanz tief in mich hinein. Meine Finger umklammern seine Handgelenke, die mich an den Hüften halten. Er fickt mich hart und schnell. Als seine Lippen sich um meine rechte Brustwarze schließen und fest daran saugen, schließe ich die Augen und lasse mich in den Abgrund fallen. Ich zerfließe in einem dritten Orgasmus. Er stöhnt, bleibt unbeweglich in mir und als ich die Augen öffne, sehe ich, dass er mich beobachtet. Meine Muskeln bestehen nur noch aus Watte. Kraftlos und atemlos liege ich unter ihm. Er lächelt, lässt meine Beine herunter und beugt sich vor. Seine Lippen legen sich auf meine, meine Arme umschlingen seinen Nacken und sein Brustkorb drückt sich gegen meine überempfindlichen Nippel, sodass sich ein Wimmern aus meiner Kehle löst.

„Wirst du mir gleich erzählen können, was dich heute beschäftigt hat, Mona?" fragt er, ohne seine Lippen von meinem Mund zu lösen.

„Ja", hauche ich.

Er beginnt, sich in mir zu bewegen. Langsam, fast träge, mal kreisend, mal fest zustoßend, seufzend und stöhnend. Seine Zunge spielt mit meiner, er beißt sanft in meine Unterlippe. Langsam zieht er seinen Schwanz zurück, um ihn sofort wieder in mich gleiten zu lassen. Er hebt den Kopf und ich erkenne neuen Hunger in seinen Augen. Oh Gott, er ist so schön und ich will ihm alles geben. Er schiebt eine Hand unter meinen Rücken und hebt ihn leicht an. Plötzlich reibt sein Schwanz noch intensiver über meinen G-Punkt. Neues sehnsüchtiges Ziehen erwacht in mir. Meinen Nerven ist es egal, dass meine Muskeln längst um Gnade flehen, und diesem Kraftpaket von Mann, der mich unbarmherzig in diese Höhen der Lust treibt, ist es das auch. Mein Atem geht schneller.

„Komm für mich, Mona, noch ein letztes Mal", flüstert er dicht an meinem Ohr und hebt mein Becken an, während sein Schwanz immer wieder in mich hineinstößt. Ich schreie. Meine Beine umklammern ihn und jetzt gibt er seine Selbstbeherrschung auf, stößt immer schneller und härter zu. Als ich meinen Orgasmus hinausschreie, höre ich auch ihn tief und heiser stöhnen und fühle seinen Penis in mir zucken.

Nur langsam kommen wir beide wieder zu Atem. Er zieht sich aus mir zurück, befreit sich von dem Kondom und wirft es in den kleinen Papierkorb neben meinem Bett. Meine Muskeln zittern. Ich bin erschöpft, total kraftlos. Er bleibt über mir, stützt sich mit den Ellenbogen ab und streicht mir fürsorglich meine verschwitzten Haare aus der Stirn.

„Welche Gedanken haben dich heute gequält?" fragt er sanft und ich breche in hemmungsloses Schluchzen aus.

„Angst", bringe ich hervor.

„Angst vor mir?", fragt er und ich schüttele wild den Kopf. „Vor mir selbst. Und das war dumm. Ich will auch gar nicht heulen. Ich hab gar keinen Grund!", schluchze ich und versuche, mich zu fassen, aber es geht nicht. Die Tränen laufen einfach weiter. Leon hat alle Kraft aus mir herausgevögelt, da ist keine Reserve mehr, um die Heulerei zu unterdrücken.

Er lässt sich zur Seite fallen, zieht mich in seine Arme, streichelt meine Haare, meinen Oberarm und küsst mich sanft auf die Stirn. „Du brauchst keine Angst zu haben. Es ist alles gut. Du bist nicht unnormal oder verrückt."

Als ich mich nach einer Weile endlich beruhige, strömen alle miesen Gedanken des Tages aus mir heraus: Die Angst, extremer zu werden, die Angst, meine Selbstachtung zu verlieren, die Angst, von Leon abhängig zu werden, die Angst, dass es meine Umwelt erfahren könnte, die Angst mit den Aktenbergen in meinem Büro nicht klarzukommen, die Angst, meine Eltern unglücklich zu machen, sogar diese dämliche Angst, Frau Hartmann gegenüber nicht sicher genug aufzutreten.

Er hört sich alles an, küsst mich und streichelt mich, bis ich endlich alles losgeworden bin. Seufzend kuschele ich mich an seinen Brustkorb. Ich bin froh, es ausgesprochen zu haben, und fühle mich so leicht und befreit wie seit Jahren nicht mehr.

Er schiebt mich ein Stück zurück und sieht mir ins Gesicht.

„Vertraust du mir, Mona?"

Unsere Blicke versinken ineinander. Zärtlich streiche ich über seine Wange. „Ja. Tausendprozentig ja."

„Dann sind alle deine Ängste bezüglich deiner Neigungen unbegründet. Ich zerstöre dich nicht. Erlaube dir, zu genießen. Sei stolz, dass du dich traust, es auszuleben. Glaub mir, es gibt so viele Frauen, von denen du denkst, sie würden die Nase über dich rümpfen, dabei sind sie in Wahrheit neidisch auf jede, die sich traut, zu ihren Bedürfnissen zu stehen. Deine anderen Sorgen", er küsst mich auf die Stirn, „die verstehe ich gut. Ich kann dir nicht versprechen, dass nicht vielleicht doch mal jemand etwas aus deinem Privatleben erfährt, und ich kann dir die Sorgen über deine Arbeit nicht abnehmen. Aber ich kann dir versprechen, was auch passiert hinter dir zu stehen, dir Rückhalt zu geben und dich zu unterstützen, soweit das in meiner Macht liegt. Und …", er grinst, „falls diese alte Frau Hartmann sich tatsächlich trauen sollte, über dich die Nase zu rümpfen, schenken wir ihr einen Vibrator zu Weihnachten, damit sie etwas lockerer wird."

Kichernd kuschele ich mich an seine Brust. „Das Gesicht möchte ich sehen, wenn sie während der Firmenweihnachtsfeier so ein Gerät auspackt."

Wir lachen beide und ich drücke mich noch etwas enger an seinen Körper.

„Das war irre eben."

Er grinst. „Ich wusste, dass dir die Klammern gefallen werden."

Gequält verdrehe ich die Augen. „Warum tut es so weh und ist gleichzeitig doch so geil?"

Vergnügt beißt er mir ins Schlüsselbein und ich schreie auf. „Nur für mich, Kolibri. Nur weil das dem großen Albatros so gut gefällt."

„Ich hasse dich!"

Er lacht. „Okay, im Ernst. Ich kann dir keine richtige Erklärung dafür geben. Die Meinungen gehen auseinander, genau weiß man nicht, warum das Empfinden bei manchen Personen so ist, warum manche diese Neigungen haben."

Den Rest des Abends verbringen wir auf dem Balkon. Es ist warm und riecht verheißungsvoll nach Sommer. Immer wieder muss ich Leon ansehen und immer wieder lächelt er, wenn er es merkt. Wir verspeisen die Köstlichkeiten, die er eingekauft hat, trinken Wein und erzählen uns alles Mögliche, Alltägliches und nicht so Alltägliches. Ich liebe es, immer mehr von ihm kennenzulernen, vertrauter mit ihm zu werden und bin sehr froh, dass er mich dazu gebracht hat, ihm von meinen dummen Ängsten zu erzählen. Fast muss ich noch mal weinen. Er merkt es und zieht fragend die Augenbrauen hoch.

„Ich …", beginne ich stockend, atme tief durch und zwinge mich, weiterzureden. „Ich kann nicht gut über Gefühle sprechen und möchte … also, ich meine … ich bin froh, dass du es heute aus mir herausgekitzelt hast."

Er sieht mich still an und ich werde mal wieder rot. Er beugt sich vor und hebt mein Kinn an, damit ich ihn ansehe. „Ich muss wissen, was in deinem Kopf vorgeht. Wenn du Sorgen und Ängste vor mir verbirgst, können unsere Spiele uns beide sehr unglücklich machen. Ich muss verstehen, was du fühlst, und ich muss sicher sein, dass du die Ampel benutzt, wenn ich dich falsch einschätze. Rot, wir brechen ab, Gelb, wir unterbrechen und reden. Klar?"

Ich nicke und er zwinkert. „Bleib, wie du bist, Kolibri. Es macht mich tierisch an, deine Gedanken auf diese Art ans Tageslicht zu bringen."

„Mistkerl." Ich stoße ihn unsanft gegen den Oberarm. Er lacht. Euphorie und Glück strömen durch meinen Körper. Ich beuge mich zu ihm und wir versinken in einem langen Kuss.

KAPITEL 8

Im Moment ist es im Laden ruhig. Wir haben Sommerferien! Die Schulen sind geschlossen, „da wird in einem Schreibwarenladen nicht viel eingekauft, und ich muss sparen", erkläre ich, nehme das Telefon von einem Ohr ans andere und verdrehe die Augen, weil mein Vater mal wieder vergisst, dass ich den Laden jetzt führe.

„Du kannst nicht allein im Laden stehen. Ihr müsst immer zu zweit sein. Es kann schließlich mal sein, dass dir übel wird oder sonst was Schlimmes passiert", sagt er.

Ich trommele ungeduldig mit dem Stift auf die Ladentheke. „Paps, jede Stunde Personal muss bezahlt werden und die Einnahmen sind knapp genug. Die Menschen kaufen heute viel zu viel übers Internet. Über kurz oder lang muss ich hier sowieso was ändern, wenn der Laden überleben soll."

„Wir sind immer zurechtgekommen!"

Na klasse! Jetzt ist er beleidigt. Ich verdrehe die Augen. „Ja, Paps, ihr seid zurechtgekommen, ich möchte aber etwas mehr vom Leben haben und auch vor Beginn der Rente mal verreisen können."

Ich atme tief durch. In so einem bösen Ton habe ich noch nie mit meinem Vater geredet. Er ist ein sehr ruhiger, sensibler Mensch, der Streit überhaupt nicht mag. Selbst als ich ein kleines Kind war, hat er mich nie angeschrien oder gar geschlagen. Wenn meine Eltern mich von irgendetwas überzeugen wollten, wurden sie nicht autoritär, sondern brachten stichhaltige Argumente vor, als hätten sie einen erwachsenen, vernünftigen Menschen vor sich.

„Veränderungen können ein Geschäft zerstören", sagt er und ich explodiere. „Nein, Vater! Veränderungen sind dringend notwendig! Die ganze Welt verändert sich! Ich habe vier Wochen lang fast jeden Abend hier gesessen und deine antiquarische Buchführung in den Computer übertragen. Das hätte schon viel eher passieren müssen."

„Frau Mester hat das immer sehr gut gemacht."

„Frau Mester hat dafür ein Heidengeld berechnet! Viel zu viel! Und jetzt reicht´s! Du bist Rentner! Geh spazieren und lass mich das machen, was ich für richtig halte, sonst kannst du dir deinen blöden Laden an den Hut stecken." Ich werfe das Telefon auf den Tresen und balle die Fäuste. Mist! So heftig sollte das eigentlich nicht werden. Aber gut, vielleicht wurde es auch mal Zeit, dass ich böse wurde. Er muss akzeptieren, dass ich den Laden so führe, wie ich das für richtig halte. Ein kleines bisschen genieße ich es fast, dass ich ausgerastet bin. So was wäre mir früher nie passiert, aber seit ich mit Leon zusammen bin, und das sind inzwischen einige Wochen, werde ich freier, offener und selbstbewusster.

Einmal habe ich im Laden vor Frau Hartmann einen albernen Kicheranfall bekommen. Sie hatte Zeitschriften sortiert. Auf dem Cover einer Illustrierten war eine sexy Frau in Handschellen abgebildet. Frau Hartmann hatte draufgeguckt und war knallrot angelaufen. Gleichzeitig hatte ich versehentlich meine von Klammern überempfindlichen Brüste berührt, was mich sofort an Leon erinnerte und erregte. Ich kicherte los und sie sah mich an, als ob ich einen irren Anfall hätte.

Ich nehme mir einen Kaffee und mein Blick fällt auf die Uhr an der Wand. Es ist Freitag, gleich zwölf. Heute Abend sehen wir uns endlich wieder. Ich habe ein freies Wochenende, werde zu Leon auf den Hof fahren und bis Sonntagabend bleiben. In der Woche kommt er meistens an ein oder zwei Abenden zu mir.

Einmal hat er mich in Tims Keller geschleift, weil ich ihn einen Tag vorher während des Eselfütterns aus der Gießkanne begossen hatte, damit er noch wächst. Die Strafaktion im Keller war ziemlich geil.

Ich stelle den Kaffee weg und klettere wieder ins Schaufenster, denn ich war gerade dabei, ein paar Auslagen zu wechseln, als mein Vater anrief.

Draußen spaziert ein Pärchen vorbei. Sie albern rum und er kneift ihr in den Po. Ich muss grinsen. Mein Po hat auch Sehnsucht nach einer Männerhand.

Es ist keinesfalls so, dass Leon mich jedes Mal schlägt, wenn wir uns sehen. Oft sind wir einfach nur ein ganz normales Paar. Und letzte Woche waren wir wirklich sehr brav. Leon hatte mich nur am Mittwoch besucht und ich war mit dem Kopf auf seinem Schoß eingeschlafen. Er hat mich ins Bett getragen und zärtlich geliebt.

Wenn er mir den Hintern versohlt, ist das auch liebevoll, aber eben auf eine ganz andere Art. Nie hätte ich gedacht, wie viel Nähe und Verbundenheit durch diesen Akt, dieses Ritual entsteht. Leon meint, das kommt, weil wir evolutionstechnisch von den Vierbeinern abstammen. Da hatte der Hintern noch eine andere Bedeutung. Mir ist das ziemlich egal. Er ist inzwischen so vertraut mit mir, dass er merkt, wann ich übermütig und bereit für eine Session bin. Das klassische Übers-Knie-Legen ist zu einem lieb gewordenen Ritual geworden. Es beginnt mit einem Kuss. Dann sagt er so was wie „Dein Arsch wirkt so blass, kleiner Kolibri" oder „Schenk mir deine Tränen, Mona", packt in meine Haare und zieht mich über seine Oberschenkel. Er schiebt mir das Höschen runter und ich klammere mich an seinen Beinen fest. Er streichelt, klapst, schlägt fies zu, fährt mit dem Finger zwischen meine Pobacken und verspricht mir, dass er mich demnächst auch anal vögeln wird, und vergewissert sich, dass mit der Rotfärbung meines Pos auch die Feuchtigkeit in meiner Vagina zugenommen hat, bevor er schließlich noch mal seiner sadistischen Energie freien Lauf und seine Hände auf meine Haut klatschen lässt. Es folgen willkommene Tränen, viel Zärtlichkeit und intensiver Sex.

Es ist natürlich auch höchst erregend, wenn er sich irgendwelche neuen Spiele ausdenkt oder mit den Klammern meine Brustwarzen verwöhnt. Ich liebe es, und der Sex ist gigantisch. Durch die Spannung, die leichte Angst vorher und den Schmerz ist mein Körper viel sensibler und empfänglicher für Berührungen, was den Sex dann so berauschend macht. Und irgendwie ist es auch eine Therapie für die Seele, wenn man seine Beherrschung verliert und alles rauslässt. Ich muss kichern. Therapeutisches Spanking, vielleicht wäre das sogar eine Marktlücke. Wir sind noch nie weiter gegangen. Er hat noch nie etwas anderes als seine Hände benutzt, die allerdings bisweilen ziemlich hemmungslos.

Manchmal weiß ich nicht, was ich lieber habe, normalen Sex, vertraute brennende Pobacken oder was neues Aufregendes. Irgendwie liebe ich alles mit Leon.

Dieses Wochenende habe ich eine Überraschung für ihn und freue mich schon sehr. Ich habe endlich meine Untersuchungsergebnisse vom Arzt. Seine hat er mir schon vor acht Tagen vor die Nase gehalten. Die Pille nehme ich bereits seit einigen Wochen und ab heute können wir definitiv auf Kondome verzichten. Bei dem Gedanken daran kribbelt es bei mir.

Endlich kann ich den Laden dichtmachen. Ich bin heute mit dem Auto gekommen, damit ich abends direkt zu Leon fahren kann. Fröhlich vor mich hin trällernd, mache ich mich auf den Weg.

Als ich auf seinem Hof parke, kommt er gerade mit der Eselmannschaft aus dem Wald und sperrt sie in das große Gehege. Ich kichere leise. Immer wenn ich den großen dominanten Albatros mit den kleinen, frechen Eseln sehe, muss ich lachen. Das Bild ist einfach göttlich. Sie knabbern an seiner Hose herum und er lässt sich alles mit Engelsgeduld gefallen. Niemals würde er einem der Langohren etwas tun.

Ich steige aus und stecke das Fax vom Arzt hinten in meine Gesäßtasche. Dann laufe ich zu ihm. „Na, großer Raubtierbändiger.“

Er umarmt mich und wir küssen uns, wobei ich einem Impuls nachgebe und ihn leicht in die Lippe beiße. Er kneift mich in die Taille, bis ich quietsche. „Vögelchen, mir scheint, du bist heute sehr übermütig.“

Grinsend sehe ich zu ihm auf. „Niemals würde ich es wagen, meinem Herrn und Gebieter respektlos gegenüberzutreten.“

Seine Mundwinkel zucken und in seinen Augen beginnt es zu glitzern.

„Okay, Mona, dann zeig mir deinen Respekt. Geh rein, zieh dich aus und knie dich vor die Couch.“

Ich pruste los. „Und wovon träumst du nachts?“

Bevor er mich greifen kann, bin ich außer Reichweite gesprungen. Ich ziehe das Fax aus der Tasche und wedele damit herum. „Ich hab hier was, das möchtest du bestimmt sehen. Sag brav bitte, dann kriegst du es.“

Er lehnt sich an einen Zaunpfahl und verschränkt gleichgültig die Arme vor der Brust. „Die Einzige, die hier heute brav um etwas betteln wird, bist du, mein Schatz.“

„Krieg mich doch, krieg mich doch.“

Ich gehe rückwärts und er setzt sich ziemlich gelassen in Bewegung. Mein Herz klopft schneller. Ich kichere nervös, er lacht jedoch nicht. Im Gegenteil, seine Miene bekommt wieder diesen undurchdringlichen Touch. Oh Scheiße! Ich glaube, diese Aktion werde ich bereuen.

Ich tänzele vor ihm herum. Wenn ich einfach loslaufe, hat er mich in drei Schritten eingeholt. Die bittere Erfahrung kenne ich schon. Ich muss Haken schlagen und ihn überlisten, wenn er versucht, mir den Weg abzuschneiden. Die Werkstatttür steht offen. Das ist meine Chance.

„Fuck!“, kreische ich, laufe los und renne hinein. Doch bevor ich die Tür hinter mir zuschlagen kann, ist er mit drin. Mist! Panisch renne ich durch den Raum, um die Werkbank herum, erreiche fast die zweite Tür, da packt er mich. Ich kreische und zappele, während er mich zur Werkbank trägt und mit dem Oberkörper draufdrückt. Er dreht mir einen Arm auf dem Rücken, sodass ich aufgeben muss.

„Her mit dem Zettel!" Er nimmt ihn und liest, ohne mich loszulassen. Mein Herz hämmert gegen meine Rippen. Er faltet das Papier zusammen und küsst mich auf den Nacken. „Das sind ja sehr schöne Nachrichten. Wir sollten unseren ersten Sex ohne störendes Gummi auf ganz besondere Weise genießen, meinst du nicht auch?"

Ich bin mir nicht sicher, ob er wirklich eine Antwort von mir erwartet. Meine Nerven sind bereits wieder zum Zerreißen gespannt und wie immer flüchtet meine dumme, dumme Seele sich in den Angstbeißer-Modus. „Meinst du, dein kleines Schwänzchen hält lange genug durch, um es zu etwas Besonderem zu machen, mein über alles geliebter Meister?"

Er lacht und flüstert dicht an meinem Ohr. „Ich danke dir, kleiner Kolibri. Ich liebe es, wenn du mir auf so höfliche Weise zu verstehen gibst, dass du es mal wieder etwas härter brauchst. Aber keine Angst, ich werde dich dafür sorgfältig fixieren. Ich weiß ja, dass du es liebst, wenn du mir bewegungslos ausgeliefert bist."

Eine Gänsehaut rast über meinen Rücken. Mein Herz kommt in Fahrt und ich schnappe nach Luft. Wenn er so redet, bin ich innerhalb von Sekunden so erregt, wie andere nach einem Porno. Wobei … ich fand Pornos eigentlich noch nie besonders anregend. Ich kann diesen Gedanken nicht weiter verfolgen, weil Leon meinen Oberkörper hochzieht und mich aufrecht stehen lässt. Er hat eine Hand in meinen Nacken gelegt und ich wehre mich nicht mehr, weil ich inzwischen weiß, wie es sich anfühlt, wenn er mich dort richtig zu packen bekommt.

Er befiehlt mir, Bluse und BH auszuziehen, was ich mit zittrigen Fingern umgehend erledige. Meine Brustwarzen sind steinhart. Er streicht mit den Daumen rau darüber und ich lehne mich seufzend gegen seinen Brustkorb. „Tja, Kolibri, wenn du nicht so frech gewesen wärst, könnte ich jetzt zärtlich Liebe mit dir machen, so aber ...“

Er hebt meine Hände und legt sie auf die Platte der Werkbank. „Bleib so stehen.“

Wie hypnotisiert gehorche ich. Es ist still. Wir befinden uns in seiner Werkstatt! Verdammt! Ich darf nicht darüber nachdenken, was für Ideen ihm hier kommen könnten. Fiese Ideen. Er schlendert zur Tür und schließt ab. Mein Herz rutscht mir in die Hose. Jetzt verstehe ich dieses Sprichwort endlich. Shit! Was hat er vor?

„Zieh dich ganz aus und dann stell dich genauso wieder da hin.“

Ich gehorche umgehend. Er legt meine Sachen zur Seite, bleibt dann stehen und betrachtet in aller Ruhe meinen nackten Körper. Die Spannung steigt, es ist kaum auszuhalten. Ich bin nahe daran, mich wimmernd auf den Boden zu werfen. Schlägt er mich jetzt? Fesselt er mich? Ich beginne zu zittern und er streicht sanft über meine Schultern.

„Ich liebe deine Angst, Kolibri. Es gibt nichts Schöneres als deinen nackten Körper, wenn er zittert.“

Ich beiße die Zähne fest zusammen. Solche fiesen Sprüche bringt er immer, wenn er mich wütend machen will, damit ich fluche, ihn beleidige und er so noch mehr Grund hat, mir gemeine Sachen anzutun.

Plötzlich dreht er mich um, packt mich an der Taille und setzt mich auf die kurze Seite der

Werkbank. Das harte, unebene Holz drückt in meinen Po. Er lächelt, umfasst mein Gesicht und küsst mich. Atemlos öffne ich den Mund und seine Zunge nimmt meine in Besitz. Als ich beginne, mich der Illusion hinzugeben, dass er mir vielleicht heute doch nicht mehr wehtun wird, löst er sich von mir, stupst mir auf die Nase und sagt vergnügt: „Leg dich hin, Kolibri."

Ich schlucke. Sein Blick ist deutlich. Er wartet nur darauf, dass ich ausflippe. Nein, diesen Spaß verwehre ich ihm heute. Ich beiße die Zähne zusammen und lasse mich langsam nach hinten sinken, während ich ihn weiter unbeirrt ansehe.

Ich bin stolz und mutig, du Affe, denke ich und er grinst. Es ist unbequem, mit dem Kopf auf dem harten Holz zu liegen. Meine Beine hängen ab den Knien herunter. Leon schlendert zu einem Schrank, öffnet die Tür und lässt sie wieder zufallen. Dann steht er wieder vor mir. Er bindet Stricke um meine Fußgelenke. Es sind diese ganz weichen, die er normalerweise nutzt, um restaurierte Möbel in seinem Van sicher zu befestigen, damit sie während des Transportes keine Schrammen bekommen.

Dann zieht er meine Beine hoch und ich verstehe, was der Fiesling sich ausgedacht hat. In den Querbalken an der Decke sind überall massive Haken und Ketten angebracht und ich wundere mich, dass mir das noch nie aufgefallen ist. An zwei dieser Haken befestigt er jetzt die Stricke von meinen Füßen und zwar so, dass meine Beine weit gespreizt werden und die Sicht zwischen meine Schenkel für ihn optimal ist. Und nicht nur die Sicht, ich bin ihm ausgeliefert, er kann mit mir anstellen, was er will. Mit einem Ruck zieht er meinen Körper noch etwas näher an die Tischkante. Dann begutachtet er sein Werk und nickt zufrieden. Ich komme mir ein wenig vor wie beim Gynäkologen, nur dass es da bequemer ist.

Leon greift sich einen weiteren langen Strick und nimmt lächelnd mein linkes Handgelenk. Er küsst mich auf die Stelle, an der man den Puls fühlen kann, bevor er den Strick darum knotet und so meinen Arm zur Seite zieht. Er führt den Strick um einen Pfosten herum, unter dem Tisch hindurch bis zur anderen Seite, wo er ihn auf gleiche Weise am rechten Handgelenk befestigt. Heilige Scheiße, jetzt liege ich wirklich vollständig hilflos vor ihm. Das Einzige, was ich noch bewegen kann, ist mein Kopf. Er stellt sich hinter mich, sodass er auf mein Gesicht herabblicken kann.

„Bewegungslos ausgeliefert, mit weit gespreizten Flügeln, so mag ich mein Vögelchen." Er streicht über meine Wange und ich starre ihn still an. Ich bin so erregt, dass ich bestimmt einen Orgasmus bekommen werde, sobald er sich meiner Klit nur nähert, und ich lechze danach, dass er es tut. Er streichelt meine Brüste und kneift sachte in meine Nippel. Mein Körper versucht zu zucken. Ich stöhne.

„Möchtest du meinen Schwanz ohne Kondom in dir spüren?"

„Ja", seufze ich.

Er lächelt. „Bitte mich darum."

„Bitte."

Er schüttelt den Kopf. „Das hörte sich jetzt noch nicht so an, als ob du es wirklich dringend möchtest."

„Bitte fick mich", flüstere ich und schließe die Augen.

„Mmh … ja, schon besser. Aber ich denke, da geht noch was. Sag: Bitte, bitte, liebster Leon, fick mich ohne Kondom, ich will dir auch hinterher zum Dank die Füße küssen."

Ich funkele ihn wütend an und er grinst. „Ich fände es auch schön, wenn du dabei etwas freundlicher gucken würdest."

„Fick dich ins Knie, du Arsch!"

In ohnmächtiger Wut versuche ich, an den Fesseln zu zerren, was nicht besonders sinnvoll ist, und das Gefühl der absoluten Wehrlosigkeit löst wieder dieses erregende Vibrieren in meinem Unterleib aus.

Leon schlendert auf die andere Seite des Tisches. „Schätzchen, du tropfst ja auf den Fußboden. Ts, ts, ts …" Er streicht sachte mit dem Finger um meine Lustperle und ich stöhne auf. „Bitte, Leon, nimm mich."

Er schenkt mir ein gedehntes „Ja, es wird immer besser", und dreht sich zur Seite. „Weißt du, ich werde noch ein wenig weiter an diesem Schrank hier arbeiten. Dann hast du Zeit, darüber nachzudenken, wie du es vielleicht noch besser hinbekommst."

Er nimmt die graue Wolldecke, mit der der Schrank zugedeckt war, faltet sie und schiebt sie mir unter den Kopf. Fast will ich mich dafür bedanken, weil sich die harte Tischplatte wirklich sehr unangenehm an meinem Hinterkopf anfühlt, aber ich schließe trotzig den Mund. Dieser Mistkerl leidet garantiert selber, denn seine Jeans sitzt ganz schön eng und ist mit einem steifen Schwanz darunter bestimmt nicht sonderlich bequem. Wollen wir doch mal sehen, wer von uns beiden sturer ist. Leon beginnt in aller Ruhe, diesen Schrank zu streichen. Es ist still. Ich starre an die Decke. Da sind Spinnweben. Es könnte mir jetzt eine Spinne auf den Körper fallen. Oh Gott! Bloß nicht weiter denken. Was ist, wenn jetzt jemand kommt und auf der Suche nach Leon durch das Fenster sieht? Bei dem Gedanken muss ich schneller atmen, was mir einen kritischen Seitenblick von ihm einbringt. Nein, ich werde nicht betteln.

Langsam wird meine Lage unbequem. Ich versuche, meine Glieder etwas zu bewegen. Leon sieht zu mir herüber. „Alles in Ordnung, Süße?"

„Alles bestens, keine Sorge."

„Das freut mich, Mona. Es ist schön, dass du mir heute mal bei der Arbeit Gesellschaft leistest. Sag, wie war dein Tag? Musstest du dich wieder über Frau Hartmann ärgern?"

Ich beiße die Zähne fest zusammen und schnaufe durch die Nase. Ich lasse mich nicht provozieren.

Dieser miese Arsch will mich tatsächlich einfach hier liegen lassen. Mein Hintern tut weh, die Muskeln in meinen Armen schreien darum, sich bewegen zu dürfen. Scheiße! Ein dicker Kloß bildet sich in meinem Hals, aber ich will nicht heulen.

Endlich! Endlich wendet er sich mir wieder zu, legt eine Hand über meinem Kopf auf den Tisch, die andere auf meinen bebenden Brustkorb und beugt sich über mich. „Mona, gib auf, du bist doch schon fix und fertig."

Meine Wut explodiert. „Du bist eine miese, feige Ratte! Ich hasse dich! Mach mich los! Mach mich sofort los!"

Ich kneife die Augen und die Lippen zu. Nein, ich werde nicht heulen!

„Ah, wie schön, meine Süße, du wirst ja doch langsam gesprächig." Er streicht die Innenseiten meiner Beine entlang, zieht meine Schamlippen auseinander und mir entfährt ein Wimmern. Er kneift in meine Klit, senkt den Kopf und neckt mich mit der Zunge. Erst stupst er, dann zupft er an meinen Schamlippen, bevor er endlich über meine längst geschwollenen Klitoris leckt. Sofort stehe ich wieder kurz vor dem Orgasmus und er zieht sich seufzend von mir zurück. „Schade, ich dachte, jetzt bist du so weit. Aber ich kann mir auch erst noch den anderen Schrank da hinten vornehmen."

Er will tatsächlich gehen! Nein! Mein Widerstand bricht. Mit meiner Beherrschung ist es vorbei. Er hat mal wieder gewonnen. „Bitte! Bitte nicht!"

Er sieht mich an. „Was möchtest du? Sag es mir."

„Bitte nimm mich, fick mich, mach mit mir, was du willst, aber bitte, Leon, bitte, bitte geh nicht weg." Ich zerfließe, gebe vollständig auf. Die totale Unterwerfung.

Er lächelt, öffnet seine Hose und dringt mit einem harten Stoß in mich ein. Ich schreie auf.

Seine Hände umfassen meine Taille, er beugt sich vor und bedeckt meinen Körper mit Küssen. „Süße kleine Mona. Ich liebe es so, dich zu besiegen."

Oh Gott! Seine Stimme lässt meinen Unterleib vibrieren. Meine Oberschenkelmuskeln zittern, ich zerre an den Fesseln meiner Hände. Er neigt den Kopf und seine Lippen legen sich um meine linke Brustwarze. Er saugt sanft, küsst, leckt um den Nippel herum. Seufzend drücke ich den Rücken durch und er wechselt zur anderen Brust. Aus sanftem Liebkosen wird hartes Saugen. Er beißt zu und ich schreie auf. Er wiederholt das Spiel mehrmals, bis

mein Körper sich windend gegen die Fesseln auf-
bäumt. Er beginnt, sich in mir zu bewegen. Meine
Nerven sind bereits so gereizt, dass ich schon nach
wenigen Minuten in den Wellen eines Orgasmus
davongetragen werde, nichts mehr denke und
nichts mehr will, ich fühle nur noch. Ich gehöre ihm.
Vollkommen. Ich liebe ihn, ich liebe dieses Gefühl,
mich ihm vollständig auszuliefern und zu unterwerfen. Er atmet schneller, hält sich aber zurück.
Immer wieder fühle ich sein langsames tiefes Eindringen. Ich sehe ihn an. Er hält den Kopf gesenkt
und betrachtet unsere Vereinigung. Seine Hände legen sich auf meinen Bauch, streichen in Richtung
meiner Lenden und meine Muskeln zucken. Er sieht
auf und lächelt. Dann fahren seine Finger auf beiden Seiten dieser Linie in der Leiste entlang. Hier
bin ich kitzelig. Oh Gott, ist das fies. Ich will mich
aufbäumen, doch er drückt eine Hand auf meinen
Bauch, während die Finger der anderen mich weiter
an dieser gemeinen Stelle reizen. Meine Muskeln
beben, ich jammere, wimmere und fluche. Er bewegt sich nicht. Sicher gefällt es ihm, sich seinen
Schwanz von meinen zuckenden Bewegungen massieren zu lassen.

„Bitte!", jammere ich keuchend, „bitte, Leon, ich
kann nicht mehr."

Er hebt das Gesicht. Seine kräftigen Halsmuskeln
arbeiten.

Seine Finger verlassen dieses hochempfindliche
Areal und ich atme erleichtert auf. Er lächelt und
zieht meine Schamlippen weiter auseinander, zupft
an meinem Kitzler und meine vaginalen Muskeln
ziehen sich reflexartig um seinen Schwanz herum
zusammen. Er stöhnt laut und wiederholt das Spiel.

„Oh Gott", stöhne ich. Mein Becken kippt ruckartig nach vorn, ich will unbedingt, dass er tiefer in mich stößt, doch er quält mich nur weiter auf diese gleichzeitig süße wie schmerzhafte Art. Sehnsüchtiges Ziehen tief in meiner Mitte lässt mich seufzen und jammern und endlich hat er Erbarmen und beginnt, sich stärker zu bewegen. Jeden einzelnen seiner harten Stöße empfange ich voller Wonne, das Ziehen in mir intensiviert sich, bis die elektrischen Wellen des Höhepunktes durch meinen Körper jagen. Meine Muskeln umschließen ihn rhythmisch pumpend und er schreit auf, bevor er sich versteift und sich tief stöhnend in mir ergießt. Er bleibt in mir, stützt seine Stirn auf meinem Brustkorb auf und braucht eine Weile, um wieder zu Atem zu kommen. Er beugt sich herab und küsst mich, wischt die Tränen aus meinem Gesicht, von denen ich gar nicht wusste, dass ich sie geweint habe. Er zieht sich aus mir zurück, seine Hose wieder hoch und schließt sie. Meine Vagina ist so empfindlich, dass ich wimmern muss.

„Ganz ruhig, ich mache dich los, aber deine Muskeln werden das jetzt nicht so lustig finden", sagt er sanft. Er löst die erste Fußfessel und legt sich mein Bein auf seine Schulter. „Halt ganz still, ich stütze dich gleich beim Aufsetzen."

Ich gehorche und er löst auch die andere Fessel, zieht einen Stuhl heran und stellt meine Füße darauf ab. Dann knotet er die Handfesseln los und ich ziehe beide Arme an meinen Körper, was so gemein in jeder Muskelfaser brennt, dass ich aufschreie und mir neue Tränen in die Augen schießen. Verdammt, tut das weh.

„Es wird gleich besser. Warum bist du auch so stur", sagt er mitleidig. Sanft umgreift er meinen Oberkörper und hebt mich hoch. „Keine Angst, der Schmerz ist ganz schnell vorbei, Mona. Ich bring dich jetzt rein."

Er trägt mich, nackt wie ich bin, zur Tür, schließt auf und läuft über den Hof. Zum Glück kommt nicht gerade der Briefträger oder ein Nachbar daherspaziert. Nur die Esel gucken uns interessiert zu und unwillkürlich muss ich kichern. Leon schüttelt den Kopf und schmunzelt.

Drinnen legt er mich auf die Couch und deckt mich zu. „Geht's wieder?"

„Ja. Alles in Ordnung."

„Ich liebe dich, Kolibri. Du bist wunderbar", flüstert er und ich schließe die Augen.

„Ich liebe dich auch, Leon."

Er küsst meine Nasenspitze. „Du Sturkopf! Es war sehr geil, dir bei deinem Kampf zuzusehen."

Wie immer sind nach einer Session meine Hemmschwellen nicht mehr vorhanden. „Es hat mich total angemacht, so ausgebreitet vor dir zu liegen", flüstere ich.

Er zwinkert. „Es hat mich auch ziemlich angemacht, dich so zu benutzen."

Seine liebevolle Stimme und seine Worte erregen mich sofort wieder. Ich muss schon wieder kichern. „Oh Scheiße, Leon, ich bin so was von pervers und verdorben", flüstere ich und lege die Arme um seinen Hals.

Er grinst. „Möchtest du noch einmal auf meiner Werkbank liegen und dann dabei Nippelklemmen tragen?"

„Mmh."

„Oder soll ich dich lieber schlagen?"

„Mmh."

„Beides?"

Ich stöhne auf. „Ja, alles, verdammt."

Mir kommen die Tränen. Warum fange ich nach einer Session so oft zu heulen an, obwohl ich doch gar nicht traurig bin?

Er lacht leise. „Pst … nicht weinen." Er küsst meine Tränen weg.

Ich schniefe. „Ist schon gut, alles gut."

Er nimmt mich in den Arm und einen Moment später habe ich mich beruhigt und kann gleich wieder albern kichern. So ist es immer, wenn er mich an meine Grenzen gebracht hat, alle Gefühle sickern aus mir heraus, weil er mein Innerstes geöffnet hat.

„Scheiß Heulerei."

Er wuschelt durch meine Haare. „Komm Kolibri, lass uns duschen gehen."

Später sitzen wir im Garten. Es ist ein wunderbarer lauer Sommerabend. Die Esel sehen zu uns herüber, einige Katzen schlafen auf den Sitzkissen neben uns und der Wein schmeckt süß wie die Sonne. Leon hat eine alte Laterne auf den Tisch gestellt, in der eine Kerze flackert. Er grinst mich an und ich grinse zurück. Das Leben ist momentan so perfekt.

Am nächsten Morgen holt mich die Realität wieder ein. Beim Frühstück fällt mir auf, dass mein Handy nicht da ist. Ich laufe zum Auto und atme auf, als ich es auf dem Beifahrersitz entdecke. Doch dann sehe ich auf dem Bildschirm sieben verpasste Anrufe. Schnell klicke ich auf die Liste. Es war jedes Mal meine Mutter. Der erste Anruf kam am Freitagabend um halb acht, der letzte vor zehn Minuten. In meinem Magen bildet sich ein dicker Klumpen Angst. Mit zittrigen Fingern höre ich die Mailbox ab.

Erster Anruf. „Mona, hier ist deine Mutter. Dein Vater ist zusammengebrochen, ich warte auf den Krankenwagen. Bitte komm her."

Zweiter Anruf. „Mona, hier ist wieder deine Mutter. Wir sind jetzt im Krankenhaus. Sie untersuchen ihn. Bitte komm her."

Dritter Anruf. „Warum meldest du dich denn nicht? Ich habe solche Angst."

Vierter Anruf. „Kind, wo bist du denn bloß? Dein Vater liegt auf der Intensivstation, ist aber stabil. Ich fahre jetzt nach Hause und versuche, etwas zu schlafen."

Fünfter Anruf. „Mona, ich mache mir solche Sorgen. Es ist drei Uhr nachts und du bist nicht zu Hause und nicht zu erreichen. Bitte melde dich!"

Sechster Anruf. Aufgelegt ohne Nachricht.

Siebter Anruf. „Ich bin jetzt wieder im Krankenhaus und hoffe, du hörst das hier irgendwann."

Mit weichen Knien gehe ich zurück ins Haus. Meine Eltern wissen noch nichts von Leon. Ich habe mich noch nicht getraut, ihn ihnen vorzustellen, denn er kommt aus einer so ganz anderen Welt als sie.

Als ich in der Küchentür stehen bleibe, sieht er auf. „Hey, was ist los?"

„Mein Vater liegt im Krankenhaus. Meine Mutter hat die ganze Nacht versucht, mich zu erreichen. Ich muss da jetzt schnell hin."

Er steht sofort auf. „Ich fahre dich."

Ich ziehe die Augenbrauen zusammen. „Nein. Ich fahre allein."

„Kommt gar nicht infrage. Du bist bleich wie meine Hauswand. Ich fahre. Ich kann ja draußen warten, wenn dir das lieber ist, aber du steuerst kein Auto."

Ich gebe auf. Ich kenne ihn inzwischen gut genug, um zu wissen, dass er mich nicht fahren lassen wird. Irgendwie bin ich auch froh darüber. Ich bin es nicht gewohnt, Rückendeckung zu haben, wenn es schwierig wird. Normalerweise bin ich die Rückendeckung für meine Eltern oder ganz auf mich allein gestellt.

Während wir bereits losfahren, rufe ich meine Mutter an. Sie ist erleichtert, meine Stimme zu hören, und froh, dass ich komme. Sie sagt, mein Vater sei nicht mehr in Lebensgefahr. Ich atme zittrig auf. Mein Körper fühlt sich an, als ob ich Beton gefrühstückt hätte. Ich habe so einen Druck auf der Lunge, dass das Atmen anstrengend ist. Meine Eltern wohnen zwar inzwischen außerhalb der Stadt, aber der Krankenwagen ist ins Kreiskrankenhaus gefahren und bis dahin brauchen wir nur eine halbe Stunde.

Als wir dort angekommen sind und aussteigen, bin ich unsicher. Ich weiß nicht, wie meine Eltern auf Leon reagieren. Er zieht mich an seine Seite und Arm in Arm laufen wir zum Haupteingang des Krankenhauses. Drinnen küsst er mich auf die Stirn. „Ich warte unten in der Cafeteria auf dich. Falls du mich brauchst, ruf mich, ansonsten lass dir einfach Zeit, okay?"

Dankbar lächele ich ihn an. Er weiß irgendwie immer genau, was gerade das Richtige ist. Dann laufe ich zu den Fahrstühlen. Vor der Intensivstation muss ich warten. Meine Hände sind feucht. Immer noch dieser Druck im Brustraum. Mir ist fast übel.

Endlich holt mich ein Krankenpfleger ab. Ich muss diese grünen Klamotten anziehen und darf dann zu meinem Vater. Als ich den Raum betrete, springt meine Mutter auf und wirft sich mir an den Hals. „Oh Gott, Mona, ich bin ja so froh, dich zu sehen. Wo warst du denn bloß die ganze Nacht?"

Ich umarme sie kurz. „Tut mir leid, Mutter, ich war bei … ähm … einem Mann und habe das Handy im Auto vergessen."

Ich drehe mich zu meinem Vater. Er ist blass, die weißen Haare wirr, die Wangen eingefallen. Er sieht viel älter aus, als er ist, und wirkt so hilflos. An seinem Arm hängt ein Tropf, Drähte führen zu seinem Brustkorb und neben dem Bett stehen imposante Geräte, ganz wie man es von einer Intensivstation aus dem Fernsehen kennt.

Aber er lächelt. „Schön, dass du da bist, Tochter."

Ich umarme ihn vorsichtig. Er riecht nach Krankenhaus. „Papa, was machst du denn für Sachen?"

Er zuckt mit den Schultern. „Mir wurde schwindlig und das Nächste, was ich weiß, ist, dass ich im Krankenwagen lag."

Ich sehe zu meiner Mutter. „Was sagen die Ärzte?"

Sie seufzt und schnäuzt in ihr Taschentuch. Ihre Augen sind ganz rot und geschwollen. Sie muss die ganze Nacht geweint haben. Ich versuche, den Kloß in meinem Hals herunterzuschlucken. Sie nimmt die Hand meines Vaters. „Es war wohl ein leichter Schlaganfall. Sie wollen in den nächsten Tagen noch alle möglichen Untersuchungen machen."

Mein Vater legt seine Hand auf ihre. „Mach dir keine Sorgen, Elke. Mir geht es schon wieder ganz gut. Unkraut vergeht nicht, das weißt du doch."

Das ist typisch mein Vater. Bloß immer die Wogen glätten, Hauptsache, meiner Mutter geht es gut.

Wir setzen uns, reden ein bisschen und irgendwann kommt natürlich zögernd die längst überfällige Frage. „Und du warst bei einem Mann?"

Ich werde rot. So ein Mist! Ich bin eine erwachsene Frau, leite ein Geschäft mit vier Angestellten und werde rot, wenn ich meinen Eltern von einem Mann in meinem Leben erzählen soll.

Ich straffe mich. „Ja. Er heißt Leon. Wir kennen uns seit ein paar Wochen und ich bin noch nicht dazugekommen, ihn euch vorzustellen."

Meine Mutter nickt zaghaft. „Wo hast du ihn kennengelernt?"

„Er ist ein Freund von Tim, meinem alten Schulfreund, weißt du? Bei dem ich die Wohnung gemietet habe."

Sie nickt. Mein Vater räuspert sich und sieht angestrengt auf seine Hände. „Willst du deswegen den Laden …"

„Nein", unterbreche ich ihn hart. „Er hat nichts damit zu tun und ich will nur das Beste für das Geschäft. Es ist mir genauso wichtig wie dir. Das musst du mir bitte glauben."

Er nickt, sagt aber nichts, und ich weiß genau, was er denkt. Das ist so eine Scheiße! Ich möchte schreien und fluchen, aber ich beiße natürlich die Zähne zusammen und versuche, mich zu beruhigen.

„Was ist mit dem Laden?", fragt meine Mutter misstrauisch und mein Vater antwortet schnell, sieht aber mich dabei an: „Nichts, nichts ist."

Sie wendet sich wieder mir zu. „Und, was macht er, dieser Leon?"

„Er restauriert Möbel.“

„Aha.“

Sie sehen so ängstlich aus, alle beide. Als ob ich sie im Stich lasse, weil ich einen Mann kennengelernt habe. Ich atme tief durch. „Ihr müsst euch keine Sorgen machen. Es ist alles in Ordnung und wegen Leon wird sich nichts ändern. Ich kann ihn dir nachher vorstellen. Er sitzt unten und wartet.“

„Er ist hier?“

„Er hat mich hergefahren.“

„Oh.“

„Wieso bist du nicht selber gefahren? Ist was mit deinem Auto?“

„Nein. Ich war nur so erschrocken, dass er meinte, es wäre besser, wenn ich nicht selber fahre.“

Sie sieht mich an, als ob ich krank wäre. Ein bitteres Gefühl steigt in mir auf. Für sie bin ich immer stark, unangreifbar, verantwortungsvoll und diszipliniert. Selbst damals mit Volker, dem einzigen Mann vor Leon, mit dem ich eine länger andauernde, ernste Beziehung hatte, war ich immer die starke Mona gewesen. Meine Mutter kann sich nicht vorstellen, dass es mir vielleicht mal zu viel wird, immer die Starke zu sein.

„Es ist alles in Ordnung mit mir, Mama. Leon ist nur … fürsorglich.“

Eine Krankenschwester kommt rein und will meinen Vater für einige Untersuchungen vorbereiten. Wir werden hinauskomplimentiert. Sie meint, wir sollen nach Hause fahren und uns ausruhen, der Patient würde auf die Normalstation verlegt, bräuchte Ruhe, und die Untersuchungsergebnisse wären sowieso erst am nächsten Tag ausgewertet. Wir fügen uns und verabschieden uns von meinem Vater.

Unten nehme ich meine Mutter mit in die Cafeteria. Als Leon uns sieht, steht er auf und ihre Augen werden groß. Fast ehrfürchtig sieht sie zu ihm auf und ich muss schmunzeln. Und Leon? Der ist einfach großartig. Er begrüßt meine Mutter mit einem festen Händedruck, fragt sie, wie es ihr geht und ob er irgendwie helfen kann. Sie bekommt ganz rote Wangen. Meine Mutter! Nicht zu glauben!

Er will sie nach Hause fahren, aber sie ist mit ihrem eigenen Auto hier und will es nicht stehen lassen. Wir begleiten sie noch auf den Parkplatz und Leon gibt ihr seine Telefonnummer, damit sie ihn anrufen kann, falls sie mich nicht erreicht.

Gott, ich liebe ihn.

Als wir endlich im Auto sitzen und losfahren, atme ich tief durch. Ich sollte eigentlich erleichtert sein, aber das bin ich nicht. Ein schwerer Stein namens Schuld drückt auf meine Seele und auf meinen Körper. Wie konnte ich nur das Handy im Auto vergessen? Immer noch fällt mir das Atmen schwer, immer noch habe ich das Gefühl, Beton gefrühstückt zu haben.

Leon legt seine Hand auf meinen Arm. „Alles okay?"

„Ja, ja. Alles okay. Ich bin dir sehr dankbar, dass du mitgekommen bist und eben mit meiner Mutter ..."

Er lächelt. „Ich mache das gerne. Familie ist was Schönes." Ein fieser Stich dringt in mein Herz. Für ihn, der ganz allein ist, hat das Wort Familie eine andere Bedeutung als für mich. Er vermisst eine Familie, ich fühle mich von meiner eher eingeengt. Dabei haben meine Eltern mir nie etwas getan oder mich unter Druck gesetzt. Im Gegenteil, sie haben immer das Beste für mich gewollt. Aber sie zwingen mich auch, viel Verantwortung zu übernehmen. Oft wünsche ich mir eine Schwester oder einen Bruder, damit ich nicht ganz allein mit allem dastehe. In meinem Kopf sind Gefühle, die ich da nicht haben will, dumme Gefühle, Wut und Bitterkeit.

Leon dreht den Kopf. Ich spüre, dass er mich forschend ansieht. Ich will aber jetzt nicht reden. Er soll mich in Ruhe lassen. Ich sehe aus dem Fenster und er sagt nichts.

Als wir auf dem Hof ankommen, ist es fast halb zwei. Ich denke darüber nach, in meine Wohnung zu fahren. Wie soll ich die Zweisamkeit genießen, wenn mein Vater doch wegen mir im Krankenhaus liegt. Vielleicht sollte ich meiner Mutter Gesellschaft leisten, damit sie mit ihren Sorgen nicht so allein ist. Aber alles in mir sträubt sich dagegen, zu ihr zu fahren. Ich will mir nicht den Tag verderben lassen und schäme mich für meinen Egoismus.

Leon legt mir seinen Arm um meine Schultern, als wir zum Haus gehen. „Was hältst du davon, wenn du dich in den Garten legst und etwas ausruhst?", fragt er fürsorglich.

„Ich weiß nicht."

„Du bist immer noch blass, Kolibri. Ein kleiner Mittagsschlaf würde dir guttun. Ich fahre währenddessen einkaufen und koche nachher was Schönes. Wie hört sich das an?" Er lächelt liebevoll.

„Du bist viel zu gut für mich", flüstere ich und er küsst mich auf die Stirn. „Zu gut nicht, aber gut bin ich gerne für dich."

Unzufrieden sitze ich auf einem Liegestuhl. Leon ist hineingegangen und ich habe ein paar Zeitschriften neben mir liegen, aber ich mag nicht lesen. Nach einer Weile kommt er mit dem Autoschlüssel in der Hand zurück. „Ich fahre jetzt zum Supermarkt. Hör auf zu grübeln, Mona. Deine Mutter kann dich jetzt erreichen. Dein Vater ist gut versorgt und falls es nötig ist, kannst du jederzeit wieder hinfahren."

Ich seufze. Er hat ja recht und trotzdem bin ich einfach nur total genervt. Ich lächele mühsam. „Ja. Ich weiß."

Er küsst mich noch mal und verschwindet dann.

Den Rest des Nachmittags ändert sich meine Stimmung nicht oder besser gesagt, nicht zum Positiven, sie wird eher immer mieser.

Nachdem Leon vom Einkaufen zurück war, hat er die Esel versorgt und ist duschen gegangen. Ich sitze inzwischen nutz- und sinnlos im Wohnzimmer rum.

Er kommt wieder und geht in die Küche, um das Essen zu machen. Wieder trifft mich sein fürsorglicher, liebevoller Blick. Ich werde wütend und das ärgert mich erst recht. Ich muss irgendetwas tun, um keinen Streit mit ihm anzufangen. Ich werde auch duschen. Also gehe ich nach oben.

Eine Weile stehe ich unter dem heißen Wasserstrahl, aber auch jetzt kann ich mich nicht entspannen. Die miesen Gefühle bleiben. Ich trockne mich ab und mein Blick fällt in den großen Spiegel an der Tür. Ich mustere meinen nackten Körper. Plötzlich hasse ich mich. Ich bin so hässlich. Wieso ist Leon so liebevoll zu mir? Ich stöhne laut und verdrehe die Augen. Was sind das für bescheuerte Gedanken? Am liebsten würde ich mich selber ohrfeigen.

Plötzlich weiß ich, was ich brauche. Mein Herz klopft schneller und mein Mund wird trocken.

Meine Hände zittern. Ich schlüpfe in seinen großen Bademantel und laufe barfuß die Treppe nach unten in die Küche.

Leon sieht auf und zieht erstaunt die Augenbrauen hoch, als ich mit verkniffenem Gesicht vor ihm stehen bleibe. Ich verschränke meine Arme vor der Brust. Meine Hände krallen sich im dicken Stoff des Bademantels fest.

„Leon." Meine Stimme ist heiser und ich räuspere mich. „Kannst du … willst du …"

„Was ist, Mona? Sag es einfach", sagt er und schnippelt weiter Gemüse.

„Bitte bestrafe mich", flüstere ich und spüre, wie mir die Schamesröte ins Gesicht steigt, als er erstaunt aufsieht.

Ich drehe mich schnell um. „Vergiss es."

Ich will die Treppe hoch, doch er zieht mich zurück und dreht mich rüde zur Wand. Meine Finger landen auf dem kalten Stein, während sich sein Körper an meinen Rücken drückt. Seine Hände liegen neben meinen an der Wand. Ich spüre seinen Atem an meinem Ohr. „Was soll das, Mona? Sag mir, was du willst."

Meine Hände ballen sich zu Fäusten. „Vergiss es einfach, las mich los und geh an deinen blöden Herd zurück."

„Warum bist du so stinkig?"

„Ich bin nicht stinkig. Soll ich singen und lachen, wenn mein Vater im Krankenhaus liegt? Dir ist das ja wohl egal. Geht dich ja auch nichts an."

„Willst du mich provozieren?" Seine Stimme klingt belustigt.

Ich kann keinen Laut von mir geben.

„Was würdest du tun, wenn die Rollen jetzt andersherum wären?", fragt er leise. „Was würdest du als Mann mit einer Frau tun, die so mit dir redet?"

Mein Herz hämmert so laut, dass er es spüren muss. „Sie bestrafen", stoße ich tonlos hervor. Mein Flüstern ist so atemlos, dass es mich fast wundert, dass er nicht nachfragt.

„Und was meinst du, wie ausgiebig sollte die Strafe ausfallen?"

Ich schlucke. „Schlimm."

„Schlimm? Was meinst du damit? Was würdest du tun?"

Plötzlich ist die Wut wieder da. „Sie sollte eine Woche lang etwas davon haben", fauche ich, während meine Fäuste gegen die Wand donnern.

Er schweigt. Es ist ganz still. Ich kann diese Stille nicht mehr aushalten.

„Und die blöde Ampel ist grün!", schreie ich und schlage mit der Stirn gegen die Wand, weil ich mich gegen ihn drücken und umdrehen will.

Er packt mich im Nacken. „Okay, Mona. Ich hab's verstanden. Hör sofort damit auf, deinen Schädel zu zertrümmern."

Ich bleibe stocksteif stehen und er lockert seinen Griff.

„Wir gehen in mein Arbeitszimmer", sagt er und seine Stimme ist ruhig und fest. Ich entspanne mich. Ja. Es ist alles gut. Er versteht mich.

Er schiebt mich den Flur entlang. Seine Hand liegt in meinem Nacken.

Vor seinem Schreibtisch zieht er mir mit einer sanften Bewegung den Bademantel aus und deutet auf einen dicken Stützbalken mitten im Raum. „Stell dich dorthin."

Ich gehorche. Hier hat er noch nie mit mir gespielt. Dabei muss es doch eine durchaus reizvolle Vorstellung für ihn sein, hinter seinem Schreibtisch zu sitzen und mich hier gefesselt schmoren zu lassen. Ich drehe den Kopf. Durch das Fenster sehe ich auf den Rasen und in den blauen Himmel. Eine Katze läuft vorbei. Ich schließe kurz die Augen. Ich bin jetzt ganz ruhig. Ich bin genau da, wo ich sein will.

Eine Schranktür klappt auf, einen Moment später wieder zu. Er befestigt dicke Manschetten an meinen Handgelenken und legt sie so um den Balken herum, dass es aussehen muss, als ob ich das Holz umarme. Er umfasst mein Kinn und dreht meinen Kopf, damit ich ihn ansehe. Ich weiche seinem Blick nicht aus.

„Was ist, bist du heute gefühlsduselig?", frage ich spöttisch.

Er nickt. Weitere Worte sind überflüssig. Er streicht mir einmal über die Wange, tritt hinter mich und schlägt mir mit seinen Händen auf den Po. Es brennt leicht, ich atme schneller, aber kein Laut kommt über meine Lippen. Er trifft mich überall, auf den Po, auf den Rücken, auf die Oberschenkel hinten und vorn. Manchmal stöhne ich, manchmal zucke ich, aber das ist noch lange nicht das, was ich momentan brauche.

Nach einer Weile hört er auf. Noch einmal sieht er mir ins Gesicht. „War das alles oder hast du noch mehr zu bieten?", frage ich herausfordernd.

Er küsst mich. „Ich gebe dir schon, was du brauchst, Mona. Lass dich fallen. Lass alles raus."

Er tritt zurück. Ich höre ein zischendes Geräusch und zucke zusammen. Er hat seinen Gürtel aus der

Hose gezogen. Ich atme tief ein und schließe die Augen.

„Es wird stärker brennen, als du es gewohnt bist", sagt er. „Atme ruhig weiter und kämpfe nicht gegen mich an."

Dann trifft mich der erste Schlag auf den Po. Es brennt wie Feuer und ich stöhne auf. Der nächste Schlag, ein Stück höher und wieder so fest. Und ein dritter, diesmal tiefer, und mein Körper bäumt sich auf. Gegen diesen Schmerz hilft kein Muskelanspannen und kein Zähnezusammenbeißen. Dankbar, dass ich keine Chance habe, ihm auszuweichen, schreie ich auf. Er macht weiter, gönnt mir keine Pause. Ein neuer fieser Schlag, diesmal wieder mitten auf den Po, dann auf den Rücken. Ich verliere die Kontrolle, schreie, kreische, mein Körper windet sich, will fliehen, ich drücke mich gegen den Balken, doch Leon schlägt ohne Gnade weiter, bis ich aufgebe und mich weinend in die Manschetten fallen lasse. Sofort ist er da, öffnet die Karabiner am Balken, fängt mich auf und hält mich fest in seinen Armen. Lange. Er zieht mich an seine Brust, streichelt über meine Haare und wartet ab, bis ich mich wieder beruhige. Meine Haut brennt, gefühlt alles an meinem Körper brennt.

„Danke", flüstere ich irgendwann. Ich kann wieder frei atmen. Es war genau das, was ich brauchte, um meinen Frust rauszulassen.

Er küsst mich auf die Stirn, schiebt mich ein Stück zurück und schmunzelt. „Geht es dir jetzt wieder gut?"

„Ja." Ich seufze und verdrehe die Augen. „Ich sollte zu einem Psychoklempner gehen. Bei jedem normalen Menschen hätte wahrscheinlich eine Runde Joggen gereicht."

Leon legt den Kopf in den Nacken und lacht. Mein Blick fällt auf seinen Hals. Ich liebe diesen Anblick auf seinen kräftigen Hals mit dem ausgeprägten Kehlkopf mindestens genauso wie seinen Geruch, von dem ich auch nicht genug bekommen kann. Ich lecke über die sehnige Haut unter seinem Kinn und kann es mir nicht verkneifen, leicht hineinzubeißen.

Er knurrt und greift fest in meine Taille. Kichernd recke ich mich und knabbere an seinem Ohrläppchen. Eine seiner Hände reibt über meinen heißen Hintern. Ich zucke und atme zischend die Luft ein, während gleichzeitig meine Hormone Karussell fahren. Meine Brüste drücken gegen seine Haut und meine Nippel verhärten sich. Leons Hand wandert weiter, klapst mich, dann hebt er den Kopf, um mich anzusehen. Seine Augen glitzern, er grinst. Meine Hüfte drängt sich zwischen seine Beine und meine Hand legt sich genau da auf seine Jeans, wo sein Schwanz hart gegen den Stoff drückt. Er packt in meine Haare. Ich grinse schelmisch und öffne seinen Hosenknopf.

Seine Augen werden schmaler. „Dreh dich um."

„Nö."

Er lächelt. „Ich denke doch. Beug dich für mich über den Schreibtisch."

Er legt seine Hände auf die erhitzte Haut meiner Pobacken. Die Geste ist aussagekräftig genug. Ich drehe mich daraufhin doch lieber schnell um, beuge mich über die Tischplatte und strecke ihm seufzend meinen Hintern entgegen. Ich versuche, mich frech gegen seinen Schwanz zu drücken, und er tut mir den Gefallen und lehnt sich gegen mich. Seine Jeans reibt über mein wundes Fleisch und ich stöhne auf.

„Halt still. Deine Strafe ist noch nicht vorbei", sagt er, zieht meinen Kopf in den Nacken und revanchiert sich für den Biss in seinen Hals und saugt fest an meiner Haut unter dem Ohr. Zwischen meinen Beinen wird es heiß. Verdammt! Das wird einen deftigen Knutschfleck geben und das, obwohl er weiß, dass ich morgen wieder ins Krankenhaus muss. So ein Mistkerl!

Er beugt sich lachend zurück und streicht über die Striemen auf meiner Rückseite. „Steht dir gut, dieses Rot. Ich sollte das öfter machen", meint er und ich wimmere.

„Mach die Beine breit, liebster Kolibri."

Ich gehorche umgehend und er ertastet meine Feuchtigkeit. „Du bist klatschnass, Süße. Die Behandlung mit meinem Gürtel war also nach deinem Geschmack, wie ich mit Freuden sehe."

Ich stöhne. Seine Worte lassen meine Hormone Tango tanzen. Ich war noch nie so heiß darauf, hart gefickt zu werden, und er scheint das zu wissen. Er tritt zurück. Ich drehe den Kopf und sehe zu, wie er sich seiner Klamotten entledigt.

Als er zurückkehrt, dringt er sofort hart in mich ein. Er hat meine Taille fest umklammert, sodass ich ihm nicht ausweichen kann, und beginnt, mich hart zu ficken. Seine Kraft zu fühlen, berauscht mich. Ich bin Wachs in seinen Händen, willenlos und schamlos. Der heiße, harte Sex ist jetzt genau das, was ich herbeigesehnt habe. Er benutzt mich zu seiner Befriedigung und schenkt mir dabei ein Höchstmaß an sexueller Erfüllung.

Sein dicker Schwanz stößt immer wieder hart und rücksichtslos zu. Jeder Stoß lässt Sterne in meinem Kopf explodieren und treibt mich weiter aus der Realität heraus. Nichts ist mehr wichtig, nur er und ich.

„So ist es gut, Kolibri, so will ich dich haben. Striemen auf dem Arsch, willenlos und gehorsam", raunt er knurrend und ich falle in die Schwerelosigkeit.

„Komm, Mona, jetzt." Es ist ein harter Befehl, dem mein Körper folgt, ohne meinen Verstand einzuweihen. Alle Muskeln zucken, das Blut rast heiß durch meine Adern. Ich höre Leon kurz aufschreien, als er sich in mir versteift, und ich hebe, wie von Sturmböen in die Luft geschleudert, ab. Verschwitzt und keuchend sinkt sein Körper auf meinen Rücken.

Nachdem wir wieder zu Atem gekommen sind, zieht er mich hoch und löst die Manschetten, die immer noch meine Handgelenke zieren.

„Halt dich fest, Mona." Ich schlinge die Arme um seinen Nacken und vergrabe mein Gesicht an seiner Halsbeuge, während er mich hochhebt und nach oben trägt. Als meine Haut das Laken berührt, muss ich die Zähne zusammenbeißen und die Luft entweicht mir zischend aus dem Mund.

Er schmunzelt und küsst mich. „Eine Woche, Kolibri, wie du es dir gewünscht hast."

„Sonst machst du doch auch nicht so genau, was ich will", maule ich und er lacht.

Er setzt sich zu mir und streicht mir sanft die Haare aus der Stirn, sieht mich an und stutzt mit gerunzelter Stirn.

„Bleib liegen", sagt er und läuft die Treppe hinunter. Als er wiederkommt, habe ich mich unter das Laken verkrochen, das wir zurzeit als Decke nutzen, weil Daunen viel zu warm für die Jahreszeit sind.

Er hat eine Eispackung mitgebracht, die er mir auf Stirn und Augen drückt. „Nicht, dass die Leute glauben, dein Mann schlägt dich", sagt er amüsiert. Ich verstehe nicht so ganz und er grinst. „Du bist vorhin in deiner Wut ziemlich heftig gegen die Wand gedonnert."

Ich stöhne genervt auf. „Mist."

Er legt sich zu mir und nimmt mich in den Arm. „Nun erzähl mir, was dich den ganzen Tag so bedrückt hat."

Seufzend atme ich tief durch, dann erzähle ich ihm alles, von dem Telefongespräch mit meinem Vater und meiner Wut, von meinen bösen Gefühlen und Gedanken und meinem schlechten Gewissen. Ich muss noch mal ein bisschen heulen, doch ich bin froh, darüber reden zu können.

„Du musst nicht perfekt sein, Kolibri. Das erwarten deine Eltern nicht."

„Ich weiß. Aber sie brauchen mich. Sie verlassen sich auf mich und ich will sie nicht enttäuschen."

Ich atme tief durch und küsse seine Brust. „Ich bin so froh, dass ich dich habe."

Er wuschelt mir durch die Haare. „Ich mache dir jetzt noch etwas kühlendes Gel auf deine lädierte Haut und dann ruhst du dich aus, bis ich das Essen fertig habe."

Ich nicke ergeben und er steht auf. „Laken weg und auf den Bauch, Süße."

Ohne zu denken, gehorche ich.

Er kommt wieder und verstreicht das Gel auf den Striemen, nicht ohne mir zu versichern, wie gut mir diese Art Körperschmuck steht.

Zwei Stunden später haben wir gegessen. Ich spüre bei jeder Berührung mit einer Sitzgelegenheit die Nachwirkungen der Session und fühle mich verdammt gut dabei. Es ist mir immer noch ein Rätsel, warum ich auf Schmerz so reagiere, aber ich grübele nicht mehr darüber nach. Diese Frage habe ich mir, seit ich vor fast einem halben Jahr die Wohnung bei Tim gemietet habe, schon so oft gestellt, dass ich sie inzwischen gelassen als unlösbar hinnehme. Wahrscheinlich würde es mich nicht mal mehr besonders kümmern, falls tatsächlich mal jemand aus meinem Alltagsleben mitbekommen sollte, was mein Sexualleben beinhaltet. Ich war in meinem ganzen Leben noch nicht so glücklich wie im Moment mit Leon. Wahrscheinlich lächele ich bei diesem Gedanken, denn er zieht eine Augenbraue hoch. „Worüber amüsierst du dich, Kolibri?", fragt er.

„Darüber, dass ich es genieße, deine Hinterlassenschaften auf meinem Körper zu spüren. Und darüber, dass es mich nicht mehr beunruhigt. Und darüber, dass es nicht das letzte Mal war, dass du deinen Gürtel benutzt, denn es hat dich extrem angemacht, mir diese Striemen zu verpassen, und es gefällt dir, jetzt zuzusehen, wie ich zusammenzucke, wenn ich mich auf meinen Hintern setze." Ich seufze und füge resigniert hinzu: „Und das macht mich schon wieder heiß."

Er grinst. „Oh, du ahnst ja nicht, was für nette Variationsmöglichkeiten sich auf diesem Gebiet noch entwickeln können."

Kichernd verstecke ich das Gesicht an seiner Brust und er küsst mich auf die Haare.

„Ich liebe dich, Leon", flüstere ich und er antwortet mit einem leisen „Ich dich auch, Mona".

Unsere Blicke versinken ineinander. Dann neigt er den Kopf zur Seite. „Möchtest du meine Familie kennenlernen?"

Ich nicke und er steht auf, holt zwei dicke Fotoalben aus dem Bücherregal, setzt sich wieder neben mich und schlägt das erste auf.

Ich sehe die typischen Bilder eines Familienalbums. Seine Schwester war drei Jahre jünger als er und hatte kurze blonde Haare. Seine Eltern erinnern mich ein kleines bisschen an meine Eltern. Es sind die typischen Gesten, die Mode damals, Familienfeiern und Geburtstagskerzen, die gleiche Art Bilder, wie es sie von mir und meinen Eltern auch gibt.

Im zweiten Album ist Leon älter. Es beginnt, als er zwölf Jahre alt ist, und ich muss lachen. Ich hätte ihn nie erkannt. Auf den Bildern sehe ich einen großen, schlaksigen, mageren Jungen mit strähnigen glatten Haaren bis auf den Rücken, hängenden Schultern und einem blassen, pickeligen Gesicht.

Er grinst schief. „Ja, ich war nicht besonders hübsch, und glaub mir, das war nicht immer einfach."

„Warum?"

„Weil die Mädchen mich ausgelacht haben. Weil ich Komplexe hatte, weil ich nicht tanzen konnte, weil alle meine Freunde schon aufregende Erfahrungen machten, nur ich nicht … Na ja, und so weiter, kannst du dir doch denken, oder?"

Ja, das kann ich. „Wann hast du dich so verändert?", frage ich.

„Erst nach der Schule. Ich bin zur Marine gegangen. Dort habe ich meinen Beruf gelernt und jede Menge Sport und Krafttraining gemacht."

Nachdenklich sehe ich ihn an. „Macht es dich an, Frauen zu unterwerfen, weil sie dich früher ausgelacht haben?"

Er zuckt mit den Schultern. „Keine Ahnung." Ein freches Grinsen schleicht sich in sein Gesicht. „Ja, ich hatte damals schon bei so mancher Tussi, die blöd über mich getuschelt hat, Lust, sie übers Knie zu legen. Aber wahrscheinlich ist das angeboren und ich hätte die gleichen Fantasien gehabt, wenn ich damals besser bei den Frauen angekommen wäre."

KAPITEL 9

Es stürmt und regnet. Ich ziehe den Reißverschluss meiner Jacke bis ganz nach oben zu. Von einem Tag auf den anderen ist es Herbst geworden. Wäre ich doch bloß mit dem Auto zur Arbeit gefahren.

Ich beiße die Zähne zusammen und schwinge mich aufs Rad. Am besten gehe ich zu Hause gleich unter die heiße Dusche.

Heute Abend kommt Leon wieder und ich freue mich sehr. Wir sind jetzt schon fast acht Monate zusammen und waren nun zum ersten Mal sechs Tage lang getrennt. Er musste verreisen, denn ein entfernter Verwandter in Berlin, den er seit seiner Kindheit nicht mehr gesehen hatte, war gestorben. Da es keine anderen Angehörigen gab, hat Leon sich um die Auflösung des Haushaltes und alle Formalitäten gekümmert. Heute Morgen haben wir telefoniert und da klang er müde und genervt. Um die Esel und Katzen hat sich Ella, die erwachsene Tochter des Landwirts, von dem Leon die Weide gekauft hat, gekümmert. Sie ist in die Langohren verliebt, seitdem sie sie kennt, und war hellauf begeistert, ihre Pflege zu übernehmen, als Leon sie fragte.

So kann er heute direkt zu mir kommen und wird dann morgen erst nach Hause fahren.

Ich beeile mich, denn ich möchte einen Auflauf mit Schinken und Brokkoli machen. Den liebt mein großer Albatros ganz besonders.

Als ich in meine Straße einbiege, steht sein Van schon vor dem Haus. Zum Glück hat er inzwischen einen Schlüssel für meine Wohnung, sodass er nicht draußen auf mich warten muss.

Erfreut laufe ich die Treppen nach oben. Durch die Tür ist leise Musik zu hören. Ich gehe hinein und sehe ihn im Wohnzimmer auf der Couch sitzen. Ohne ein Wort zieht er mich auf seinen Schoß, umarmt mich und küsst mich lange und zärtlich. Seine Zunge drängt in meinen Mund, er stöhnt und hält mein Gesicht fest, als hätte er Angst, dass ich wieder verschwinden könnte. Als er den Kuss beendet, streiche ich sanft über seine Wangen. Er sieht müde und traurig aus, vergräbt sein Gesicht zwischen meinen Brüsten und ich halte ihn ganz fest.

Nach einer Weile stöhnt er auf. „Ich habe dich so vermisst."

„Ich habe dich auch vermisst", flüstere ich.

Er hebt den Kopf, sieht mich an und grinst schief. „Tut mir leid, dass ich heute nicht grad eine Stimmungskanone bin."

Ich lege meine Stirn an seine. „Du hattest ja auch keinen angenehmen Job zu erledigen."

Er seufzt. „Es hat mich so daran erinnert, an diese schrecklichen Wochen, als meine Familie gestorben war. Die Beerdigung, die Auflösung des Hausstandes. Es war plötzlich alles wieder so nah." Ihm versagt die Stimme und Tränen glitzern in seinen Augen.

Ich ziehe seinen Kopf wieder an meine Brust und streiche zärtlich durch seine Haare. „Ist schon gut, Leon. Du bist nicht allein. Ich liebe dich."

Er hält mich ganz fest. „Ich habe dich gar nicht verdient, kleiner Kolibri. Manchmal habe ich ein schlechtes Gewissen, weil es mir Vergnügen bereitet, dir Schmerzen zuzufügen."

„So was Dummes will ich nicht hören, großer Albatros. Du machst genau das mit mir, was mir gefällt und was ich brauche. Und das weißt du auch, also rede nicht so einen Quatsch. Du bist immer vorsichtig und aufmerksam. Du siehst immer, wie ich mich fühle. Du schätzt mich immer richtig ein und du würdest nie etwas tun, was mir schadet."

Er hebt den Kopf und sieht mit geröteten Augen zu mir auf. Dann runzelt er die Stirn und fasst in meine Haare. „Die sind ja ganz nass."

Ich lächele. „Ja, ich bin mit dem Rad gefahren."

„Du musst dich umziehen."

Ich küsse ihn auf den Mund. „Ich muss zuerst duschen."

Er nickt. „Das muss ich auch."

„Dann komm mit."

Ich stehe auf, ziehe ihn mit hoch und schiebe ihn in Richtung Bad. „Hey!"

„Still. Heute führe ich die Regie."

Im Bad drehe ich erst das Wasser an, dann ihn zu mir um und knöpfe sein Hemd auf. Er sieht auf mich herab, beobachtet mich, lässt mich aber machen.

Ich schiebe es über seine Schultern und es fällt zu Boden. Zärtlich streiche ich über seine gewaltigen Brustmuskeln, schließe die Augen und küsse sie. Seine Hand landet in meinen Haaren. Ich knöpfe seine Hose auf und ziehe sie ihm samt Slip herunter. „Füße." Er hebt gehorsam nacheinander die Beine an, sodass ich ihn ganz ausziehen kann. Inzwischen ist das Wasser heiß und ich schiebe ihn in die Dusche. Seufzend hält er sein Gesicht in den Wasserstrahl. Ich entledige mich flink meiner Klamotten und stelle mich zu ihm.

Er hat mich schon oft, wenn ich nach einer Session fix und fertig war, zärtlich gewaschen, und wir haben bereits einige übermütige, äußerst amüsante Sexeinlagen in der Duschkabine hingelegt. Aber heute geht es nur um ihn. Ich will ihn verwöhnen.

„Umdrehen", sage ich sanft und er gehorcht. Ich seife ihm den Rücken ein, den Po und die Beine. Mit aller Zärtlichkeit massiere und streichele ich ihn, bis die Seife wieder ganz abgespült ist. Er dreht sich um und ich mache das Gleiche mit seiner Vorderseite. Er schließt die Augen und hebt sein Gesicht in den Wasserstrahl. Ich sehe, wie sein Penis sich halb aufrichtet. Ohne nachzudenken beginne ich, seine Hoden und an seinem Schwanz entlang zu streicheln. Er seufzt. Ich gehe in die Knie und halte mich an seinen Oberschenkeln fest. Ich habe ihn schon oft mit dem Mund verwöhnt. Ich halte mich auf diesem Gebiet nicht für besonders talentiert, mache es aber trotzdem sehr gerne, denn er sagt, dass er es mag, obwohl er so groß ist, dass ich ihn nicht vollständig in meinen Mund aufnehmen kann. Er ist dominant. Er müsste es eigentlich genießen, meinen Mund zu ficken. Trotzdem hat er es nie innerhalb einer Session getan. Jetzt senkt er den Kopf und runzelt die Stirn.

„Mona, das ist heute nicht so gut", sagt er heiser, leicht gequält.

„Das fühlt sich aber gut an", flüstere ich mit den Lippen an seinem Schwanz.

Er stöhnt. „Süße, ich bin … Ich kann mich heute nicht so gut kontrollieren."

„Das brauchst du auch nicht", sage ich sanft, ziehe seine Vorhaut zurück und stülpe meine Lippen über seine Eichel.

Er stöhnt. „Mona.“

Ich lasse mich nicht beirren. Ich lecke um seine Eichel herum, necke ihn mit kleinen Stupsen meiner Zungenspitze, sauge sanft seinen Lusttropfen auf und bedecke seinen Schaft mit kleinen Küssen, während ich mit einer Hand, seine Hoden massiere. Er stöhnt. Wieder greift er in meine Haare, will mich zurückziehen.

„Bitte nicht, Leon. Bitte lass mich das für dich tun. Es ist in Ordnung. Zeig mir, wie du es gern hast. Bitte.“ Meine Lippen zupfen sanft an der weichen Haut seines Schwanzes. Ein leichtes Zittern läuft durch seinen Körper. Ich lutsche und lecke, stülpe meinen Mund wieder über seine Eichel und sauge vorsichtig. Er stöhnt und der Griff in meinen Haaren wird fester. Ich stütze mich mit der Schulter an seinen Beinen ab und umfasse mit einer Hand seine Schwanzwurzel, während die andere weiter sanft seine Hoden hält. Ich sauge fester. Er zieht hart die Luft durch die Zähne, sein Becken zuckt. Meine Lippen liegen fest um seinen Schwanz. Er beginnt, die Führung zu übernehmen, und ich lasse ganz locker, damit er weiß, dass es für mich in Ordnung ist.

„Mona. Fuck“, presst er durch die Zähne hervor, während seine Bewegungen kraftvoller werden. Ich entspanne mich, so gut es geht, und gebe mich ihm hin. Er dringt tiefer in meinen Mund und ich will es unbedingt aushalten. Meine Hände suchen Halt an seinen Beinen. Den Strahl der Dusche hält sein Rücken ab, nur einzelne Wassertropfen laufen über mein Gesicht. Ich schließe die Augen. Gegen seine Kraft habe ich keine Chance, und ich will mich auch gar nicht wehren. Er zieht seinen Schwanz immer wieder zurück, sodass ich mit dem Würgereiz klarkomme und mich langsam daran gewöhnen kann, ihn tiefer aufzunehmen. Er senkt den Kopf und ich sehe kurz in sein Gesicht. Er hat die Augen geschlossen. Seine Mimik ist so ernst, so traurig, fast schmerzverzerrt, so wunderschön. Ich liebe ihn und werde ihn immer lieben. Er will noch tiefer in meinen Mund. Ich konzentriere mich weiter nur auf das Saugen und Schlucken, während ich versuche, gleichmäßig durch die Nase zu atmen. Nichts anderes ist mehr wichtig. Er ist jetzt ganz hart und hält sich nicht mehr zurück, fickt meinen Mund und ich schließe die Augen, atme durch die Nase und kralle mich an seinen Beinen fest. Ich will ihm alles geben, was mir möglich ist, und das ist mehr, als ich jemals für möglich gehalten hätte. Fast wird mir schwindlig, mein mühsames Atmen ist laut, schnaufend. Er versteift sich und kommt in meinem Mund. Ich schlucke, alles, jeden Tropfen, bis sein Schwanz nur noch sachte zuckt und weicher wird. Erst dann lasse ich ihn sanft aus meinem Mund gleiten.

„Mona", flüstert er heiser und zieht mich hoch, „es tut mir …"

„Pst …", unterbreche ich ihn leise, aber bestimmt, „es ist alles gut. Du hast nichts getan, was ich nicht wollte."

Er küsst mich und nimmt mich fest in seine Arme. Ich schließe einen Moment die Augen und drücke mein Gesicht gegen seine Brust, dann schiebe ich ihn sanft zurück. „Komm, großer Albatros. Geh dich abtrocknen und mach es dir gemütlich."

Er legt kurz seine Stirn an meine und seufzt. „Okay, Chef!" Dann verlässt er die Dusche.

Als ich aus dem Bad komme, sitzt er nackt im Bett unter der Decke. Er hat den kleinen Fernseher angeschaltet und lehnt halb aufgerichtet am Kopfteil.

Ich hole mir schnell einen gemütlichen Hausanzug aus dem Schrank, beuge mich zu ihm und küsse ihn. „Ich mache uns was zu essen."

Den Rest des Abends verbringen wir in ruhiger Eintracht. Wir essen im Bett, trinken eine halbe Flasche Wein, sehen einen Film, lieben uns noch einmal zärtlich und liegen schließlich eng aneinandergekuschelt im Dunklen. Er hat mich mal wieder so fest umschlungen, dass ich mich kaum bewegen kann. Zufrieden schließe ich die Augen und schlafe ein.

Am nächsten Mittag kommt Leon überraschend in den Laden. Ich kassiere gerade bei einer Kundin ab, als die Türglocke klingelt und er hereinschlendert. Er bleibt neben Frau Hartmann stehen, die gerade neue Waren in ein Regal einsortiert und auszeichnet. Wie immer wird sie rot, als Leon sie freundlich begrüßt. Dann lächelt er zu mir herüber, schlendert weiter und bleibt an der kurzen Seite des Tresens stehen. Er sieht auf die Frau, stutzt einen Moment und grinst. „Hallo Paula."

Sie sieht auf und zieht die Augenbrauen zusammen. „Kennen wir uns?"

Er lächelt. „Ja. Schulzeit. Leon Aurin."

Sie starrt ihn an und man erkennt in ihrem schönen, sorgfältig geschminkten Gesicht deutlich die Irritation. „Leon? Ernsthaft?"

„Aus Fleisch und Blut", bestätigt er locker und zwinkert.

„Wow. Ich hätte dich nicht wiedererkannt", sagt sie und schiebt mit einer vollendet weiblichen Geste ihre seidigen, hellblonden langen Haare über die Schulter.

Er legt den Kopf schräg. „Wie geht es dir?"

Sie dreht sich zu ihm und lächelt. „Gut." Sie sieht mit einem verführerischen Augenaufschlag zu ihm auf. „Ich lebe wieder allein. Wie das Leben so spielt. Und du? So wie du aussiehst, scheint es dir auch gut zu gehen."

Er lacht und wirft mir einen kurzen Blick zu. „Danke. Ja, mir geht es auch sehr gut."

Sie mustert ungeniert seinen beeindruckenden Körper. Gleich leckt sie sich über die Lippen, denke ich amüsiert. Und sie macht es tatsächlich. Ich kann mich gerade noch zurückhalten, um nicht albern loszukichern.

„Lass uns doch heute Abend irgendwo was trinken gehen", sülzt sie.

Gespannt sehe ich zu ihm hinüber. Er zieht erstaunt eine Augenbraue hoch. „Seit wann liegt dir etwas an meiner Gesellschaft, Paula?"

Ihre Hände verkrampfen sich ganz leicht und um ihre Augen herum zuckt es, aber sie lächelt weiter ziemlich frech, definitiv im Flirtmodus. „Hey, damals warst du nicht unbedingt der Knallertyp. Das musst du zugeben. Aber jetzt sind wir erwachsen und alter Kinderkram ist vergessen. Da steht doch einem netten Treffen nichts im Wege."

„Tut mir leid, ich habe heute keine Zeit", antwortet er mit einem gelangweilten Schulterzucken.

„Dann am Freitag? Oder Samstag? Ich gebe dir meine Visitenkarte." Sie fummelt hektisch an ihrer Handtasche herum. Leon tritt hinter die

Verkaufstheke und legt mir den Arm um die Schultern. „Schatz, haben wir Freitag oder Samstag schon was vor oder wollen wir mit einer alten Schulkameradin etwas trinken gehen?"

Ihr Gesicht zuckt hoch und sie starrt mich an. „Äh … ach so, sorry, ich wusste nicht …"

„Kein Problem", sagt Leon und zwinkert wieder.

Paula wird knallrot und ich grinse wie ein Honigkuchenpferd. „Am Samstag sind wir mit Tim verabredet. Freitag ist nichts", antworte ich ihm.

Paula verschließt ihre Handtasche und greift eilig nach der Tüte mit ihren Schreibblöcken. „Ich habe ganz vergessen, dass ich am Freitag auch schon was vorhabe. Sorry. Ein andermal. Ich melde mich."

Als die Tür hinter ihr zufällt, lasse ich endlich meiner unterdrückten Heiterkeit freien Lauf. „Sei ehrlich, wenn wir nicht zusammen wären, hättest du dich mit ihr verabredet", sage ich und boxe ihm gegen den Arm.

Er lacht und neigt nachdenklich den Kopf zur Seite. „Vielleicht. Aber nur einmal, um sie ein bisschen zu ärgern."

„Was hättest du gemacht?", frage ich gespannt und er überlegt einen Moment. „Ich hätte sie den ganzen Abend anstrengend flirten lassen, sie dann geküsst und gesagt, dass sie das noch üben müsste, um mich zu überzeugen, und hätte sie dann stehen lassen."

„Das wäre aber gemein."

„Das hat sie mit mir gemacht. Ich war sechzehn und sie sehr betrunken."

Grinsend sehe ich zu ihm auf. „Mach es. Du hast meinen Segen. Ich gebe dir dafür einen Abend frei."

Er wirft den Kopf in den Nacken und lacht schallend. „Oh Kolibri."

„Was?"

Er umfasst mit beiden Händen mein Gesicht und küsst mich. „Du bist einfach umwerfend. Danke für das Angebot, aber ich habe kein Interesse. Es ist mir nicht mehr wichtig."

Ich grinse glücklich. „Nein? Ganz sicher?"

„Du glaubst mir nicht? Muss ich dich mal wieder übers Knie legen, damit du weißt, wie sehr ich dich liebe?"

Hinter uns poltert etwas, mein Kopf zuckt herum und ich sehe in Frau Hartmanns schockiertes Gesicht.

Ich kichere albern los. „Ja, Albatros, ich glaube, ich brauche ganz dringend mal wieder deine große Hand auf meinem Arsch."

Er schüttelt in gespielter Verzweiflung den Kopf und wuschelt mir durch die Haare. „Mona, benimm dich, was soll denn Frau Hartmann denken. Da kommen ja die wildesten Gerüchte in Gang."

Die arme Frau rennt fluchtartig an uns vorbei in Richtung Lager. Leon umarmt mich und ich ersticke meinen Lachanfall an seinem Hals. Oh Gott, ich liebe ihn so sehr.

Als wir uns voneinander lösen, sehe ich zu ihm auf. „Was machst du überhaupt hier, mitten am Tag?"

„Ich möchte dich endlich richtig an die Kette legen", knurrt er und ich ziehe den Kopf ein.

Er grinst und wuschelt durch meine Haare. Dann holt er ein kleines Schmuckkästchen aus seiner Jackentasche, macht es auf und zieht eine goldene

Kette heraus. Ein Anhänger in Form einer Blüte mit einem kleinen Diamanten in der Mitte hängt daran.

„Eigentlich wollte ich sie dir heute Abend geben. Sie ist von meiner Mutter, die hatte sie von ihrer Mutter und eines Tages hätte sie meine Schwester bekommen. Ich möchte, dass du sie trägst, denn du bist jetzt meine Familie."

Er legt sie in meine Hand und ich betrachte still die kleine Blume.

„Der Verschluss war kaputt, deswegen musste ich zum Juwelier, und dann konnte ich es nicht abwarten, sie an dir zu sehen", sagt er und wirkt ganz verlegen.

Umgehend steigen mir Tränen in die Augen. „Leon."

„Komm, Kolibri, dreh dich um." Er legt mir die Kette um und verschließt sie in meinem Nacken. Ich falle ihm um den Hals.

„Was bin ich für ein Glückspilz, dass du mir begegnet bist", flüstere ich und er grinst. „Nicht nur du, Baby."

Ich drehe mich zu unserem kleinen Aufenthaltsraum. „Möchtest du einen Kaffee?"

Er winkt ab. „Nein, ich muss los. Übrigens, dein Vater hat angerufen. Ich habe versprochen, ihm nächste Woche beim Heckeschneiden zu helfen. Und deine Mutter will dafür abends für uns kochen."

Ich muss lachen. „Sie lieben dich."

„Sie lieben dich, Mona."

„Und dich. Ich glaube, mein Vater hätte gern einen Sohn gehabt."

Er zuckt nur mit den Schultern, aber ich weiß, dass er es genießt, ein kleines bisschen Sohn zu spielen.

Er kümmert sich rührend um meine Eltern und sie
haben inzwischen eingesehen, dass sie es mir überlassen müssen, den Laden so zu organisieren, wie
ich es für richtig halte. Mein Vater ist mittlerweile
auch wieder ganz gesund. Er war nach dem leichten
Schlaganfall zur Kur, hat abgenommen und macht
sich auch keine Sorgen mehr um das Geschäft. Er
vertraut mir und das ist ein gutes Gefühl.

Als Leon das Geschäft verlässt, sehe ich ihm nach.
Ich bin so glücklich, dass es kaum auszuhalten ist.

KAPITEL 10

„Kommt rein. Ich muss schnell wieder in die Küche", sagt Tim und ist verschwunden, bevor wir antworten können.

Wir gehen ihm in die Küche nach, wo er fleißig Kartoffeln schält. „Es wird ein Drei-Gänge-Menü. Ich hoffe, ihr wisst es zu schätzen, dass ich mir für euch so große Mühe gebe. Und das ...", er deutet mit dem Kopf nach links zum Fenster, wo eine hübsche, zierliche Blondine steht, „ist übrigens Brit."

Wir begrüßen uns und stellen uns gegenseitig vor. Ich muss schmunzeln. Brit senkt bescheiden den Kopf. Sie ist schüchtern, ganz so, wie Tim es mag, um sich als Beschützer aufspielen zu können.

Leon grinst. „Ein gutes Essen ist ja wohl das Mindeste für das außergewöhnliche Kreuz, das ich dir besorgt habe."

„Was für ein Kreuz?", frage ich harmlos und ernte fröhliche Grimassen der zwei dominanten Kerle. „Ein schönes, aus herrlicher, alter dunkler Eiche, für meinen Keller, an dem du wirklich umwerfend aussehen würdest", antwortet Tim mit einem Blick, als ob er mich sofort daran fesseln wollte.

„Stimmt", stellt Leon trocken fest und lässt seine Augen mit einem Ausdruck über meinen Körper wandern, der sofort die Schmetterlinge in meinem Bauch weckt. Ich sehe zu Brit in der Hoffnung, in ihr eine weibliche Verbündete zu haben, aber die ist nur verlegen und betrachtet eingehend ihre Schuhe, als ob sie die noch nie vorher gesehen hätte.

Ich räuspere mich und drehe mich weg, bevor Leon noch etwas davon bemerkt. „Ich decke schon mal den Tisch", flöte ich. „Brit, kommst du mit?"

Sie nickt und wir gehen rüber ins Wohnzimmer. Während wir Teller aus dem Schrank neben seinem Esstisch holen, hören wir die Männer in der Küche lachen. Die werden ja wohl nicht auf dumme Ideen kommen …? Manchmal ist es schon anstrengend, mit einem Kerl zusammen zu sein, der nicht nur auf normalen Sex steht. Ich lächele Brit aufmunternd an, aber sie schweigt beharrlich.

Wir essen und reden über alles Mögliche. Sogar Brit taut langsam auf und ich erfahre, dass sie sich bereits einige Male mit Tim getroffen hat. Sie sind aber nicht fest zusammen. Ich muss schmunzeln. Typisch Tim.

Ich vergesse das Andreaskreuz, bis Tim zwei Stunden später vorschlägt, runter zu gehen, damit Leon sich ansehen kann, wie das neue Möbelstück im Keller wirkt. Leon zieht mich grinsend hoch und legt seine Hand in meinen Nacken. Das ist sein typischer Griff, wenn ihm eine Session vorschwebt. Zärtlich und gleichzeitig drohend, so, dass ich sofort eine Gänsehaut bekomme und stocke.

„Was hast du vor?", frage ich misstrauisch, doch er küsst mich nur und festigt seinen Griff kaum merklich. „Das neue Kreuz ansehen, Kolibri."

Mit leichtem Druck führt er mich hinter Tim, der Brit am Arm hält, in Richtung Tür und mein Herz klopft schneller.

Im Keller schließt Tim die Tür hinter uns und schaltet die Scheinwerfer an, die ein großes Andreaskreuz anstrahlen, das aussieht, als ob es aus einer mittelalterlichen Folterkammer stammt.

„Wo ist das andere geblieben?", fragt Leon, während er mit der Hand über das Kreuz streicht.

„Das hat Julian mir abgekauft", erzählt Tim und schaltet leise Musik ein. „Die Lackierung des neuen Kreuzes gefällt mir besser. Es lässt sich einfacher reinigen als das alte."

Leon nickt. „Dieser Lack hat auch eine bessere Qualität als der, den ich sonst verwendet habe. Er wird nicht porös. Du brauchst es in der nächsten Zeit nicht überzustreichen."

Tim geht auf Brit zu. „Komm, Baby. Du bist später an der Reihe."

Ich ziehe die Augenbrauen zusammen und werfe ihr einen fragenden Blick zu, doch sie senkt nur den Kopf und lässt sich schweigend zu einem Stuhl führen, setzt sich brav darauf und legt die Hände auf die Lehnen, damit er sie daran fesseln kann. Fuck! Wieso protestiert sie nicht? Natürlich kapiere ich, was das für mich bedeutet. Ich stehe stocksteif da und beobachte, wie er ihr sorgfältig die Augen verbindet und sie zärtlich küsst, bevor er sich von ihr abwendet.

Die beiden Männer drehen sich nun mir zu und mustern mich wie Jäger, die ein Kaninchen in der Falle gefangen haben. Ich gehe ganz automatisch rückwärts.

„Was wollt ihr?", frage ich heiser. „Das ist … also, ich meine … nur gucken, hast du gesagt, Leon."

Er lächelt. „Komm her, Kolibri."

Reflexartig drehe ich mich in Richtung Tür und renne gegen Tims Brust, der mir grinsend den Weg abschneidet. „Hiergeblieben, Süße."

Ehe ich reagieren kann, hat er mich herumgeschleudert, steht hinter mir und hat mir einen Arm auf den Rücken gedreht. „Au!"

„Schön stillhalten, dann tut's auch nicht weh", flö-
tet Tim amüsiert.

Ich versteife mich und starre Leon an, der neben
dem Kreuz schmunzelnd Ledermanschetten an einem Finger schaukeln lässt.

„Ich will das nicht!"

„Ich glaube doch, mein Schatz. Ich kann mich noch
gut daran erinnern, mit welchem Gesichtsausdruck
du Valerie angesehen hast, damals, an diesem
Abend, als wir uns kennengelernt haben. Ich
glaube, du möchtest dich gerne mal Zuschauern
zeigen, und da eignet sich doch das heutige intime
Treffen bestens für einen kleinen Versuch in diese
Richtung. Tim ist schließlich kein Fremder."

„Nein!" Meine Stimme hört sich ziemlich schrill
an.

Tim schiebt mich auf Leon und das Kreuz zu.
„Hübsche kleine Mona, als du in die Wohnung
oben gezogen bist, dachte ich eigentlich, dass ich eines Tages mit dir hier unten Spiele spielen würde,
aber dann bist du mir ja mit meinem besten Freund
untreu geworden. Eine kleine Entschädigung habe
ich doch wohl verdient, meinst du nicht?"

„Am besten knöpfen wir ihre Bluse auf. Ihre Brustwarzen zeigen eigentlich immer sehr zuverlässig,
ob sie erregt ist", sagt Leon beiläufig.

„Du miese Ratte!", fauche ich ihn an und versuche
zu strampeln, doch Tim hat inzwischen meine beiden Oberarme nach hinten gezogen und ich habe
keine Chance, mich zu befreien.

„Stimmt, so war es auch bei ihrem allerersten Versuch in meiner Wohnung. Sehr hübsch", fällt ihm
dazu ein und sein Atem weht warm unter meinem
Ohr gegen meinen Hals.

Leon grinst nur und beginnt mit quälender Langsamkeit, meine Bluse aufzuknöpfen. Nach drei Knöpfen hält er inne und sieht mich abwartend an. Ich halte seinem Blick stand und presse die Lippen aufeinander. Leon lächelt. Sie ziehen mir die Bluse ganz aus, ohne die Kontrolle über meine Arme aufzugeben. Ich habe nicht die geringste Chance, mich zu wehren.

„Ah … hübscher BH", sagt Tim, als er ihn, über meine Schulter blickend, zu Gesicht bekommt.

„Ja, mein kleiner Kolibri hat einen guten Geschmack. Allerdings hab ich sie immer am liebsten ganz ohne Verzierung", antwortet Leon und zieht die Körbchen herunter, sodass meine Brüste nicht nur zu sehen sind, sondern auch noch angehoben werden. Ich spüre die Blicke der Männer wie Berührungen und kann nicht verhindern, dass es mich erregt. Ich bin nass und spüre das Blut durch die Adern in meinem Becken pulsieren. Meine Gesichtshaut brennt. O Gott, ist das peinlich. Ich schließe die Augen.

„Sehr schön", sagt Leon und fährt mit den Daumen über meine verhärteten Nippel, sodass ich aufwimmern muss.

„Ihr Ärsche! Ihr widerlichen Ärsche!", fauche ich, bis Leon mir einen Finger auf den Mund legt. „Still Mona. Wenn du weiter so zeterst, gehe ich davon aus, dass du dir eine Bestrafung wünschst."

Augenblicklich presse ich die Lippen fest zusammen. Tim lächelt. „Gut erzogen. Sehr schön. Ziehen wir ihr nun die Hose aus. Ich wette, ihr Slip ist schon ziemlich feucht."

Ich werfe Leon mörderische Blicke zu, doch er schmunzelt nur und nickt zustimmend. „Ja, das denke ich auch."

Ohne weitere Verzögerungen ziehen sie mich ganz aus. „Lass locker, Mona", sagt Leon. Er fasst mir zwischen die Beine und ich traue mich nicht, sie zusammenzupressen. Seine Finger fahren sanft zwischen meinen Schamlippen entlang. „Ah, schön. Mein kleiner Kolibri freut sich darauf, vorgeführt zu werden. Wir sollten sie nicht länger warten lassen." Leon tritt zur Seite und ich habe einen freien Blick auf das imposante Andreaskreuz an der Wand. Es ist so viel größer als ich. War das alte auch so riesig? Wenn sie mich daran fesseln, werde ich mit weit gespreizten Armen und Beinen dastehen, sodass sie alles von mir sehen können. Mein Herz trommelt so laut, dass man es sicher bis auf die Straße hört. Es lässt sich nicht leugnen. Bei aller Scham reagiert mein Körper voller Vorfreude auf das, was die beiden Männer sich für mich ausgedacht haben.

Tim schiebt mich weiter nach vorn. Sie drehen mich um, halten jeder einen meiner Arme, befestigen die breiten, bequemen Manschetten an meinen Handgelenken. Anschließend streicht Leon liebevoll durch meine Haare und schmunzelt über meinen wütenden Blick, während Tim sich herabbeugt, um auch meine Fußgelenke mit Manschetten zu versehen. Dann befestigen sie meine Gliedmaßen mittels starker Karabiner an den stabilen Ringen des Kreuzes. Ich stehe nun mit weit gespreizten Beinen an dem kühlen Holz. Es fühlt sich hart und kühl an meinem Rücken an.

Meine Arme sind so weit nach oben gezogen, dass mein Körper sich in einer gestreckten Haltung befindet. Ich kann mich keinen Zentimeter bewegen.

Leon bleibt vor mir stehen und unsere Blicke treffen sich. Seine Miene ist undurchdringlich.

„Arsch", flüstere ich. Er lächelt und küsst mich leicht auf den Mund.

Wahrscheinlich habe ich mir mit meiner unbedachten Äußerung noch irgendeine scheiß miese Zutat zu dem, was er sowieso schon geplant hat, eingebrockt, aber darauf kommt es jetzt auch nicht mehr an. Ich bin im Kämpfermodus, im Ich-werde-dem-miesen-Arsch-nicht-die-Freude-machen,-meine-Gefühle-zu-zeigen-Modus.

Er tritt zur Seite und die Scheinwerfer blenden mich, sodass ich vor mir nichts mehr sehe und ergeben die Augen schließe. Eine Weile ist es still. Alles, was ich höre, ist die leise Musik. Ich habe keine Ahnung, was die Männer machen, und bin mir meiner Nacktheit extrem bewusst. Ich höre Holz auf dem Boden rutschen.

„Komm, Leon, lass uns eine Weile hinsetzen und dieses wunderschöne Kreuz betrachten", sagt Tim. Anscheinend haben sie sich Stühle herangezogen und es sich darauf gemütlich gemacht.

Wieder ist es still. Meine Glieder beginnen langsam, zu schmerzen, aber ich halte den Kopf stur geradeaus und die Augen immer noch geschlossen.

„Sie atmet noch sehr ruhig", sagt Tim plötzlich. „Vielleicht sollten wir sie doch etwas mehr reizen."

„Sie kann schöne Töne ausstoßen. Ihr Wimmern kurz vor dem Orgasmus ist herrlich", erzählt Leon genüsslich und Tim lacht. „Ja, ich erinnere mich."

Diese miesen Schweine. Heißer Zorn brodelt in mir. Ich möchte schreien und strampeln, aber darauf warten sie ja nur. Jemand tritt neben mich. Ich blinzele kurz zur Seite. Es ist Leon. Er streicht über meine Taille, genau da, wo ich kitzelig bin. Meine Bauchmuskeln zucken. Dieser gemeine, miese Mistkerl!

„Tim, mach die oberen Scheinwerfer aus, damit sie uns ansehen kann."

Tim gehorcht und ich öffne die Augen. Jetzt beleuchten nur noch Scheinwerfer von oben und von der Seite meinen Körper. Immer noch ist das Licht auf meiner Haut gleißend hell, sodass sie definitiv alles, selbst die kleinste Hautpore, sehen. Wütend drehe ich den Kopf und starre in Leons Gesicht, das sich umgehend zu einem frechen Grinsen verzieht.

„Ihr ist anscheinend langweilig. Ich kümmere mich ein wenig um sie", sagt er und streicht mit den Fingerspitzen über meine Brüste.

„Toll, ich liebe eine gute Vorstellung", sagt Tim.

Mein Blick springt zu ihm. Er hat sich in seinem Stuhl zurückgelehnt und gemütlich die Beine übereinandergeschlagen. Bevor ich meine Wut herausschreie, hat Leon meine rechte Brustwarze zwischen Daumen und Zeigefinger genommen und beginnt, sie sanft zu zwirbeln. Dieser fiese, hinterhältige Macho-Arsch. Er weiß ganz genau, dass mich das wahnsinnig anmacht. Er fasst mit der anderen Hand an meine Lustperle und ich kann nicht verhindern, dass meine Bauchmuskeln mich verraten, indem sie zucken und beben. Ein leises Wimmern dringt aus meinem fest verschlossenen Mund und ich drehe den Kopf von ihm weg.

„Gib auf, Mona, es muss dir nicht peinlich sein, dass du dich gerne zeigst", flüstert Leon sanft an meinem Ohr und in meiner Perle pulsiert das Blut. Mit aller Kraft versuche ich, ihm zu widerstehen, doch meine Mauern bröckeln bereits. Er wird mich zu einem Orgasmus bringen, während Tim feixend zusieht. Was für eine Erniedrigung!

Leon wendet sich der anderen Brustwarze zu und mir entschlüpft ein leiser Seufzer. Zwei Finger dringen in mich ein, ich spüre seinen Atem an meinem Hals und kann mich nicht dagegen wehren, dass sich alle meine Sinne nur noch auf ihn konzentrieren. Scheiß drauf. Fast überrollen mich die Wellen eines Höhepunktes, da hört er plötzlich auf und tritt einen Schritt zurück. Schwer atmend und fassungslos starre ich ihn an.

Tim lacht. „Oh Leon, ich glaube, da ist jemand böse."

Leon nickt und setzt sich gemütlich wieder auf seinen Stuhl. „Ja, wir sollten ihr etwas Zeit geben, sich zu beruhigen. Vielleicht möchte sie dann auch um ihren Orgasmus bitten."

„Wunderschön, wenn ihr Brustkorb so bebt. Ich liebe das", sagt Leon, und mal wieder entfacht seine Stimme eine heiße Flamme tief in meinem Körper. Blut rast heiß durch meine Adern.

In diesem Moment klappt die Tür auf. Ich zucke und starre in die Dunkelheit.

Schritte. Alles in mir zieht sich zusammen.

„Oh, hallo, da komme ich ja gerade richtig", sagt eine Männerstimme und meine Kehle fühlt sich an, als ob jemand einen Strick darum zusammenziehen würde. Eine Sekunde später sehe ich in Dirks spöttisches Gesicht. Seine Augen wandern über meinen

Körper. Mein Blut gefriert zu Eis. Alles tut weh, jede Muskelzelle schmerzt und ich zerre panisch an den Fesseln.

„Rot!", entfährt es mir. „Rot! Bitte! Rot!"

Sofort ist Leon bei mir. Sein Körper drängt sich an meinen, seine Hände ziehen mein Gesicht an seine Brust. „Schluss", sagt er ruhig. „Tim, mach sie los. Dirk, verschwinde."

Er hält mich. „Okay, Kolibri. Keine Angst. Ganz ruhig. Er sieht dich nicht mehr, nur noch meinen Rücken."

Tränen drängen sich aus meinen Augen. Dann spüre ich schon, wie die Fesseln gelöst werden, und meine Finger krallen sich in Leons Hemd fest. Ein Laken wird um meinen Körper gewickelt, Leon hebt mich hoch und trägt mich zu einem der Sofas. Er setzt sich mit mir auf dem Schoß und hält weiter meinen Kopf an seine Brust gepresst. Ich schluchze wild.

„Alles gut, Mona. Alles ist gut. Es tut mir leid, Süße."

„Wie kommst du hier rein?", fragt Tim böse.

„Die Hintertür war offen", antwortet Dirk gelassen.

„Das ist noch lange kein Grund, hier ungebeten hereinzuplatzen."

„Was ist los? Haltet ihr neuerdings Privatsessions ab? Was soll das? Warum hat mir niemand Bescheid gesagt, dass hier heute was läuft?"

„Das ist doch kein öffentlicher Club hier!"

„Hey! Was regst du dich so auf? Sonst bist du doch auch nicht so empfindlich! Los! Bring sie wieder her! Mach weiter!"

„Verschwinde, Dirk! Jetzt!"

Leons Stimme klingt derart angepisst, dass ich vermute, er würde sich auf Dirk stürzen, wenn er mich nicht im Arm halten müsste.

„Hey, Mona. Du kennst mich doch." Dirks Stimme wird lauter, er nähert sich und meine Finger in Leons Hemd verkrampfen sich erneut, während mir ein ängstliches Wimmern entfährt. Ich kann ihn nicht ansehen, presse mein Gesicht fest an Leons Brust. Sein Körper spannt sich unter mir an.

„Hau ab, Dirk! Sofort! Keinen Schritt näher!"

„Was seid ihr denn für Freunde? Um das Ding hier reinzuschleppen, war ich gut genug, aber wenn's interessant wird, wollt ihr mich nicht dabeihaben? Die Kleine soll sich nicht so anstellen! Die steht doch drauf! Das war doch offensichtlich!"

Irgendetwas scheppert, es gibt ein seltsames, knackendes Geräusch und Dirks Stimme wird zu einem gequälten Ächzen. „Fuck! Tim! Du hast mir die Nase gebrochen!"

„Raus!", brüllt Tim, „Sonst breche ich dir noch ganz was anderes! Und komm nie wieder hierher! Hast du das verstanden?"

„Ihr könnt mich mal!", faucht Dirk, geht aber endlich und lässt mit einem lauten Knall die Tür hinter sich zufallen. Ich zucke zusammen. In der plötzlichen Stille ist aus der anderen Ecke des Raumes ein leises Weinen zu hören.

„Brit. Mist. Komm, Kleines, ist ja gut." Tim läuft zu ihr, befreit sie und nimmt sie in den Arm.

Ich seufze. „Tut mir leid."

Leon küsst mich auf die Stirn. „Was tut dir leid?"

„Dass ich ausgerastet bin. Wäre nicht nötig gewesen, ihr habt mir ja nichts getan. Du hättest schon auf mich aufgepasst."

Er hebt mein Kinn an und sieht mir mit gerunzelter Stirn ins Gesicht. „Entschuldige dich niemals dafür, eine Session abzubrechen, Mona. Niemals. Klar? Mir tut es leid, dass ich dich in diese Situation gebracht habe."

„Du kannst doch nichts dafür."

„So was darf nicht passieren. Du musst mir vertrauen können. Hundertprozentig."

„Das mache ich auch. Es ist schon alles wieder gut."

Er küsst mich und ich lehne mich aufatmend an ihn. „Brit, alles okay bei dir?", frage ich durch den Raum und sie antwortet leise: „Ja. Alles okay."

Tim und sie kommen Arm in Arm auf uns zu. Tim schüttelt den Kopf. „Es tut mir so leid, Mona. Die Tür hinten ist eigentlich immer abgeschlossen. Ich muss heute Vormittag vergessen haben, sie wieder zuzuschließen, nachdem wir das Teil hier reingeschleppt haben."

„Schon gut, Tim. Können wir vielleicht hoch gehen? Ein Glas Wein wäre jetzt gut."

Er nickt. „Ja. Ein Glas Wein ist jetzt wirklich eine gute Idee."

Kurz darauf sitzen wir in seinem Wohnzimmer. Leon packt mich zusätzlich in eine dicke Wolldecke und legt meine Beine hoch, als ob ich krank wäre. Dann setzt er sich dicht an mich heran und nimmt mich fest in den Arm.

„Hey, ist doch schon alles wieder gut. Ich kann mich auch einfach wieder anziehen", beruhige ich ihn schmunzelnd, doch er schüttelt den Kopf. „Lass mich, ich brauch das jetzt."

Tim öffnet den Wein und schenkt uns allen ein Glas ein. Er sieht mich seufzend an. „Bin ich froh, dass es dir wieder gut geht. So ein Mist ist in den ganzen Jahren nicht passiert. Es tut mir so leid."

Leon sieht auf. „Dirk ist mir in der letzten Zeit schon einige Male auf die Nerven gegangen."

Tim nickt. „Ja, ich weiß, was du meinst. Ich glaube, er ist eifersüchtig. Du hast jetzt Mona, Julian ist mit Valerie fest zusammen und er findet kein Mädchen. Alle, die er kennenlernt, laufen ihm wieder weg."

„Dann sollte er vielleicht mal sein Verhalten überdenken", sagt Leon bissig. „Ich will jedenfalls nichts mehr mit ihm zu tun haben."

„Nein, ich auch nicht", antwortet Tim.

Wir trinken den Wein aus und Leon trägt mich die Treppe hoch in meine Wohnung, direkt ins Bett. Kichernd weise ich ihn erneut darauf hin, dass ich nicht krank bin, aber er hört nicht auf mich.

Als wir nackt im Bett liegen, das Licht aus ist und wir schon fast schlafen, überdenke ich den Abend und muss glucksen.

„Worüber amüsiert sich mein Kolibri?", fragt Leon träge.

„Es war verdammt heiß, bevor dieser Arsch uns gestört hat."

Er zieht mich fest in die Arme und grinst. „Das ist gut zu wissen, mein Schatz."

Seufzend dränge ich mein Becken gegen seinen Schwanz. Er lacht leise. „Anscheinend fehlt dir noch der richtige Abschluss des heutigen Abends." Seine Finger drängen sich zwischen meine Beine, die ich sogleich seufzend öffne. „So bereit für mich, kleine Mona", flüstert er und zieht mir die Arme über den Kopf, weil ich es liebe, wenn ich ihm so hilflos ausgeliefert bin. Er beginnt, mit den Zähnen sanft meine Brustwarzen zu verwöhnen. Sein

Schwanz drückt hart gegen meinen Bauch und ich stelle die Füße auf, um mich ihm einladend entgegenzuwölben.

„Es war geil, so bewegungsunfähig dazustehen", flüstere ich.

„Du wirst es noch mal erleben, Kolibri", verspricht er und macht eine stoßende Bewegung, sodass sein harter Schwanz fest über meinen Bauch reibt. Ich möchte ihn in mir spüren und kippe mit einer einladenden Bewegung meine Hüften. Er stöhnt leise. Ich liebe es, wenn er so auf mich reagiert. Es löst dieses sehnsüchtige Ziehen in meinem Unterleib aus. Seufzend bewege ich mich unter ihm und lecke mir über die Lippen.

„Was möchtest du, Mona?"

„Dich."

Seine wunderschönen, geschwungenen Lippen legen sich weich auf meine. Seine kräftige Zunge wischt über meine Oberlippe, dann spüre ich seine Zähne an meiner Unterlippe. Meine Zunge drängt in seinen Mund, doch er zieht sich zurück.

„Mmh …", brumme ich unzufrieden und er lächelt. „Was möchtest du?"

„Bitte küss mich, großer Albatros."

„Gerne, kleiner Kolibri."

Unsere Zungen treffen sich und umschlingen sich. Er legt seine Hände an meinen Kopf und hält ihn so, dass er tiefer in meine Mundhöhle eindringen kann. In meiner Klitoris pulsiert das Blut. Ich schlinge meine Arme um seinen Nacken und sehne mich immer mehr danach, ihn in mir zu spüren, sodass ich impulsiv mein Becken gegen seines drücke, wodurch sein harter Schwanz weiter stimuliert wird.

Leon beendet den Kuss und stöhnt. „Und was möchtest du jetzt, Kolibri?"

Ich muss kichern. „Ist heute Weihnachten?"

„Nach dem Desaster im Keller schenke ich dir eine Wünsch-dir-was-Nacht."

„Wow. Das hört sich klasse an." Ich sehe ihm in die Augen und streiche mit den Händen seine Haare zurück. „Oookay. Mal sehen, ob das nicht nur so dahingesagt ist. Leg dich auf den Rücken und beweg dich nicht."

Leon stöhnt. „Kaum gibt man ihr den kleinen Finger, will sie gleich die ganze Hand."

Kichernd drücke ich gegen seinen Brustkorb und Leon lässt sich seufzend zur Seite fallen. Ich schalte das kleine Licht neben dem Bett an und betrachte ihn. Seine Arme liegen neben seinem Körper, er dreht den Kopf und sieht mir zu.

Lächelnd robbe ich über ihn und knie mich über seine Oberschenkel. Er beobachtet, wie ich meinen Blick über seinen Körper wandern lasse. Ich könnte ihn stundenlang einfach nur ansehen. Genüsslich fahre ich mit den flachen Händen über seine kräftigen Brustmuskeln, umkreise mit den Fingern seine kleinen, harten Brustwarzen und wandere weiter auf seinen Bauch. Ich lege die offenen Hände von beiden Seiten an seinen harten Schaft. Seine Arme zucken.

„Liegen bleiben", ermahne ich ihn lächelnd und er stöhnt.

„Denk dran, morgen bestimme ich wieder. Mein Gedächtnis ist gut und meine Lust am Strafen ungebrochen."

Ich beuge mich herab und spiele mit der Zunge in seinem Bauchnabel, was seine Bauchmuskeln zum

Zucken bringt. „Ich weiß und ich freu mich drauf", raune ich und registriere, dass sein Schwanz zuckt.

Zwischen meinen Schenkel ist es nass und heiß. Er wird nicht lange leiden müssen. Aber das weiß er ja nicht. Ich rutsche ein kleines Stück tiefer und lecke mich über seinen Bauch hinab zu seinem Schwanz. Ich umfasse ihn an der Wurzel, ziehe die Vorhaut zurück und tupfe mit der Zungenspitze auf seine Eichel. Er schließt die Augen, zuckt und stöhnt.

„Mehr, Mona, gib mir mehr", raunt er und ich erwarte, dass er in meine Haare greift, aber er hält sich tatsächlich zurück. Ich hebe mein Gesicht und betrachte seinen Penis. Er sieht wunderschön aus, wenn er sich aufrichtet. Dicke Adern ziehen sich wie Flüsse auf einer Landkarte unter der samtigen Haut entlang.

Wieder senke ich den Kopf und nehme seinen Eichel in den Mund. Mit der Zunge fahre ich die Unterseite entlang, bevor ich sanft an ihr sauge. Wieder zucken seine Bauchmuskeln und er ballt seine Hände zu Fäusten. Das Ziehen in meinem Unterleib wird stärker. Ich setze mich auf und rutsche höher. Er öffnet die Augen und ich sehe seine Pupillen vor Verlangen glänzen. Unsere Blicke verfangen sich ineinander, während ich meinen Venushügel fest gegen seinen Schwanz reibe. Ich hebe meine Becken, umfasse seinen Penis und wische mit der Spitze durch die Nässe zwischen meinen Schamlippen und über meinen Kitzler. Seine Gesichtszüge bekommen einen gequälten Ausdruck und es reizt mich sehr, die süße Folter noch etwas zu steigern. Ich führe ihn an meinen Eingang und drücke seinen Schwanz in kurzen, sanften Intervallen gegen meinen Eingang, was ihn langsam, aber sicher ziemlich verrückt macht. Er presst die Lippen fest zusammen, kann ein Stöhnen aber nicht unterdrücken.

„Kolibri", knurrt er zwischen zusammengebissenen Zähnen.

„Ja, Albatros? Gefällt dir nicht, was ich mache?"

„Übertreib es nicht."

Leider bin ich selber inzwischen viel zu heiß, um dieses Spiel weiterzutreiben und lasse mich mit einem tiefen Seufzer langsam auf ihm nieder, sodass sein Schaft allmählich in mich eindringt und mich weitet. Unser Stöhnen vereinigt sich und seine Hände legen sich an meine Hüften. Ich beuge mich vor, lecke und küsse seine Brustmuskeln und beiße in einen Nippel.

„Fuck!" Sein Griff wird fester und er macht eine stoßende Bewegung.

„Leon. Wirst du wohl stillhalten."

„Rache ist süß, Kolibri. Freu dich schon mal drauf", knurrt er, hält aber wieder still.

Mit einem dunklen Lachen richte ich mich wieder auf und lehne meinen Oberkörper so weit zurück, dass sein Schwanz perfekt gegen meinen G-Punkt drückt. „Wow", stöhne ich und lasse mein Becken langsam kreisen. Die Nerven in meinem Inneren werden so intensiv gereizt, dass ich die Wellen eines Orgasmus herannahen fühle. Ich intensiviere meine Bewegungen und plötzlich liegen Leons Hände auf meinen Brüsten. Er stimuliert mit den Daumen hart meine Nippel und sofort explodieren heiße Blitze in meinem Kopf. Ich schreie auf, weil der Orgasmus meinen Körper so schnell und unerwartet in seinen Besitz nimmt. Sämtliche Muskeln zucken unkontrolliert, mein Körper bebt, was den Reiz in meiner Vagina noch steigert. Leon stöhnt tief und stößt einige Male in mich hinein und wimmernd klammere ich mich an ihm fest. Während ich noch von Welle zu Welle schwebe, schreit er plötzlich auf, wirft uns beide herum und begräbt mich unter seinem schweren Körper. Er umgreift meine Taille und fickt mich hart und schnell. Ich schreie auf, die Wellen bekommen neue Kraft und schleudern mich erneut ins Universum hinaus, während er sich versteift und sich zitternd in mir ergießt.

Obwohl ich noch außer Atem bin, drängt sich albernes Gelächter aus meinem Mund. Leon hebt den Kopf und grinst. „Was gibt es da zu lachen, du Scheusal?"

„Ich liebe dich, Leon", stöhne ich und er vergräbt stöhnend seinen Kopf an meinem Hals.

KAPITEL 11

„Na, ihr Süßen. So schlimm Hunger? Nicht drängeln, es bekommt doch jeder genug ab."

Die Katzen streichen miauend, als ob sie seit Monaten kein Futter mehr bekommen hätten, um meine Beine herum, während ich den Inhalt der großen Dosen auf die einzelnen Näpfe verteile. Zwei Wochen sind seit der verunglückten Session bei Tim vergangen. Insgeheim warte ich auf die versprochene Wiederholung, aber bisher haben die beiden Mistkerle mir diesen Gefallen nicht getan.

Heute ist Samstag und ich habe das Wochenende frei. Leon trägt gerade ein paar Stühle in seinen Van und danach wollen wir zusammen frühstücken, bevor er nach Hamburg fährt, um sie dort abzuliefern. Freunde von ihm haben sie auf dem Dachboden gefunden und ihn gebeten, sie aufzuarbeiten. Er wird erst am Nachmittag zurückkommen und ich werde mich um die Esel kümmern und den Rest des Tages faulenzen. Es ist stürmisch und regnerisch. Das richtige Wetter, um ohne schlechtes Gewissen den ganzen Tag lang auf der Couch zu liegen.

Er sieht zu mir herüber und runzelt die Stirn. „Ich muss mal wieder die Falle aus dem Tierheim holen."

„Was für eine Falle?"

„Die Lebendfalle für die Katzen. Da sind schon wieder zwei neue." Er zeigt auf zwei kleine, anscheinend noch junge graue Kätzchen, die sich schüchtern unter einem Busch verstecken.

„Wo kommen die her?"

Er winkt ab. „Von den Landwirten aus der Umgebung. Sie vermehren sich unkontrolliert und verwildern."

In meiner Kehle bildet sich ein Kloß. „Und was passiert mit ihnen, wenn du sie fängst?"

Er lacht und nimmt mich in den Arm. „Keine Angst, Kolibri. Sie werden kastriert, geimpft, entwurmt und anschließend hier wieder laufen gelassen."

Erleichtert atme ich aus.

„Jetzt hast du geguckt wie meine Schwester, wenn sie Angst um ein Tier hatte", sagt er und küsst mich auf die Stirn.

„Ich liebe dich, Leon. Wenn alle Männer so wären wie du, wäre die Welt freundlicher."

„Wenn alle Männer so wären wie ich, würde die nicht devote Frauenwelt eine Revolution anzetteln und uns kastrieren. Ich liebe dich auch, Mona. A-propos, bevor ich fahre, will ich deinen Arsch nackt sehen." Er grinst, zupft kurz an meinem Pferdeschwanz, geht zurück zum Van und befestigt die Stricke um die Stühle, damit sie stabil stehen. Ich verdrehe die Augen, aber zwischen meinen Beinen wird es schon wieder angenehm warm. Der vergangene Abend mit Leon hatte einen heißen Verlauf genommen. Ich war nach einem Streit mit einer Kundin genervt und aggressiv aus dem Geschäft gegangen. Die Frau hatte am Nachmittag versucht, Filzstifte umzutauschen, die aber ganz eindeutig ausgiebig benutzt worden waren. Sie meinte, wenn ich ihr keine neuen gäbe, müsste sie in Zukunft alles übers Internet bestellen, da wäre es mit dem Zurückgeben schließlich kein Problem. Die Umsätze im Laden sind sowieso nicht annähernd so, wie sie sein müssten, um wirklich profitabel zu arbeiten. Nach diesem Streit war ich mal wieder kurz davor gewesen, alles hinzuschmeißen.

In entsprechend aggressiver Stimmung hatte ich dann das Haus betreten. Ich war in sein Arbeitszimmer gekommen, in dem er am Computer saß und Aktienkurse studierte. Statt ihm liebevoll guten Abend zu sagen, fluchte ich lauthals über diese unverschämte Kundin. Er meinte, ich solle mich beruhigen und nicht ihn anmotzen, wenn irgendwelche Kunden mich ärgern, und ich musste ihm natürlich eine entsprechende Antwort geben. Ich glaube, ich sagte: „Behandele mich nicht wie ein dummes Kind, mieser Macho", oder so was Ähnliches. Eine Sekunde später hing ich mit dem Oberkörper über dem Schreibtisch, während mein Arm schmerzhaft auf den Rücken gedreht wurde. Meine freundliche Forderung „Lass mich los, du Arsch" besiegelte mein Schicksal. Er zog die Schreibtischschublade auf, holte die Manschetten heraus, fesselte meine Hände auf dem Rücken, zog mir ohne Umschweife meine Hose samt Slip bis zu den Knien herunter und versetzte mir einige scharfe Schläge mit der Hand. Ich strampelte und versuchte, nach ihm zu treten, woraus er treffend folgerte, dass ich es härter bräuchte. Anstatt sogleich zur Tat zu schreiten, machte er sich den Spaß und ließ mich warten. Er zog einen Hocker aus der Zimmerecke vor seinen Schreibtisch und ich musste mich auf ein Kissen davor knien und so darüberlegen, dass er vom Schreibtisch aus einen freien Blick auf meinen nackten Arsch hatte. Da er weiß, wie sehr es mich anmacht, ihm hilflos ausgeliefert zu sein, befestigte er an den Handmanschetten eine Kette, die er oben, an einem der Deckenbalken, durch einen massiven Eisenring führte. Er zog meine Hände gerade so weit hoch, dass ich es schmerzfrei nur dann aushielt, wenn ich ganz still liegen blieb. Er strich mir sanft durch die Haare.

„Armer kleiner Kolibri. Beruhige dich erst mal." Seine Stimme triefte vor Sarkasmus. „So aufgeregt wie du bist, kannst du deine Strafe ja gar nicht richtig genießen. Ich werde jetzt noch ein wenig weiterarbeiten und wenn du wieder bei Sinnen bist, kannst du mich darum bitten, die Strafe auszuführen. Okay?"

Er grinste mich an, gab mir einen freundschaftlichen Klaps auf den Po und setzte sich in Ruhe wieder an seinen Computer. Er steigerte meine Erregung und meine nervös ängstliche Vorfreude mit fiesem Gerede. „Versuch, dich ein wenig zu entspannen, dann ist diese Haltung viel besser zu ertragen", sagte er fröhlich und: „Du hast einen wunderschönen Po. Ich freue mich schon darauf, ihn nachher mit Striemen zu verzieren."

Ich kochte vor Wut und gleichzeitig erregten mich seine Worte und das Gefühl, seinem Blick hilflos ausgeliefert zu sein, so dermaßen, dass sich meine Pussy innerhalb von Minuten warm und feucht anfühlte.

Irgendwann war Leon aufgestanden und hatte beiläufig über mein nacktes Fleisch gestreichelt. Mit der freundlichen Aufforderung „Mach die Beine etwas breiter", drängten sich seine Finger zwischen meine Schamlippen. „Ich sehe, meine Behandlung gefällt dir", stellte er grinsend fest und entlockte mir durch sein sanftes Streicheln um meine Lustperle herum ein Stöhnen. „Bist du nun so weit,

deine Strafe anzunehmen, oder soll ich erst in der
Küche unser Essen vorbereiten?"

„Fick dich ins Knie, du Arsch", war mir herausgerutscht, woraufhin er mich fies in meine Klit kniff,
was mir eine unbedachte Bewegung und ein gemei-
nes Ziehen in den Oberarmen einbrachte. Er zog
meinen Kopf an den Haaren hoch und drückte mir
einen sanften Kuss auf den Mund. „Armer kleiner,
trotziger Kolibri. Wenn du wüsstest, wie viel
Freude du mir bereitest."

Er ließ mich allein, allerdings ohne die Tür zu
schließen, denn er achtet immer darauf, dass ich
nicht gefesselt allein bin. Das ist für ihn genauso
selbstverständlich wie der Verzicht darauf, mich zu
knebeln. Beides würde mir Angst machen, eine andere Angst als die erregende. Das weiß er und ak-
zeptiert es. Ich kann ihn immer stoppen, habe das
aber, außer an diesem Abend bei Tim, noch nie getan. Er kennt mich so gut, dass er mich perfekt ein-
schätzen kann.

Seltsamerweise bricht es meinen Widerstand viel
eher, wenn er sich etwas von mir entfernt. Solange
er da ist und mich ansieht, heizt er meinen Wieder-
stand an; wenn er geht, fühle ich mich verlassen.
Das ist schlimmer als alles andere. So war es auch
an diesem Abend. Ich hörte ihn in der Küche han-
tieren, die unbequeme Haltung forderte meine armen Muskeln immer mehr und Tränen sammelten
sich in meinen Augen. Ich biss die Zähne zusammen, um nicht laut loszuschluchzen.

Nach einer Weile kam er wieder, hob mein Kinn
an und wischte mit den Daumen über meine Wangen. „Möchtest du mir etwas sagen, kleiner Kolibri?", fragte er sanft und ich nahm alle meine

Kräfte zusammen, um ihn stumm und böse anzustarren. Er seufzte mit diesem fies ironisch amüsierten Gesichtsausdruck. „Ich denke, wir probieren mal ein paar leichte Schläge, oder? Was meinst du?"

Ich riss meinen Kopf zur Seite, um dem Blick aus seinen Augen zu entgehen. Er öffnete quälend langsam seinen Gürtel und zog ihn heraus.

Erleichtert schloss ich die Augen und ergab mich in mein Schicksal. Er strich einige Male sanft über meine Pobacken, knetete sie ein wenig und schlug dann ein paarmal mit wenig Kraft zu. Er pausierte und ich wartete nervös auf die nächsten, stärkeren Schläge, doch nichts geschah. Ich zuckte zusammen, als statt eines Schlages wieder ein sanftes Streicheln kam. Dann hockte er sich vor mein Gesicht und hob mein Kinn an. „Möchtest du mich jetzt um deine Strafe bitten?"

Ich schwieg eisern und er stand auf. „Gut. Wie du willst. Ich esse dann schon mal und lasse dir für später etwas übrig."

Er wandte sich zur Tür und in mir zerfielen alle Barrieren zu Staub. „Nein! Bitte bleib. Geh nicht wieder weg."

Er hockte sich wieder vor mich. Ich senkte die Augen und flüsterte: „Bitte bestrafe mich, Leon."

Er nickte grinsend, küsste mich und stand auf. Noch einmal streichelte seine Hand meinen Hintern. „Ich werde dir sehr wehtun, Kolibri. Versuch nicht, dagegen anzukämpfen."

Ich schloss die Augen und spürte, dass er die Kette lockerte. Dann schlug er zu. Im steten, langsamen Rhythmus, sodass ich mich darauf einstellen und gleichmäßig weiter atmen konnte, was, wie ich inzwischen gelernt habe, sehr dazu beiträgt, die Qual zu erleichtern, ja, sie sogar fast zu genießen, so widersinnig sich das auch anhört.

Mit jedem Schlag gab ich mich ein Stück mehr hin, mit jedem Schlag gehörte ich ein Stück mehr ihm, bis mein Verstand ganz aussetzte und ich mich vollkommen fallen ließ.

Er legte den Gürtel zur Seite und strich über meinen heißen Po. Ich zitterte, zuckte und weinte leise vor mich hin.

„Fühlst du dich jetzt besser, kleiner Kolibri?", fragte er sanft.

„Ja, und es tut mir leid, dass ich so kindisch war", flüsterte ich und weinte weiter.

Seine Hand strich über mein Haar und er hob mein Kinn. „Ich liebe dich, Kolibri."

„Das weiß ich, Leon, und ich liebe dich auch", flüsterte ich zwischen den Schluchzern und küsste seinen Daumen, als er damit über meine Unterlippe strich.

„Bedank dich für deine Strafe", flüsterte er.

„Danke für meine Strafe."

„Gern geschehen." Er küsste mich auf den Hals. „Ich werde dich jetzt ficken."

Er stand auf, trat hinter mich und schob seinen Arm unter meinen Bauch. „Steh auf und stell dich vor den Schreibtisch."

Er zog mich hoch und schob mich an den Tisch.

„Beug dich vor", sagte er und drückte mich sanft, aber bestimmt auf die Tischplatte. Dann zog er mir meine Hose und meinen Slip ganz aus und ich hörte, wie er den Reißverschluss seiner Hose öffnete. Er drängte meine Beine weiter auseinander und drang mit einem harten Stoß in mich ein. Ich wimmerte leise. Er hob meinen Oberkörper an und ich lehnte mich gegen seine Brust.

Seine Hand legte sich auf meine Kehle und ich schloss die Augen. Kein Gefühl ist besser und erregender als das, ihm unterworfen zu sein. Mit der freien Hand massierte er meine Brüste, bis ich wimmerte, strich über meinen bebenden Bauch und legte sie dann auf meinen Venushügel. Sein kleiner Finger umkreiste meine Lustperle. Er rieb darüber und kleine elektrische Schläge steigerten meine Erregung.

„Gehörst du mir, Mona?"

„Ja, ich gehöre dir, und ich liebe dich, Leon", flüsterte ich. Er drehte meinen Kopf zu sich, sodass er mich küssen konnte. Seine Zunge nahm fest und tief Besitz von meinem Mund.

Er drückte mich wieder auf den Tisch, umfasste meine Taille mit beiden Händen und begann, mich zu ficken. Erst mit tiefen langsamen Stößen, dann wurden sie schneller und härter. Jeden einzelnen nahm ich willig an und mit jedem Stoß vibrierte es stärker in meinem Becken, Druck baute sich auf, ich fühlte meinen Höhepunkt wie eine Riesenwelle auf mich zukommen und schrie auf, als er jede einzelne Nervenzelle meines Körper erfasste und meine Muskeln zum unkontrollierten Beben brachte.

Leon entlud sich kurz nach mir mit einem letzten harten Stoß und seinem typischen animalischen tiefen Stöhnen.

Sein Oberkörper sank zitternd auf meinen und langsam kamen wir beide wieder zu Atem. Er küsste mich zärtlich auf die Schulter, richtete sich auf und zog sich vorsichtig aus mir zurück.

„Warte, ich hole dich gleich. Lauf nicht allein los, hörst du?"

Ich nickte und schloss die Augen. Meine Muskeln fühlten sich wie Watte an.

Er knöpfte seine Hose zu, löste meine Fesseln und ging hinaus. Kurze Zeit später kam er wieder und zog mich hoch, um mich zur Couch zu tragen, auf der er ein Laken ausgebreitet hatte, mit dem er meinen nackten Unterleib einwickelte. Dann hielt er mich so lange im Arm, bis er sicher war, dass es mir gut ging, und wuschelte mir durch die Haare. „Bleib liegen. Wir essen hier."

Den Rest des Abends lagen wir beieinander und sahen uns einen Krimi im Fernsehen an. Dabei fütterte er mich und irgendwann nickte ich selig, die Nase in sein T-Shirt gedrückt, ein.

Und nun will er also meine Striemen sehen.

Ich bin kaum im Haus, da steht er schon hinter mir, fasst mich sanft, aber deutlich im Nacken und führt mich die Treppe hinauf ins Schlafzimmer. Sofort bin ich wieder erregt. Er senkt den Kopf, sieht mir schmunzelnd ins Gesicht und meine Wangen glühen.

Oben schiebt er mich ins Bad. „Stell dich an die Wanne, Hose runter, Po hoch. Stütz dich am Wannenrand ab."

Ich gehorche und genieße es, mich ihm klaglos und entspannt unterzuordnen. Er steht seitlich neben mir, legt eine Hand an meinen Nacken, mit der anderen streicht er über die Striemen. „Wunderschön. Ich trage noch mal die kühlende Lotion auf, aber ich fürchte, du wirst sie trotzdem ein paar Tage lang haben."

Ich seufze und strecke mich seiner Hand entgegen, obwohl die Striemen noch empfindlich sind. So kurze Zeit nach einer intensiven Session bin ich noch ganz bei ihm, denke nicht, denn der Alltag hat mich noch nicht wieder eingeholt.

Er stellt sich hinter mich. „Spreize die Beine für mich, Mona, dein lädierter Arsch reizt mich zu sehr für einen netten Quickie."

Gehorsam stelle ich die Füße auseinander. Schlagartig pulsiert es in meiner Vagina. Er öffnet seine Hose, dringt in mich ein, fickt mich und bei jedem Stoß gegen meinen heißen Hintern zucke ich, schenke ihm ein Wimmern und Stöhnen, und er dankt es mir durch immer härtere Stöße. Während er eine Hand auf meinen Rücken legt, greift er mit der anderen nach vorn auf meinen Bauch. Er kneift in meine Klit und ich schreie auf. Mein Körper will sich reflexartig aufrichten, doch seine Hand auf meinem Rücken liegt dort nicht ohne Grund. Ich winde mich in seiner Umklammerung, was seine Libido noch weiter anheizt. Der raue Stoff seiner geöffneten Hose reibt an der Haut meiner Oberschenkel. Mit dieser Art, mich zu ficken, lässt er mich meine Unterwerfung deutlich spüren, was mich jedes Mal sehr schnell in höchste Erregungssphären katapultiert. Ihn scheint meine Unterwerfung ähnlich heiß zu machen. Es dauert nicht lange und wir explodieren gemeinsam in einem Orgasmus. Danach muss ich gebeugt stehen bleiben, denn er wäscht mich und sich und cremt sorgfältig meine Striemen ein.

Mein Magen knurrt und er lacht. „Okay, du bist erlöst. Lass uns frühstücken." Nachdem wir gegessen haben und er weg ist, ziehe ich mir

Gummistiefel und Regenjacke an. Die Esel mögen auch keinen Regen. Sie stehen in ihrem Stall und sehen missmutig hinaus, als ich mit Schubkarre und Forke in den Paddock gehe.

„Ihr seid eine faule Bande", schimpfe ich, während ich beginne, um die Raufe herum das heruntergefallene Heu aufzuharken, wobei sie mir interessiert zu sehen. Der Regen hört auf. Erleichtert ziehe ich die Kapuze herunter und schüttele meine Haare aus. So ist es doch angenehmer.

Nun kommen auch die Langohren raus und leisten mir beim Saubermachen Gesellschaft. Es macht Spaß, sich mit ihnen zu unterhalten. Sie behalten alle Geheimnisse, die man ihnen anvertraut, für sich. Gegen Mittag habe ich die Raufe wieder gefüllt, die Wassertröge ausgewischt und den Stall frisch eingestreut. Ich stecke allen noch ein paar Mohrrüben zu und verabschiede mich von der kleinen Herde. Leon hat mir eine SMS geschickt, dass er noch einen Kaffee trinkt und sich dann auf den Rückweg macht. Ich gehe in seine Werkstatt, um noch schnell neues Heu vom Dachboden herunterzuwerfen. Fröhlich vor mich hin summend habe ich die Tür aufgeschlossen und bin die steile Treppe hinaufgestiegen. Inzwischen bin ich durchgefroren und freue mich auf das geheizte Haus. Nachdem ich sechs Ballen durch die Klappe geworfen habe, verschließe ich alles sorgfältig wieder und klettere hinunter.

„Hallo Mona."

Ich erschrecke so heftig, dass ich fast die letzten Stufen der Treppe verpasst hätte, doch der kräftige Griff einer Männerhand an meinem Oberarm hält mich auf. „Sorry, ich wollte dich nicht erschrecken."

Ich fahre herum und starre in Dirks Augen. Unwill-
kürlich mache ich einen Schritt zurück. In seinem
Gesicht zuckt es, doch er kommentiert meine
Fluchtbewegung nicht.

„Was willst du hier?", frage ich rüde und er hebt
beschwichtigend die Hände. „Ich bin gekommen,
um mich bei euch zu entschuldigen. Der Abend vor
zwei Wochen bei Tim tut mir sehr leid. Ich war
schlecht drauf und habe mich völlig daneben be-
nommen."

Ich schlucke und nicke. „Okay. Ich werde es Leon
sagen."

Dirk wirkt erschöpft, seine Gesichtshaut zeigt seltsame rote Flecken. Jetzt sieht er sich mit einem fast
gehetzten Gesichtsausdruck um.

„Ist er nicht da?"

„Nein."

Ich fühle mich nicht wohl. Ich stehe in dem alten
Pferdestall und Dirk versperrt mir den Weg hinaus.

Sein Blick gleitet unverhohlen über meinen Körper
und ich bin froh, dass ich die unförmigen Regenkla-
motten anhabe. „Du sahst geil aus an dem Abend.
Wenn ich von Anfang an dabei gewesen und nicht
so plötzlich reingeplatzt wäre, hättest du bestimmt
keine Panik bekommen. Du kennst mich ja schließlich", sagt er.

„Ich möchte nicht über den Abend reden", antworte ich schroff und gehe auf ihn zu, in der Hoffnung, dass er die Tür freigibt. Doch er reagiert nicht.
Er riecht nach Alkohol und seine Pupillen sind un-
natürlich groß. Er ist betrunken. Vielleicht hat er
auch Drogen genommen.

„Lässt du mich bitte durch?" Ich versuche, gleichgültig zu wirken, aber mein Herz klopft schneller.

Ich habe ihn seit dem Abend nicht mehr gesehen und es gefällt mir ganz und gar nicht, mit ihm auf dem einsamen Hof allein zu sein.

„Du solltest mit mir darüber reden", sagt er. „Du wirkst so angespannt. Das gefällt mir nicht."

„Ich habe jetzt keine Zeit. Ich muss in meinen Laden. Sie warten dort auf mich."

Er stemmt demonstrativ einen Arm gegen den Türrahmen. „Ach komm schon, du wirst mir doch einen Kaffee ausgeben und mit mir plaudern können, bis Leon wieder da ist."

„Ich erwarte ihn erst in ein paar Stunden zurück." Ich atme tief durch. Er soll auf keinen Fall merken, dass er mir Angst macht. „Tut mir leid, aber ich bin wirklich schon spät dran. Ein andermal gerne, okay? Sei nicht böse."

Er bewegt sich nicht.

„Dirk, bitte lass mich durch."

Aus dem Nichts schnellt seine Hand vor und umfasst meine Kehle. Ich zucke zurück, meine Finger verkrampfen sich in seinem Unterarm, aber ich habe keine Chance gegen ihn, er hat viel zu viel Kraft. Ich knalle gegen die Gitterwand der alten Pferdebox.

„Hör auf, dich zu wehren, Miststück, dann lasse ich dich atmen."

Ich zwinge mich dazu, ihn loszulassen, und er lockert seinen Griff, sodass ich pfeifend Luftholen kann.

„Die Ampel ist rot. Die Ampel ist meine Reißleine und sie ist rot", krächze ich und sehe ihm fest in die Augen. Mein Herz rast inzwischen, ich bin kurz davor, in dumpfe Panik zu verfallen.

Er grinst, packt meinen Arm und hat mich so schnell herumgeschleudert, dass ich mit dem Kopf gegen das Gitter knalle, während er meinen Arm fies auf dem Rücken verdreht. Ich schreie auf.

„Erzähl mir nichts, Mona, ich weiß doch, dass du auf die harte Tour stehst."

„Rot. Rot. Die Ampel ist rot", wiederhole ich schluchzend, doch das ist ihm scheißegal. Er zieht eine der Ketten von dem Balken in der Mitte herunter und legt sie um meinen Hals. Als er mit einer Faust die Kette so gepackt hat, dass ich nur noch knapp Luft bekomme, lässt er meinen Arm los. Japsend reiße ich den Mund auf.

„Zieh die Jacke aus!", befiehlt er. Mit fahrigen Händen gehorche ich und lasse die Regenjacke auf den Boden fallen. „Hose auf!"

Ich hechele laut nach Luft, bekomme viel zu wenig, rudere panisch mit den Armen herum, kann einfach nicht mehr denken. Er stößt mich unsanft gegen die Gitter und zerrt an meiner Hose, bis mein Hintern nackt ist.

„Oh, là, là, das sieht ja sehr frisch aus." Er lacht und knallt mir mit der Hand auf eine Pobacke, bevor er mich mit einem harten Griff am Arm wieder herumschleudert. Ich verliere das Gleichgewicht, doch sofort zerrt er an der Kette und presst mich mit dem Rücken hart gegen das Gitter. Er zieht die Kette durch eine der oberen Streben. Ich muss auf Zehenspitzen stehen, um atmen zu können. Er wird mich umbringen. Das war's. Er ist verrückt. Das hier hat nichts, aber auch gar nichts mit einer Session zu tun. Ich sehe nur noch Sterne.

Er lässt etwas lockerer und ich hole röchelnd Luft. Plötzlich hält er ein Messer in der Hand und schneidet damit in meine Kleidung, bis ich ganz nackt bin. Er ritzt dabei in meine Brust und meinen Oberarm. Es blutet ein wenig. Dann wirft er das Messer weg, greift sich Stricke und fesselt meine Hände mit weit ausgebreiteten Armen an die Gitter. Er zieht die Stricke so fest, dass sie in die Haut schneiden. Auch meine Beine zerrt er weit auseinander und fesselt sie schmerzhaft. Ich stehe jetzt ähnlich weit gespreizt da wie an diesem unglückseligen Abend bei Tim, nur dass ich dort am Andreaskreuz besser atmen konnte und keine Schmerzen hatte. Immer noch ist die Kette so eng, dass ich viel zu wenig Luft bekomme.

„Bitte hör auf, Dirk", flehe ich ihn kaum verständlich flüsternd an.

Er grinst und donnert mir brutal seine Faust gegen das Kinn. Mein Schädel knallt gegen die Gitter, ich sehe gelbe Blitze. Ein fieser Tritt trifft meinen Oberschenkel, ein Schlag seiner Hand meinen Venushügel, ein Faustschlag meinen Bauch. Ich huste und würge, die Kette zieht sich enger zusammen. Das war's, ich sterbe, ich gebe einfach auf und alles wird schwarz.

Ein eiskalter Schock holt mich zurück in die Realität. Ich pruste. Er hat mir einen Eimer kaltes Wasser über den Kopf geschüttet. „Stay with me, Bitch. Wir wollen doch noch etwas Spaß miteinander haben", knurrt er in sarkastisch bösem Ton.

Er greift in meine Haare. „Okay, Mona. Bitte mich nun höflich darum, von mir gefickt zu werden."

Ich starre ihn an. „Rot", flüstere ich. „Rot."

Er grinst gehässig. „Du möchtest rote Striemen? Ich sage dir was. Ich suche mir jetzt mal in Ruhe einen schönen Rohrstock. So was hat Leon doch ganz sicher irgendwo in seinem Arbeitszimmer versteckt, oder? Bis ich wiederkomme, kannst du darüber nachdenken, was du lieber möchtest, Schläge oder einen Fick." Er geht und schließt die Tür.

Ein Schluchzen löst sich aus meiner Kehle. Wäre ich nicht an Händen und Füssen so stramm gefesselt, würden meine Beine mich nicht halten und die Kette mich erdrosseln. Es ist kalt, mein Körper ist noch klatschnass und ich zittere.

Mein Gehirn beginnt langsam wieder zu arbeiten. Der Einzige, der mich retten kann, ist Leon. Ich habe jedoch keine Ahnung, wie lange es noch dauern wird, bis er kommt.

Die Tür geht wieder auf. Dirk tritt ein. Er hält das Handy am Ohr. „Dein Liebchen besucht mich gerade. Sie fand es gar nicht so toll, dass ihr mich nicht dabeihaben wolltet. Die kleine Mona mag mich nämlich. Möchtest du sie noch mal sprechen, bevor ich ihr beibringe, höflich zu mir zu sein?"

„Leon!", versuche ich zu schreien, doch es kommt nur ein heiseres Krächzen aus meiner Kehle.

Dirk lacht und legt auf. „Der fährt jetzt erst mal zu mir. Wir haben also noch viel Zeit." Bevor ich seinen Satz richtig kapiere, zischt etwas vor meinem Gesicht durch die Luft. Er hält eine Gerte, wie man sie im Reitsport benutzt, in der Hand und fuchtelt damit vor mir herum. „Ich habe keinen Rohrstock gefunden, aber die hier habe ich immer im Auto liegen. Ich denke, sie wird dir gefallen, nicht wahr?"

„Rot", flüstere ich, dann trifft mich der erste Hieb auf den Bauch. Es brennt wie Feuer und ich schreie laut auf. Ein weitere Hieb und Feuer auf meiner Brust, dann wieder auf dem Bauch. Er hat kein Erbarmen, meine Oberschenkel, meine

Unterschenkel, meine Arme und mein Gesicht, überall treffen mich die Schläge. Ich kann es nicht sehen, aber sicher platzt überall die Haut auf. Ein seltsamer Nebel legt sich über mein Blickfeld und alle Geräusche werden leise. Ganz weit weg höre ich das Tatütata eines Polizeiwagens, dann ist alles um mich herum schwarz und still.

„Wie schön, Sie sind wieder bei uns."
Ich will mich bewegen, doch jede Muskelzelle schreit um Gnade. Ich werde doch lieber weiterschlafen.
„Hallo! Nicht wieder abdriften. Machen Sie die Augen auf."
Die sollen mich alle in Ruhe lassen. Bloß kein Licht machen. Und es tut alles so weh. Unwillig presse ich die Lider zusammen. Im Dunklen war es so angenehm.
„Es ist vorbei. Sie brauchen keine Angst mehr zu haben. Bitte machen Sie jetzt die Augen auf. Die Schmerzen werden gleich nachlassen. Hören Sie mich? Sie sind in Sicherheit."
Die Stimme ist mir fremd, aber sie klingt freundlich und ruhig, friedlich. Zögernd öffne ich die Augen, alles ist unscharf, doch dann klärt sich mein Blickfeld. Ich sehe in ein ziemlich junges Gesicht. Dunkle kurze Haare, braune Augen und ein freches Grinsen im Gesicht. „Hi."
„Hi", krächze ich.
„Mein Name ist Paul Lange. Ich bin Notarzt. Können Sie mir Ihren Namen sagen?"
„Mona Winter", flüstere ich. „Wo ist Leon?"
„Wer ist Leon?"

„Der … mein …" Ich schließe den Mund. Es ist viel zu anstrengend, so viel zu reden; die Halsschmerzen sind unerträglich und mein Kopf fühlt sich an, als würde er gleich platzen.

Eine blonde Frau beugt sich über mich. Sie lächelt und trägt eine Uniform. Polizei. Ich drehe den Kopf. Ich liege auf einer Trage in einem Krankenwagen und in meinem Arm steckt eine Kanüle, daran hängt ein Schlauch, der zu einem Plastikbeutel führt. Eine durchsichtige Flüssigkeit tropft in meinen Arm.

Die Polizistin legt leicht eine Hand auf meine Schulter. „Machen Sie sich keine Sorgen. Alles ist gut."

„Was ist mit …", setze ich an, doch wieder schaffe ich es nicht, weiterzusprechen. Bei jedem Wort brennt meine Kehle wie Feuer.

„Wir haben den Mann verhaftet. Er wird Ihnen nichts mehr tun."

Ich nicke. „Leon."

Der Notarzt dreht sich zu der Polizistin. „Wir fahren jetzt ins Krankenhaus."

„Ja, wir sprechen später mit ihr."

In diesem Moment höre ich seine Stimme. Er ruft laut meinen Namen. Der Albatros ist da. Jetzt ist alles gut. Es ruckelt ein wenig, der Notarzt tritt zur Seite und ich sehe in Leons besorgtes Gesicht. Gott sei Dank. Er nimmt meine Hand, streicht zart über meine Wange. „Mona, Baby, es tut mir so leid."

„Geht schon", krächze ich. „Dirk war das."

„Ich weiß, dieses miese Schwein hat mich angerufen. Ich habe im Hintergrund einen Esel schreien hören und sofort die Eins-eins-Null gewählt."

„Er hat mich …", Tränen ersticken meine Stimme. „Ich habe Rot gesagt … immer wieder …", schluchze ich. Leon hält meine Hand und legt sachte seine Stirn an meine Schläfe. „Sch … Ist gut, Mona. Jetzt ist alles gut. Sie haben ihn verhaftet. Er kann dir nichts mehr tun."

Ich nicke. Der Notarzt ist wieder da. „Wir müssen los. Sie muss geröntgt werden."

Leon sieht mich an. „Mona, Süße, ich fahre direkt hinterher, ja? Hab keine Angst. Ich bin im Krankenhaus gleich wieder bei dir."

„Ja."

Die Tür geht zu, der Motor springt an. Leon ist da und sie bringen mich in ein Krankenhaus. Es ist überstanden. Ich bin in Sicherheit und schließe beruhigt die Augen.

Die Fahrt dauert nicht lange und mir geht es schon besser. Das Schmerzmittel scheint zu wirken. Ich bin nackt, aber sie haben mich gut zugedeckt. Als der Wagen wieder anhält und der Motor ausgeht, sehe ich zur Seite. Der Arzt hat neben mir gesessen. Er steht jetzt auf und legt die Hand auf meinen Arm. „Wir sind da."

In der nächsten Stunde lasse ich einfach alles mit mir machen, was diese ganzen Menschen in Weiß wollen. Ich habe keine Angst mehr, die Schmerzen sind auch viel besser und Leon wartet direkt vor der Tür. Sie machen ein CT, und eine verständnisvolle, sehr nette Frau fotografiert meinen nackten Körper. Die Bilder werden vor Gericht als Beweise gelten. Sie machen auch eine gynäkologische Untersuchung, obwohl ich sage, dass er mich nicht vergewaltigt hat. Dann endlich fahren sie mich in ein

Zimmer. Die Krankenschwester fragt, ob sie Leon hereinlassen soll. Ja, natürlich will ich ihn sehen.

Er setzt sich auf den Bettrand und nimmt meine Hand. Dann kommt wieder eine der Ärztinnen. Sie sieht Leon misstrauisch an und will ihn rausschicken, aber ich bestehe darauf, dass er bleibt. Sie sagt, ich habe eine leichte Gehirnerschütterung, jede Menge Prellungen und blutende Striemen. Die Verletzungen sind aber nur oberflächlich und werden heilen, ohne Narben zu hinterlassen. Die Schläge und Tritte haben keine inneren Verletzungen verursacht. Leon atmet deutlich erleichtert aus. Sie meint, dass ich zur Beobachtung über Nacht im Krankenhaus bleiben soll, aber dann nach Hause kann. Sie will, dass Leon geht, aber das lasse ich nicht zu. Er hält meine Hand, ich trinke noch was, dann schlafe ich ein.

Als ich das nächste Mal aufwache, scheint helles Tageslicht ins Zimmer. Leon liegt angezogen neben mir auf dem Krankenhausbett. Er hat die Augen zu und atmet regelmäßig. Ich drehe vorsichtig seinen Arm und sehe auf seine Armbanduhr. Es ist kurz vor sieben.

Ich muss an die zwölf Stunden tief geschlafen haben. Bestimmt waren das die Medikamente, die mich auch so seltsam gleichgültig gemacht haben.

Es geht mir schon viel besser.

Ich schlage vorsichtig die Decke zur Seite und sehe an mir hinunter. Ich habe so ein hinten offenes Krankenhausnachthemd an. Hässlich, das Ding. Vorsichtig stehe ich auf. Meine Muskeln fühlen sich an wie nach einem Marathonlauf, aber es geht. Ich suche Schuhe, doch da steht nichts vor dem Bett. Klar, ich war ja ganz nackt, als sie mich herbrachten.

Langsam schlurfe ich in das kleine Bad. Nachdem ich die Toilette benutzt habe, schütte ich mir kaltes Wasser ins Gesicht und betrachte meinen Körper. Alles ist voller blutunterlaufener Striemen. Am Hals, an den Handgelenken und an den Fußgelenken sieht man deutlich dunkle, blauviolette Blutergüsse. Mein Kinn ziert eine dicke Prellung, eine Wange ist dick geschwollen. Tränen sammeln sich in meinen Augen, aber ich beiße die Zähne zusammen. Das wird alles heilen. Es hätte viel schlimmer kommen können.

Seufzend schlurfe ich zurück zum Bett. Leon rekelt sich. Er öffnet die Augen und schreckt hoch. „Mona. Du bist auf! Warum hast du mich nicht geweckt? Ich hätte dir doch geholfen.“

„Alles gut, großer Albatros“, beruhige ich ihn. „Es geht mir schon wieder viel besser.“

Ich schlüpfe wieder unter die Decke und kuschele mich vorsichtig in seinen Arm. Er küsst mich ganz zart. „Diese miese Ratte. Ich weiß nicht, was in ihn gefahren ist.“

„Er stank nach Alkohol und seine Pupillen sahen aus, als ob er Drogen intus hätte.“

Leon schüttelt den Kopf. „Es tut mir so leid, Mona. Diese ganze zusammengewürfelte Gruppe um Tim herum. Wir waren viel zu unvorsichtig.“

„Wie habt ihr euch eigentlich kennengelernt?“

„Tim ist ein Jugendfreund, wir waren im selben Sportverein, die meisten anderen sind irgendwie nach und nach dazugekommen, viele über BDSM-Seiten im Internet. Wir waren leichtsinnig. Es ist unsere Schuld.“

Ich lege meinen Zeigefinger über seine Lippen. „Du kannst nichts dafür, Leon. Niemand konnte so was vorausahnen. Zum Glück hast du die Polizei gerufen. Du hast mich gerettet."

Wir liegen eine Weile still nebeneinander, dann sehe ich auf die Uhr. Es ist fast acht. „Leon, fahr nach Hause. Die Tiere haben Hunger."

„Ich rufe Ella an."

„Nein, fahr ruhig. Mir geht es gut und die Ärztin sagte, ich kann mittags nach Hause, wenn sich nicht noch was verschlimmert. Du musst mir was zum Anziehen bringen."

Er seufzt. „Na gut, wenn du meinst."

„Ja. So ist es am besten."

„Okay, in drei Stunden bin ich wieder da."

Er küsst mich und geht.

Ich bekomme Frühstück und Kaffee, Gott sei Dank trinkbaren, starken Kaffee. Es geht mir allmählich immer besser, ich darf bloß nicht dran denken. Sobald ich mich an dieses fies grinsende Gesicht von Dirk erinnere, dreht sich mir der Magen um.

Es klopft und die Ärztin kommt zusammen mit der Polizistin rein. Ich glaube, sie hat mir ihren Namen gesagt, aber ich kann mich nicht erinnern. Sie setzen sich ans Bett und sehen mich besorgt an.

„Geht es Ihnen besser?", fragt die Polizistin und ich nicke. „Ja, es geht mir schon wieder ganz gut."

Sie räuspert sich so komisch. „Wir können Ihnen helfen."

„Sie haben ihn doch verhaftet. Er kommt doch nicht wieder raus, oder?"

„Der Täter wurde in die geschlossene Psychiatrie eingewiesen. Er hatte Drogen im Blut."

„Ja, das habe ich vermutet."

„Sie kennen ihn, nicht wahr?"

„Ja."

„Sie müssen eine vollständige Aussage machen, wenn es Ihnen besser geht."

Ich nicke. Sie legt mir eine Hand auf den Arm und sieht mich mitleidig an. „Was ist mit den alten Verletzungen?"

Einen Moment bin ich irritiert. „Was meinen Sie?"

Sie drückt meinen Arm. „Bitte vertrauen Sie uns. Wir können Sie schützen."

Mein Blick wandert zu der Ärztin, die mich auch so mitleidig anlächelt. Dann geht mir langsam ein Licht auf und ich kann ein Kichern nicht unterdrücken. Die Ärztin zieht die Augenbrauen zusammen, die Polizistin mustert mich mit deutlichem Missfallen.

Ich setze mich auf. „Okay. Da haben Sie jetzt was falsch interpretiert. Mein Lebensgefährte und ich spielen beim Sex manchmal etwas … ähm … heftiger. Alles in gegenseitigem Einverständnis. Dirk wusste das und war eifersüchtig. Deshalb hat er mich überfallen."

„Sie meinen, er ist davon ausgegangen, dass sie einverstanden sind?"

„Wenn er so was behauptet, lügt er. Ich habe mein Sicherungswort, meine Notbremse benutzt. Es sind die Ampelfarben. Wenn mir irgendetwas zu viel wird, sage ich Rot und sofort wird beendet, was gerade passiert. Er kannte das und ich habe gestern Rot gesagt, um alle eventuellen Missverständnisse auszuschließen. Mehrmals und in aller Deutlichkeit."

Die Polizistin sieht mich einen Moment lang an, als wollte sie meine Gedanken lesen. Dann nickt sie. „Okay. Dann wäre das ja geklärt. Es könnte sein, dass Ihre ähm … Spiele … vor Gericht erwähnt werden."

Ich seufze. „Ja, das werden wir wohl durchstehen müssen. Egal. Hauptsache, dieses Arschloch macht so was nicht noch mal mit einer Frau."

Die Ärztin lächelt. „Das ist die richtige Einstellung."

Als sie gegangen sind, denke ich nach. Wie viel wohl bekannt wird, wenn diese Gerichtsverhandlung stattfindet? Ob meine Eltern erfahren, was Leon und ich tun? Ob sie es verstehen? Für ihn wird es auch schwierig. Vielleicht sogar schwieriger als für mich. Was ist, wenn die Leute mit ihrem Gerede einen rabiaten, brutalen Typen aus ihm machen?

Wie werde ich mich fühlen, wenn Kunden im Laden mich seltsam ansehen, weil irgendein Scheiß in einer Zeitung gestanden hat? Leichte Panik will sich in mir ausbreiten, doch ich schüttele den Kopf und schimpfe mich selber eine Idiotin. Ich bin nicht allein und gemeinsam werden wir das durchstehen. Ich lebe und das Schwein hat mich nicht vergewaltigt. Alles, was noch kommt, werde ich gemeinsam mit dem großen Albatros meistern.

Als Leon zurück ist, hilft er mir beim Anziehen. Er ist so fürsorglich und gleichzeitig dominant. Ich genieße es sehr, ihm einfach zu gehorchen. Dann bekomme ich meine Papiere und darf das Krankenhaus verlassen. Eine Krankenschwester fährt mich mit dem Rollstuhl nach unten. Wir holen noch aus der Apotheke eine spezielle antibakterielle Waschlotion, kühlende Salbe und Schmerztabletten. Die Ärzte hatten mir ein Rezept mitgegeben. Als wir auf den Hof rollen, fährt mir ein Schreck durch alle Glieder. Dirks Auto steht da. Leon legt eine Hand auf meinen Arm. „Sein Bruder holt den Wagen heute noch ab. Tim hat ihm Bescheid gesagt."

Ich atme aus und merke jetzt erst, dass ich die Luft angehalten habe.

Ich kann nicht zur Werkstatt hinübersehen. Es ist ganz seltsam. Als wenn darin immer noch der Horror auf mich wartet.

Leon parkt und wir steigen aus. Im Haus besteht er darauf, dass ich den Rest des Tages auf der Couch verbringe. Ich telefoniere mit meinen Eltern und kann sie knapp davon abhalten, angerast zu kommen. Mein Vater wird sich aber darum kümmern, meine Abwesenheit im Laden für eine Woche zu organisieren.

Tim lässt sich nicht abwimmeln. Am späten Nachmittag steht er vor der Couch und nimmt mich vorsichtig in den Arm. In seinen Augen schimmern Tränen und er muss sich geräuschvoll die Nase putzen.

Er hat mir Pfefferspray und einen Taser mitgebracht. Er meint, falls ich mich in der nächsten Zeit unsicher fühle, könnte es mir helfen, so was dabei zu haben.

Am Abend trägt Leon mich die Treppe nach oben ins Schlafzimmer. Er zieht mich aus und ich muss nackt vor ihm liegen, damit er meine Verletzungen versorgen kann. Ich sehe zu ihm auf und zucke ab und zu zusammen. Trotzdem schleicht sich ein Lächeln in mein Gesicht. Er schüttelt den Kopf.

„Weißt du, woran ich gerade denke?", frage ich ihn.

„Du wirst es mir bestimmt gleich sagen."

„An meine erste Nacht in deinem Bett. Da lag ich auch nackt vor dir und du hast mich verarztet. Und es war mir schrecklich peinlich, dass es mich erregte."

Er umfasst mein Gesicht mit den Händen, sieht mich still an und küsst mich. Seine Augen glänzen.

„Ist heute Männerheultag?", frage ich schmunzelnd und er schüttelt sanft strafend meinen Kopf.

„Verarsch mich nicht. So einen Schreck muss ich auch erst mal verarbeiten."

Er ist fertig, deckt mich mit einem frischen, sauberen Laken zu und setzt sich wieder auf den Matratzenrand. „Bleib noch einen Moment liegen, Kolibri, damit die Salbe einziehen kann."

Meine Gedanken vom Vormittag fallen mir wieder ein. Ich nehme seine Hand, streiche darüber und erzähle ihm davon. Er zuckt mit den Schultern. „Sollen die Leute reden. Mich stört es nicht. Aber du hast Angst davor, geoutet zu werden, nicht wahr?"

Ich lächele ihn an. „Vor einem halben Jahr noch hätte es mich wohl echt fertiggemacht, aber inzwischen nicht mehr. Solange zwischen uns alles stimmt, komme ich damit klar."

Wir küssen uns. Er ist so zärtlich und vorsichtig, als wäre ich aus Porzellan.

Er hilft mir in ein frisches T-Shirt und zieht die Decke hoch über meinen Körper. Tief in Gedanken versunken streicht er über mein Gesicht. „Du musst mir versprechen, ehrlich zu sein, falls es doch nicht so einfach ist."

Ich nehme seine Hand. „Solange du bei mir bist, überstehe ich alles, großer Albatros."

Er küsst mich, legt sich neben mich und knipst das Licht aus. Zufrieden kuschele ich mich in seinen Arm.

In der Nacht wache ich schreiend auf. Ich habe im Traum Dirks wutverzerrtes Gesicht vor mir gesehen und bin schweißgebadet. Leon wäscht mich, zieht mir ein frisches T-Shirt an und nimmt mich in den Arm, sodass ich wieder einschlafen und bis zum Morgen durchschlafen kann.

KAPITEL 12

Fast vier Wochen sind inzwischen vergangen und es geht mir gut. Meine Verletzungen sind verheilt und die Leute reden nicht über mich. Bei der Polizei waren sie sehr verständnisvoll und in der Zeitung gab es nur eine kleine Notiz in den Polizeimeldungen. Die Gerichtsverhandlung steht mir noch bevor, aber ich sehe ihr gelassen entgegen. Das Thema BDSM ist nicht mehr so problematisch wie noch vor ein paar Jahren.

Seit diesem schrecklichen Tag habe ich nicht mehr allein in meiner Wohnung geschlafen. Auf dem Weg zur Arbeit und im Geschäft trage ich immer den Elektroschocker und das Pfefferspray griffbereit in der Tasche. Es war eine sehr gute Idee von Tim, mir diese beiden Dinge zu bringen. Ich sehe fremde Männer misstrauisch an, traue meinem Gefühl für Mimik und Gestik nicht mehr.

Immer wenn ich die Werkstatt betrat und die Gitter der Pferdeboxen sah, verengte sich meine Kehle und ich atmete tief durch, um ruhig zu bleiben. Das machte mich wehmütig, denn vor diesem Überfall regten die Gitter meine sexuelle Fantasie an. Vor einer Woche erzählte ich Leon davon und als ich am nächsten Abend aus dem Geschäft kam, lagen die Boxenwände draußen auf dem Hof. Er hatte sie rausgerissen, damit ich von dieser schrecklichen Erinnerung loskomme.

Leon ist unglaublich liebevoll und zärtlich. Selbst wenn ich ihn aufmüpfig in den Hintern kneife, wofür er mich sonst gerne mit Genuss übers Knie legte, lächelt er nur geduldig, nimmt mich in den Arm und küsst mich.

Wir haben zärtlichen und sehr liebevollen Sex, den ich sehr genieße, aber trotzdem fehlt mir etwas. Das Erlebnis mit Dirk hat meine Veranlagung nicht geändert, was ich Leon auch gesagt habe, aber er winkte ab und meinte, so dringend bräuchte er diese Spiele nicht. Als ob er mir nicht glaubte. Er hat Hemmungen, fasst mich nur noch mit Samthandschuhen an.

Heute Abend wird sich das ändern. Es ist Freitag und Tim kommt zum Essen. Ich habe ihn in meine Pläne eingeweiht. Wir werden so frech und ausgiebig miteinander flirten, bis dem großen Albatros der Kragen platzt. Als ich das alte Fachwerkhaus betrete, ist Leon in der Küche schon dabei, das Essen vorzubereiten. Er pfeift gut gelaunt vor sich hin. Grinsend nimmt er mich in den Arm und küsst mich.

Wenn du wüsstest, denke ich und strahle ihn an. „Schatz, ich gehe noch schnell duschen und mich umziehen, okay?"

Er nickt und ich verziehe mich in sein Schlafzimmer. Ich habe einen engen schwarz glänzenden, kurzen Stretchrock mitgebracht, der meinen runden Arsch gut zur Geltung bringt. Oben ziehe ich eine weiße, fast durchsichtige Bluse an, darunter einen knapp sitzenden Spitzen-BH, passend zum roten Slip. Die Wäsche habe ich heute in der Mittagspause gekauft.

Als ich aus der Dusche komme und mich anziehe, kichere ich leise vor mich hin. So hat er mich noch nie gesehen. Ich bin nun mal ein Jeans-und-Sweatshirt-Typ und Leon hat mich nie darum gebeten, mich anders zu zeigen. Ich habe sogar Schuhe mit Absätzen dabei. Lange darin laufen könnte ich nicht, aber das ist ja heute auch nicht notwendig. Ich drehe mich vor dem Spiegel. Meine Haare wellen sich lose über meine Schultern. Noch etwas Schminke um die Augen herum, dann ist alles perfekt. Sehr gut. Ich gefalle mir. Es ist seltsam, aber seit ich mit Leon meine sexuellen Neigungen auslebe, bin ich viel selbstbewusster und freier geworden. Ich mache mir nicht mehr so viele Gedanken darum, was andere Menschen über mich denken oder von mir erwarten. Das Leben ist leichter für mich geworden. Eigentlich widersinnig, oder? Nein, es ist eben ein riesengroßer Unterschied, von einem bösen, brutalen Mann unterdrückt oder von einem liebenden Mann in unvorstellbare Höhen der Lust katapultiert zu werden.

Ich höre unten Stimmen. Tim ist da. Ich werfe meinem Spiegelbild eine Kusshand zu, öffne grinsend noch einen weiteren Knopf meiner Bluse und verlasse das Schlafzimmer.

Als ich die Treppe herunterkomme, sieht Tim mir von der Wohnzimmertür aus entgegen. Er zwinkert und ich lächele ihn verschwörerisch an. Im Wohnzimmer ist Leon dabei, den Tisch zu decken. Ich werfe mich Tim an den Hals, küsse ihn auf den Mund und er streicht genüsslich über meine Taille bis auf meinen Po. „Hey Mona, Süße, du siehst ja heute umwerfend aus."

„Hi Tim! Schön, dich zu sehen."

Er klapst mich auf den Po, ich juchze kichernd auf und drücke mich noch enger an ihn. Aus den Augenwinkeln beobachte ich Leon. Der miese Sack sieht nicht mal her!

Ich drehe mich aufreizend vor Tim. „Ja, meinst du, der Rock steht mir?"

„Ich habe dich noch nie hübscher gesehen."

Leon sieht auf und lächelt wohlwollend. Ich stelle mich neben Tim und schlinge demonstrativ meinen Arm um seine Taille. Er legt lässig seinen über meine Schultern.

Leon bewegt sich in Richtung Küche. „Setzt euch schon mal, das Essen ist gleich fertig."

Wir gehen zum Tisch und ich stutze. An den langen Seiten steht jeweils ein großer Teller mit Besteck. „Schatz, da fehlt ein Teller", flöte ich und will in die Küche gehen. „Nein, kleiner Kolibri. Das ist schon richtig so. Du bekommst jetzt nur eine Kleinigkeit, die ich dir hier gerade fertig mache", antwortet Leon, während er kurz aus der Küche herübersieht.

„Wie bitte?"

Tim grinst mich an. Leon steckt noch mal den Kopf aus der Küche und zwinkert. „Setzt euch doch, was steht ihr da noch rum?"

Mein Herz klopft schneller. Ein böser Verdacht zieht wie eine graue Gewitterwand am Sommerhimmel in mir auf. „Was soll das?", frage ich argwöhnisch und versuche, in Tims Mimik zu lesen, doch der schiebt mich nur an die kurze Seite des Tisches und zieht höflich den Stuhl zurück. „Bitte, Mona. Nimm Platz."

Ich gehorche ganz automatisch, aber meine Bewegungen sind etwas fahrig. Leon kommt und stellt einen Kuchenteller vor mich auf den Tisch. Darauf liegt eine Scheibe nicht mehr ganz frisches Brot, dünn bestrichen mit Margarine und wie für ein Kind in Häppchen geschnitten. Ich beiße die Zähne zusammen, denn ich werde diesen beiden Arschlöchern nicht die Genugtuung geben, mich aufzuregen. Leon bleibt hinter mir stehen, legt mir die Hände auf die Schultern und streicht sanft mit den Daumen über meinen Nacken.

„Tut mir leid, Kolibri. Dir steht eine schwere Strafe bevor, da sollte der Magen weder leer noch zu voll sein. Wir wollen ja nicht riskieren, dass dein Kreislauf schlappmacht." Er küsst mich wie ein Vater auf die Haare. „Später kannst du richtig essen. Ich stelle dir etwas warm."

Augenblicklich bin ich feucht und in meiner Klit pulsiert das Blut. Gleichzeitig bin ich so unsagbar wütend und furchtbar ängstlich.

Er hebt mein Kinn an und sieht mir in die Augen. „Du meintest doch nicht im Ernst, dass deine kleine Intrige ohne Folgen bleibt?" Seine Mimik ist undurchdringlich.

Scheiße, er ist garantiert stinksauer. Ich schlucke. „Es tut mir leid, Leon."

„Das nützt dir jetzt auch nichts mehr. Ich kann dir nur raten, brav und ohne weitere Diskussion zu essen, um deine Strafe nicht noch zu verschlimmern."

Er geht und holt aus der Küche Schüsseln mit Kartoffeln, herrlich duftendem Gemüse und seinem speziellen, super leckeren Gulasch. Mir läuft das Wasser im Mund zusammen. Ich verschränke die Arme vor der Brust und halte mich mit den Händen krampfhaft an meinen Oberarmen fest, um nicht schreiend aufzuspringen.

Die beiden Männer setzen sich und beginnen zu essen. Sie reden über alle möglichen Themen und ignorieren meine Anwesenheit völlig. Ich bewege mich nicht, bis Leon sich mir zuwendet. „Mona, iss dein Brot, wenn du nicht den Rest des Abends bei den Eseln verbringen und Heu knabbern willst."

Ich starre ihn an.

„Jetzt." Seine Miene ist so kalt und abweisend, dass mir fast die Tränen kommen. Zitternd nehme ich ein Stück Brot. Er nickt kaum merklich, dann reden sie weiter und ich vertilge mit Todesverachtung dieses trockene Brot. Tim beugt sich vor, gießt Mineralwasser in mein Glas und zwinkert mir aufmunternd zu.

Als der Teller leer ist, trinke ich das Glas aus und stelle es mit einem lauten Knall wieder auf den Tisch.

Tim schmunzelt. „Immer noch der kleine Trotzkopf, was?"

Leon sieht kurz zu mir hinüber und seufzt.

„Trotzig und widerspenstig. Ich war die ganze Zeit viel zu gutmütig."

Tim lächelt. „Damit das in Zukunft anders wird, habe ich dir heute das neue Material mitgebracht." Er legt den Kopf etwas schräg. „Sie ist übrigens noch hübscher geworden, du scheinst sie gut zu umsorgen. Und ihre Kleidung … äußerst geschmackvoll. Ich mag ja diese durchschimmernden Blusen sehr gern."

Leon betrachtet mich. „Alles für dich, Tim. Für mich hat sie sich noch nie so viel Mühe bei der Kleiderwahl gegeben."

In mir zieht sich etwas zusammen. Ich bin kurz davor, vor Scham vom Stuhl zu krabbeln und mich unter dem Tisch zu verstecken.

Leon lächelt. „Aber am schönsten sind Frauen doch sowieso nackt, oder meinst du nicht?"

Tim nickt. „Ja, da hast du recht. Mona, möchtest du uns nicht die Freude machen, dich schon mal auszuziehen?"

Ich starre Leon ins Gesicht. Der winkt ab. „Freiwillig macht sie nichts und wenn ich es befehle, wird sie aufspringen und loslaufen. Wetten?"

Tim grinst. „Ja, los, gönnen wir ihr einen kleinen Vorsprung."

Leon dreht sich wieder mir zu. „Aber bei Tim ist es vielleicht was anderes? Vielleicht willst du vor ihm ja gar nicht flüchten? Mona? Wie ist es? Magst du dich vor Tim ausziehen?"

Er hebt sein Glas und trinkt.

Eine Träne läuft aus meinem Auge, ohne dass ich es verhindern kann. Ich schiebe den Stuhl zurück, stehe langsam auf und gehe um den Tisch herum, sodass Tim hinter mir steht. Leon sieht auf und unsere Blicke begegnen sich. Ich bleibe direkt vor ihm stehen und beginne langsam, meine Bluse aufzuknöpfen, ohne meinen Blick von seinem zu lösen. Weitere Tränen laufen meine Wangen entlang. Er rutscht mit dem Stuhl herum, lehnt sich entspannt zurück und sieht mir zu. Seine Mimik ändert sich. Ich sehe Liebe. Und Respekt.

Ein Schauer der Erregung und Euphorie rauscht durch meinen Körper. Plötzlich genieße ich die Situation. Ein ganz neues Gefühl von Stolz erfüllt mich. Ich liebe ihn und möchte ihm gehören, mit Haut und Haaren, nur ihm. Er scheint in meinem Gesicht zu lesen, denn seine Augen beginnen zu glänzen. Ich ziehe mit ruhigen Bewegungen die Bluse, die Schuhe und den Rock aus. Als ich den BH öffnen will, hebt er die Hand. „Den noch nicht. Dreh dich, langsam. Lass uns deinen schönen Körper in dieser schönen Wäsche bewundern. Geh ein Stück zurück, damit Tim dich auch gut sehen kann."

Ich gehorche. Hitze steigt mir ins Gesicht. Scham. Die Männer betrachten mich in aller Ruhe. „Wunderschön, kleiner Kolibri. Nun zieh auch den Rest aus, Süße." Seine Stimme ist liebevoll und sanft und der Betonklotz in meinem Magen löst sich auf. Mit zitternden Fingern öffne ich den BH und lasse ihn fallen. Wieder sehe ich Leon ins Gesicht, ich will, dass er weiß, dass ich das hier nur für ihn mache. Dann ziehe ich das Höschen aus. Die beiden Männer sehen mich an. Keiner sagt etwas. Ich stehe zitternd da und weiß nicht, wohin mit meinen Händen.

„Komm her zu mir, Kolibri", flüstert Leon.

Unsagbar erleichtert mache ich einen schnellen Schritt auf ihn zu und falle, ohne darüber nachzudenken, vor ihm auf die Knie. Er hat nie von mir verlangt, vor ihm zu knien, aber in diesem Moment scheint es das einzig Richtige zu sein.

Er fasst mit einer Hand in mein Haar, hebt meinen Kopf an und küsst mich zärtlich. Er saugt sanft an meiner Unterlippe, seine Zunge umschlingt weich meine. Ich schließe die Augen und gebe mich ihm hin. Als er den Kuss beendet, lächelt er. Gott sei Dank lächelt er wieder. Der nächste Betonklotz löst sich, diesmal von meiner Seele.

„Ich danke dir, dass du mir einen Grund geliefert hast, dich härter zu bestrafen", sagt er und ich schlucke.

„Alles, was du willst, Leon", flüstere ich.

„Du bist sehr mutig, kleiner Kolibri. Was meinst du, Tim, sollen wir mit den neuen Klammern beginnen?" Sein Blick ist immer noch auf mich gerichtet.

„Das ist eine gute Idee. Dieser außergewöhnliche Schmuck wird ihr sehr gut stehen", höre ich Tim sagen. Sein Stuhl schabt über den Boden, eine Plastiktüte raschelt, dann steht er dicht hinter mir und reicht Leon über meinen Kopf hinweg eine Handvoll metallener, dünner Ketten.

„Mona, an diesen Ketten sind vier Klammern miteinander verbunden, zwei für die Brustwarzen und zwei für die Schamlippen. Man kann sie nicht, wie die anderen, die du bereits kennst, mit einer Schraube regulieren. Sie schnappen einfach zu."

Ich starre wie hypnotisiert auf das glänzende Metall in seiner Hand. „Hoch mit dir." Er reicht mir seine Hand und zieht mich hoch.

Zitternd stehe ich vor ihm. „Tim wird dich halten, während ich die Klammern anbringe." Von hinten legen sich Hände mit festem Griff um meine Oberarme und ziehen sie zurück. Meine Brust streckt sich zwangsläufig Leon entgegen. Ein ängstliches Wimmern entfährt mir, mein Körper verkrampft sich. Die Männer beobachten mich schweigend. Sie warten. Sie werden erst weitermachen, wenn ich meine Abwehr aufgebe. Schwer atmend zwinge ich mich schließlich, mich zu entspannen, und Leon nickt zustimmend. Seine Finger streichen sanft um meine rechte Brust. Ich lege den Kopf zurück, konzentriere mich auf meine Atmung, während mein Körper unkontrolliert zuckt. Ich bin bei aller Angst vor dem Schmerz sehr erregt. Es sind die lüsternen Blicke der Männer, die mich so anmachen. Leon lässt die erste Klammer zuschnappen und ich bäume mich stöhnend auf. Als ich wieder zu Atem komme, wiederholt er das Spiel an meiner anderen Brust, quälend langsames Streichen, sanftes Zupfen, immer wieder leichtes Berühren mit dem kalten

Metall, dann der stechende Schmerz. Tim hält mich sicher fest. Mein Brustkorb bebt.

„Jetzt mach die Beine breit", befiehlt Leon sanft und sein Fuß schiebt sich zwischen meine.

Der Schmerz an meinen Brustwarzen überlagert meinen Verstand. Leons Finger streichen zwischen meinen Schamlippen hindurch. „Sie ist nass, nass und empfänglich für den Schmerz. Wunderschön, Mona, es ist unglaublich heiß, so mit dir zu spielen."

Seine Stimme lullt mich ein, lässt Hitze durch meine Adern pumpen, während sein Finger an meiner Lustperle spielt. Er zupft an einer Schamlippe, ich höre das leise Rascheln der Kette, dann fährt ein fieses Brennen durch meinen Körper, gleichzeitig ziehen die Ketten an den Klammern der Brustwarzen, weil ich meinen Körper nicht kontrollieren kann. Ich schreie auf, Tränen schießen aus meinen Augen. Leon lässt sich jedoch nicht beirren, er zupft an der anderen Schamlippe und kurz danach spüre ich wieder diesen intensiven, jede Gegenwehr zermalmenden Schmerz. Mein Bauch bebt, meine Beine geben nach.

„Wunderschön", sagt Leon. „Atme Mona, es wird gleich besser. Dein Körper gewöhnt sich daran."

Er hat recht, einige Minuten später verändert sich der Schmerz, statt des scharfen Brennens rollen gleichmäßige, eher dumpfe Schmerzwellen durch meinen Körper, die mich in einen tranceähnlichen Zustand versetzen. Ich hänge hilflos in Tims Armen, weiß nicht, ob ich meinen Körper noch kontrollieren könnte, und versuche es auch nicht, denn es ist nicht wichtig. Ich würde mir die Klammern wahrscheinlich nicht mal abreißen, wenn meine

Arme frei wären. Ich fühle mich irgendwie schwebend. Ob es so ist, wenn man Drogen nimmt?

„Lass sie uns hinlegen, Leon", sagt Tim. Sie bugsieren mich rückwärts zur Couch und legen mich auf den Rücken. Bei jeder Bewegung schwingen die Ketten und zupfen so an allen vier Klammern. Ein Nebel aus Schmerz und Hitze umhüllt mich, die Realität ist wie unter einem Schleier verschwunden. Ich schwebe weiter. Tim zieht meine Arme über meinen Kopf, wodurch sich die Ketten strammer spannen. Ich wimmere.

„Wunderschön, Mona, lass dich gehen", flüstert er, und Leon legt eins meiner Beine auf die Lehne der Couch, sodass er nun ungestört meine Vulva betrachten kann. Sie zupfen ab und zu an den Ketten oder betasten meinen Körper und beobachten meine Reaktionen.

„Komm für uns, Mona", sagt Leon irgendwann.

Ich wimmere, doch er stimuliert mit seinem Daumen unbarmherzig meine pochende Klitoris, während zwei seiner Finger zielstrebig in mich eindringen. Ich schnappe nach Luft, lecke mir über die Lippen und schmecke meinen salzigen Schweiß. Leons freie Hand legt sich auf meinen Venushügel, seine Finger in mir krümmen sich. Ich schreie leise auf.

„Jetzt, Mona", sagt Leon heiser und Minuten später bäumt sich mein Körper im Orgasmus auf. Ich sehe strahlende Sterne, Schmerz und Erfüllung rauschen in nie gekanntem Maße durch meinen Körper.

Ich beruhige mich erst, als seine Berührungen an meiner geschwollenen Perle sanfter werden und schließlich ganz aufhören. Mein Gesicht ist tränenüberströmt. Alle Muskeln zittern. Mein Körper fühlt sich ganz leicht an.

„Tim, halt sie fest, denn ich werde jetzt die Klammern lösen", sagt Leon und bevor ich richtig kapiere, was das bedeutet, schießt schon vier Mal dieses scharfe Brennen, das entsteht, wenn das Blut wieder in die gequälten Zellen schießt, in meine Nippel und meine Schamlippen. Noch einmal bäume ich mich schreiend auf, meine Nerven sind so empfindlich, dass der Reiz neue Orgasmuswellen in mir auslöst. Mein Verstand versinkt irgendwo in der Unendlichkeit, dann gleite ich in die totale Entspannung und Erleichterung. Tim hält mit einer Hand immer noch locker meine Arme, streichelt jetzt sanft durch meine Haare. Leon sitzt neben mir auf der Couch, seine Hand liegt auf meinem Bauch. Ich weine leise und mein Körper zittert noch etwas, aber langsam kehre ich wieder in die Realität zurück.

Leon lächelt. „Willkommen im wahren Leben, kleiner Kolibri." Er küsst mich sanft. „Möchtest du etwas trinken?" Ich nicke schwach. Er steht auf und kommt mit einem Glas Wasser wieder. Ich will die Arme nach unten ziehen, doch Tim hält mich fest.

„Nicht doch, Mona. Wir sind noch nicht mit dir fertig."

Ich bin viel zu erschöpft, um zu denken, und es ist mir auch sowieso gerade alles völlig egal. Leon hebt meinen Kopf an und lässt mich trinken.

„Die neuen Klammern waren eine gute Anschaffung. Dieses Spielzeug wird uns noch viel Freude bereiten", sagt er schmunzelnd, als er das Glas zur Seite stellt.

Tim grinst auf mich hinab. „Ich hätte damals nicht gedacht, dass du tatsächlich so sehr auf Schmerz stehst, Mona."

„Ich auch nicht", krächze ich trocken und die Männer lachen.

„Ich habe es gehofft und bin sehr glücklich, dass meine Hoffnung nicht enttäuscht worden ist", sagt Leon und sein Blick sorgt dafür, dass mir schwindlig wird. Er schmunzelt. „Ich glaube, meine kleine lüsterne Freundin wird schon wieder geil."

Resigniert schließe ich die Augen und öffne einladend meine Beine. Wie immer, wenn er mich seinem Willen unterworfen hat, ist mein Verstand irgendwo im Nirwana verschwunden.

Die Männer lachen. Tim lässt meine Arme los und zupft verschmitzt an meiner Brustwarze. „Deine Pussy glänzt jetzt im gleichen Farbton wie deine geschwollenen Nippel."

Ich stöhne genüsslich auf.

Leon grinst. „Gib mir deine Hände, Kolibri, ich werde dir die Manschetten anlegen."

Ich gehorche und sehe zu, wie er das weiche Leder um meine Handgelenke schließt und die beiden Manschetten mit einem Karabiner verbindet. Ich mache mir keine Sorgen, denn Leon weiß schon, was er tut. Er wird mich nicht überfordern und später sicher auffangen.

Eine kurze Pause geben sie mir noch, dann steht Leon auf. „Zeit für den zweiten Teil deiner Strafe, Mona." Er zieht mich hoch. Es stört mich nicht mehr, dass ich nackt bin. Völlig entspannt lehne ich mich gegen ihn, schließe die Augen und kuschele das Gesicht an seine Brust. Er küsst mich auf die Stirn. „Komm Süße, wir gehen nach oben."

Er legt den Arm um meine Schulter und wir steigen gemeinsam die Treppe hinauf. Tim folgt uns. Oben will ich ins Schlafzimmer gehen, doch Leon hält mich auf. „Wir gehen auf die andere Seite, Mona." Irritiert folge ich ihm.

Er öffnet eine schlichte Holztür gegenüber der des Schlafzimmers, die ich noch nie beachtet habe, knipst einen Lichtschalter an und schiebt mich hinein. Wir betreten einen Dachboden. Er ist groß und leer. Man sieht die dicken Holzbalken des Dachstuhls und die Dachpfannen. Leon lässt mich los und ich gehe weiter bis in die Mitte des Raumes. An dieser Stelle wurden massive Metallhaken in dem Gebälk angebracht, an denen Ketten herabhängen. Ich bleibe darunter stehen, weil klar ist, dass sie mich hier haben wollen.

Es ist eine seltsame Atmosphäre hier oben. Meine nackten Füße stehen auf ungehobeltem, rauem Holz. Es gibt nur eine Lampe. Die Männer betrachten meinen Körper im fahlen Licht. Wenn sie mir hier die Arme hochziehen, können sie mich von allen Seiten gut erreichen und alles verwirklichen, was ihre sadistische Fantasie zu bieten hat. Die Vorstellung und dieser Raum, das bedeutsame Schweigen, die ganze Situation erregt mich unglaublich. Ich drehe mich nicht um, aber ich strecke ergeben die gefesselten Hände vor, damit sie ihr Spiel beginnen können.

Leon kommt näher, stellt sich hinter mich und legt seine Hände auf meine Schultern. „Wie fühlst du dich, Kolibri?"

„Ich bin stolz", flüstere ich.

Ich lehne meinen Kopf an seine Brust. Bin ganz ruhig, gelassen und entspannt. Es ist alles richtig, so wie es sein muss und wie ich es möchte. Es gibt nichts Vergleichbares. Sicher kommt das daher, dass er mich bereits einmal an diesem Abend an meine Grenzen gebracht hat.

Ein bisschen fühle ich mich, als wäre ich immer noch in diesem Trancezustand, nicht völlig, nur so am Rande. Ich habe keine Angst vor dem Schmerz, lasse mich treiben und sehe allem gelassen entgegen. Ich werde sicher schreien, mich winden, toben, aber es ist mir egal, denn ich bin in Sicherheit, da Leon auf mich aufpasst.

„Du bist wunderbar, Kolibri. Ich danke dir für dein Vertrauen."

Er küsst mich auf die Schulter, dann verbindet er die Manschetten mit der Kette und zieht meine Arme bis auf Stirnhöhe hoch.

„Tim wird jetzt mit einer Spreizstange deine Füße fixieren, damit deine Pussy gut zugänglich ist." Er hält weiter meine Schulter, während Tim herankommt und sich herunterbeugt.

„Stell die Füße weiter auseinander, Mona."

Ich gehorche und er befestigt die Ledergurte um meine Fußgelenke. Die kühle Luft trifft mein feuchtes Lustzentrum. Heißes Blut strömt durch meine Adern und in meinen Ohren rauscht es. Ich seufze. Leon mustert einen Moment lang meinen Körper, dann zieht er meine Hände noch etwas höher, bis ich gestreckt vor ihm stehe, aber mit beiden Füßen noch guten Halt auf dem Boden habe.

Die Männer betrachten mich von allen Seiten. Ihre Blicke heizen meine Erregung weiter an.

Noch einmal nähert sich einer der Männer von hinten. Ich glaube, es ist Leon. Vor meinen Augen erscheint ein Seidentuch und dann sehe ich nichts mehr. Ich höre leise Geräusche, Schritte, Rascheln. Ein Finger streicht sachte durch die Feuchtigkeit in meiner Mitte. Die Situation hat einen magischen Reiz. Meine Haut kribbelt. Wieder das Schaben sich entfernender Schuhe. Es ist ganz still. Unerwartet erneut eine Berührung an meinen Schamlippen. Es ist eine Zunge, die mich verwöhnt. Ist es Tim? Oder Leon? Ich glaube Leon, ich will einfach, dass es Leon ist, aber ich bin mir nicht sicher. Die Zunge umkreist fordernd meine Perle, stupst dagegen, leckt an meinen Schamlippen entlang. Ich seufze seinen Namen, möchte mein Becken mehr bewegen, das geht aber durch meine Fixierung nur begrenzt. Druck baut sich in mir auf und ich sehne mich nach Erlösung. Plötzlich ist die Zunge verschwunden und ich stoße ein unzufriedenes Wimmern aus. Noch zweimal Schrittgeräusche, dann Stille.

Als ich denke, sie haben mich allein gelassen, höre ich wieder Schritte und Tim räuspert sich direkt vor mir. „Danke für diese wunderbaren Stunden, Mona. Der Rest des Abends gehört dir und deinem Schatz allein." Er küsst mich sanft auf die Wange, streicht noch einmal meinen Hals entlang, dann entfernt er sich.

Ich höre die Männer noch kurz leise miteinander reden, dann schließt sich die Tür und es ist wieder still. Ist Leon mit nach unten gegangen? Er wird mich doch hier nicht allein lassen?

„Leon?", wispere ich ängstlich.

„Ich bin da, Kolibri."

Erleichtert atme ich auf.

Er nähert sich mir, ich höre seltsame Geräusche, fast wie ein Flattern. Dann treffen mich plötzlich

Schnüre auf dem Rücken. Ich zucke zusammen, stoße vor Schreck einen kleinen Schrei aus. Es könnten Lederschnüre sein, sie sind weich und streichen meine Haut entlang. Er schlägt einige Male zu und ich entspanne mich. Es fühlt sich seltsam, aber gut an. Er macht ein paar Schritte, dann kitzeln diese Schnüre meinen Bauch, danach meine Brust, meine Oberschenkel. Ab und zu pikst es ein bisschen, fast wie Nadelstiche, aber lange nicht so schlimm. Das anregende Streichen überwiegt.

Ich höre ihn näher kommen. Er fährt mit seinen Händen über meine Haut. „Wie fühlt sich das an, Mona?"

„Seltsam, spannend, ein wenig furchterregend."

„Sehr gut."

Er entfernt sich und schlägt erneut auf meinen Rücken. Plötzlich trifft er einmal sehr hart und es pikst wie tausend Nadelstiche. Ich schreie auf. Sofort werden die Schläge wieder sanfter und ich entspanne mich. Gerade als ich denke, es bleibt so, schlägt er wieder hart zu. Dann variiert er nach Lust und Laune, mal sanft, mal etwas härter, mal ganz hart, sodass ich überhaupt nicht mehr abschätzen kann, was als Nächstes passiert. Der Gegensatz von zart und hart stürzt mich in einen seltsamen Gefühlsrausch.

Auf meinem Rücken und meinem Po kribbelt es überall da, wo er mich härter getroffen hat. Pause, er bewegt sich. Das Leder streicht einmal weich über meine Brüste, ich zucke überrascht, dann trifft mich wieder ein harter Schlag auf dem Po und ich bäume mich in meinen Fesseln auf. Er wechselt weiter ohne erkennbares Muster, mal Streicheln auf meinem Bauch oder meiner Brust, mal unerwartet harte Schläge auf dem Po oder den Oberschenkeln, mal seine warmen Hände auf meiner Haut. Es ist eine totale Überreizung meiner Sinne. Tränen laufen über meine Wangen. Leon macht eine Pause und überall kribbelt es auf meiner Haut. Ich höre seine Schritte, er umkreist mich, streicht sanft mit den Fingern über meinen Körper, was mich zusammenzucken lässt, weil ich es nicht erwartet habe.

„Gleich bist du am Ziel, kleiner Kolibri. Vertrau mir."

Eine endlose Sekunde lang ist es ganz still, dann treffen mich kurz hintereinander zwei fiese Schläge an den Innenseiten meiner Oberschenkel knapp unter meiner Vulva. Der Schmerz zieht direkt in die erregten Nervenzellen meines Lustzentrums. Ich bäume mich schreiend auf. Leon steht hinter mir, seine Hand liegt an meinem Kinn und er drückt mich rückwärts gegen seine Brust.

„Scht … Das war der letzte Schlag, Kolibri. Ganz ruhig. Entspann dich."

Ich lehne mich dankbar an ihn und dann katapultiert das Brennen und Kribbeln auf meinem Körper und an den Innenseiten meiner Schenkel meinen Erregungspegel bis an die Grenze des Erträglichen. Als sein Finger meine Klit berührt, komme ich mit einem heiseren Schrei. Mein Orgasmus schwillt erst ab, als er die Berührung beendet. Jetzt steht er vor mir, zieht mir das Tuch vom Gesicht und küsst meine Tränen weg.

„Ich erlöse dich jetzt, Mona." Er bückt sich, entfernt die Spreizstange, nimmt mich in den Arm und öffnet mit der anderen Hand die Kette. Dankbar sinke ich gegen ihn. Er hebt mich hoch und trägt mich hinüber ins Bett. Ich liege flach und unbeweglich auf dem Laken, während er sich auszieht. Immer noch kribbelt jede Nervenzelle, jede Berührung kann einen neuen Orgasmus auslösen. Es ist kaum auszuhalten, ich will ihn unbedingt in mir fühlen. Er kniet sich zwischen meine Beine, hebt sie hoch. Sein Schwanz berührt meine jetzt so extrem empfindliche Perle und sofort schreie ich wieder los. Er dringt in mich ein und der nächste Orgasmus überwältigt mich. Immer wieder stößt er hart zu, bringt mich jedes Mal an den Rand des Wahnsinns, immer neue kleine Orgasmen, oder ist das einer, der nicht aufhört? Ich höre nur noch rauschen und mich selber keuchen. Kein klarer Gedanke ist möglich, jede noch so kleine Berührung nehme ich in zehnfacher Verstärkung wahr.

„Leon, bitte, ich kann nicht mehr", wimmere ich und sein Mund legt sich auf meinen, verschließt ihn mit einem fordernden Kuss. Als ich denke, ich halte es nicht länger aus, versteift er sich und ergießt sich in mir. Er bleibt hart und ich liege bewegungslos unter ihm.

Er sinkt laut keuchend auf mich herab. Ganz allmählich erschlafft sein Glied in mir. Als er es langsam herauszieht, wimmere ich trotzdem auf, denn meine Nerven haben sich noch nicht wieder beruhigt. Er stützt sich mit den Ellenbogen auf und bedeckt mein Gesicht mit zarten Küssen, streicht mir sanft die Haare aus dem Gesicht. Ich schließe die Augen, bewege mich nicht mehr und möchte jetzt für den Rest meines Lebens so liegen bleiben, zufrieden, euphorisch, verliebt und ausgepowert.

Nach einer Weile rollt er sich neben mich. „Alles in Ordnung, Mona?"

„Ich glaube schon", flüstere ich.

Er lächelt. „Du bist noch nicht wieder ganz im Hier angekommen. Genieße es.“

„Es kribbelt alles. Ein bisschen wie von Brennnesseln, wenn das Brennen nachlässt.“

„Schlimm?“

„Nein, eher seltsam. Womit hast du mich geschlagen?“

„Das Ding nennt sich Flogger.“

„Behalte es.“

Er grinst, streicht sanft meinen Arm hinunter und befreit mich von den Manschetten an meinen Handgelenken. „Bleib noch einen Moment liegen. Ich hole was zu trinken. Und dann musst du heiß duschen, du bist etwas ausgekühlt.“

„Alles, was du willst, großer Albatros“, seufze ich und er lächelt. „So gehorsam gefällst du mir.“

„Lügner, es wäre dir ganz schön langweilig, wenn ich immer so wäre“, erwidere ich träge.

Er lacht. „Da hast du recht, aber alles zu seiner Zeit.“

Er holt etwas zu trinken, zwingt mich gnadenlos unter die Dusche, obwohl das heiße Wasser meine gereizte Haut fies brennen lässt, packt mich anschließend in Bademantel und Wolldecke und trägt mich auf die Couch. Er holt eine große Portion von seinem traumhaften Gulasch und füttert mich wie ein kleines Kind. Danach bin ich so erschöpft, dass ich an seiner Brust einschlafe und nur noch im Halbschlaf mitbekomme, dass ich irgendwann wieder ins Bett getragen werde.

KAPITEL 13

Es ist Winter geworden. Ich habe inzwischen die Wohnung bei Tim aufgegeben und bin zu Leon gezogen. Draußen stürmt es und ich rekele mich im Bett. Von unten weht Kaffeeduft zu mir herauf. Leon und ich werden heiraten und Kinder bekommen. Das haben wir gestern Abend beschlossen. Er hat mich doch tatsächlich gefragt, ob ich ihn heirate, während ich seinen Schwanz mit dem Mund liebkoste. Bei der Erinnerung daran muss ich albern kichern.

Es begann mit einer beiläufigen Äußerung. Wir hatten es uns nach dem Essen auf der Couch gemütlich gemacht. Leon saß aufrecht, hatte die Füße auf den Sessel gegenüber gelegt und sah im Fernsehen eine Talkshow an, in der es um Kinder und Beruf ging. Ich lag auf dem Bauch quer über seinem Schoß, hörte mit einem Ohr zu und blätterte gelangweilt in einer Zeitschrift. Er meinte, wenn ich Lust auf Kinder bekäme, sollte ich ihm früh genug Bescheid sagen, damit er anfangen könnte, den Dachboden zum Kinderzimmer auszubauen. Es klang, als ob es längst beschlossene Sache wäre, dass wir eines Tages welche haben. Ich drehte den Kopf und guckte wohl ziemlich sparsam, denn er brach in schallendes Gelächter aus. „Oder willst du dein Spielzimmer nicht aufgeben?"

Ich machte einen Schmollmund. „Wohl eher dein Spielzimmer."

Er wuschelte durch meine Haare. „Nein, der kleine freche Kolibri will natürlich nie auf den Dachboden, nur immer der große böse Albatros."

Ich lief rot an. Ja, immer noch laufe ich rot an. Er hat recht, der Dachboden mit seiner urigen, wilden Atmosphäre macht mich unglaublich an.

Ich trug einen gemütlichen, schlabbrigen Hausanzug. Er schob seine Hand unter den Pulli und strich über meinen Rücken.

„Mona, möchtest du Kinder?", fragte er plötzlich ganz ernst.

Mein Herz klopfte lauter. „Möchtest du Kinder?"

„Ja, ich möchte gerne eine Familie mit dir gründen. Aber wenn du keine Kinder möchtest, komme ich damit klar."

„Ich möchte auch Kinder."

Ich schlug die Zeitschrift zu und sah einen Moment nachdenklich gegen die Wand. „Irgendwie seltsam, dass du gerade heute davon anfängst."

Er runzelte die Stirn. „Warum?"

„Kerstin Weinberg war bei mir, die Inhaberin des Ladens nebenan."

„Rechts? Da, wo es Geschirr und so viel Krimskrams gibt?"

„Ja, genau. Sie hat das gleiche Problem wie ich. Jeden Tag von morgens bis abends im Laden und dabei doch eigentlich zu wenig Umsatz. Sie möchte so gerne größere Reisen machen."

„Will sie aufgeben?"

„Sie denkt immer wieder darüber nach, genau wie ich. Aber heute hatten wir die Idee, aus beiden Läden einen zu machen. So können wir uns die Personalkosten teilen und auch jeder weniger arbeiten. Jetzt stehen in ihrem Laden jeden Tag zwei Angestellte und in meinem auch. Wenn wir einen großen Raum haben, reicht jeweils einer. Wir haben ja nicht so viel Kundschaft, dass wirklich so viel Personal pro Geschäft notwendig wäre."

Leon nickte. „Das hört sich gut an. Ihr müsst ja nur eine Wand einreißen. Das dürfte kein Problem sein."

„Ja. Wir haben gesagt, wir denken mal beide darüber nach und wenn uns die Idee auch morgen noch gefällt, fragen wir einen Anwalt, wie man so was vertraglich regeln könnte."

„Ich finde die Idee gut", meinte er und strich weiter über meinen Rücken, was ich mit einem wohligen Stöhnen belohnte.

Unter mir spürte ich, dass er hart wurde. Kichernd rutschte ich ein wenig hin und her. „Macht dich mein Rücken so an?"

„Nein, ich überlege nur gerade, ob ich dir erst den Hintern versohle und mir dann von dir einen blasen lasse oder umgekehrt", erwiderte er trocken und legte bedeutungsschwer seine große Hand auf meinen Po.

Ich schluckte. Sofort schlug mein Herz schneller und ich rekelte mich noch ein wenig stärker auf seinem Schwanz. „Du bist lüstern", stellte er treffend fest, woraufhin ich albern kicherte und ihn in die Wade kniff. „Und frech", sagte er, während er so schnell meinen Arm auf den Rücken drehte, dass ich gar keine Chance hatte, mich zu wehren. Ich gab sofort auf, denn es fühlt sich einfach nichts schöner an, als ihm ausgeliefert zu sein.

„Ich werde dir erst den Arsch versohlen, dann kannst du dich beim Blowjob besser konzentrieren."

Ich prustete los. „Wie bitte?"

„Ja, Baby, schlecht, wenn man devot veranlagt ist."

Oh Gott. Schon wieder versetzte er meinen Körper nur durch seine Worte in Erregung. Als könnte meine Vagina die deutsche Sprache verstehen! Mein Verstand und mein Wille verkrochen sich wie immer irgendwo im Nirgendwo.

Er ließ meinen Arm los und legte seine Hand in meinen Nacken. „Hoch mit dem Arsch, damit ich dir dein Höschen runterziehen kann."

Ich gehorchte umgehend und er zog mir mit einem Griff die weite Hose des Hausanzugs samt Slip aus.

Ergeben entspannte ich mich.

Warm strich seine Hand über meine nackten Pobacken. „Du hast wirklich einen sehr schönen Arsch."

„Danke."

„Höre ich da Ironie aus deiner Stimme?"

„Neeeiiin, ich würde es doch niemals wagen, den großen Albatros zu verar…" Er räusperte sich. „… zu veralbern."

Er lachte. „Oh Kolibri, was freue ich mich auf deine Tränen. Entspann dich, damit ich dich sorgfältig vorbereiten kann."

Ich seufzte und ließ den Kopf wieder sinken.

Bevor er anfing, mich zu schlagen, erregte er mich, bis ich kurz vor dem Orgasmus stand. Er kratzte mit dem Fingernagel über diese wahnsinnig empfindliche Linie knapp unter den beiden kleinen Grübchen an der Lendenwirbelsäule. Das macht mich fast verrückt. Er weiß das. Dann fuhr er mit dem Finger zwischen meinen Pobacken entlang, sodass ich dachte, er wollte an meinen Anus. Schließlich hat er ja schon oft genug mit gemeinen Andeutungen erregende Fantasien in mir heraufbeschworen. Doch seine Hand wanderte weiter zwischen meine Beine, die ich, soweit es die heruntergezogene Hose zuließ, öffnete. Er zupfte an meinen Schamlippen und wischte sanft durch die dortige Nässe. Ich rekelte mich auf seinem Schoß und er festigte den Griff in meinem Nacken. Die ersten leichten Klapse, begleitet von einem lobenden „Brav und willig, das machst du sehr gut", lösten nicht mal mehr eine Trotzreaktion aus. Er schlug mich sanft weiter, streichelte mich, steigerte schließlich die Intensität der Schläge.

Ich atmete genussvoll in den leicht beißenden Schmerz hinein, stöhnte und seufzte, bis er zu harten Schlägen überging, die ersten Tränen aus meinen Augen liefen und ich mich aufbäumte. Er pausierte.

„Nicht kämpfen, Mona", sagte er. „Gib auf, Süße."

Stöhnend entspannte ich mich wieder. Oh Gott, er weiß ganz genau, wie er alles von mir kriegt.

„So ist es gut, Kolibri, ich will deine Tränen und deine Unterwerfung."

Nun klatschte seine flache Hand immer schneller und fester auf meine Haut und ich konnte nicht anders, als ihm schluchzend meinen Arsch entgegenzustrecken, weil ich ihn unbedingt glücklich machen wollte.

Genau in dem Moment, als es drohte, mir zu viel zu werden, hörte er auf, schob seine Hand zwischen meine Beine und drang mit zwei Fingern in mich ein. Stöhnend gab ich mich meinem Orgasmus hin, drückte mich schamlos seinen Fingern entgegen. Ganz allmählich wurden seine Bewegungen langsamer und sanfter, bis ich mich beruhigte.

„Auf die Knie", knurrte er und zerrte mich an den Haaren auf den Boden. Ich öffnete seine Hose und er hob den Hintern an, damit ich ihn ausziehen konnte. Nachdem ich das lästige Kleidungsstück samt seinem Slip in irgendeine Ecke gepfeffert hatte, drückte ich seine Beine auseinander und krabbelte dazwischen. Ich lächelte zu ihm hoch und umfasste zärtlich seinen Schwanz, der sich mir aufrecht entgegenstreckte, und begann, ihn liebevoll mit Küssen zu bedecken. Unsere Blicke versanken ineinander. Leon hob die Hände und wischte zärtlich die Tränen von meinen Wangen. „Willst du mich heiraten, Mona?"

Ich nickte und hauchte ein „Ja", schloss die Augen und nahm seinen Schwanz in meinen Mund. Ich massierte sanft seine Hoden und gab ihm den hingebungsvollsten Blowjob, den jemals eine Frau einem Mann gegeben hat, während mir vor Glück die Tränen aus den Augen kullerten. Sanft saugte ich an seiner Eichel, fuhr mit der Zunge an seinem Schaft entlang, um mich den Weg zurück zu küssen und erneut die Spitze in den Mund zu nehmen. Ich schloss meine Lippen fest um seinen Schwanz, während ich mit der Hand die Vorhaut sachte zurückschob und meinem Kopf langsam vor und zurück bewegte.

Leon lehnte sich entspannt gegen die Couchlehne und ich beobachtete voller Freude seine Reaktionen auf mein Zungenspiel und mein allmählich immer intensiveres Saugen und Schlucken. Sein Atem wurde schneller, seine Bauchmuskeln zuckten, immer wieder blitzen seine Pupillen mich unter dunklen Wimpern an.

Irgendwann übernahm er die Regie, packte meine Haare und versenkte seinen Schwanz tiefer in meiner Mundhöhle. Ich sah auf und erkannte tiefes Begehren in seinen schönen Gesichtszügen. Entspannt schloss ich die Augen und gab mich ihm hin, atmete ruhig durch die Nase und vertraute darauf, dass er mich nicht überfordern würde. Seine Bewegungen wurden schneller, härter und ich hielt mich an seinen Beinen fest, weil ich dachte, er würde in meinem Mund kommen, doch dann zog er seinen Schwanz zurück und zerrte mich hoch.

„Halt dich fest", brummte er, legte die Hände unter meinen wunden Po und hob mich hoch. Ich schlang die Arme um seinen Nacken und die Beine um seine Taille. Er drückte mich rückwärts gegen die Wand und versenkte seine Zunge tief in meinem Mund.

„Für immer, Kolibri, du, ich und ein paar süße kleine Nachfahren", flüsterte er und erstickte mein geseufztes Einverständnis mit einem neuen besitzergreifenden Kuss. Er küsste sich über mein Kinn zu meinem Hals hinunter und saugte an der weichen Haut unter dem Ohr. Ich schrie leise auf und biss ihm in seine Schulter. Er presste mich fester gegen die Wand und schob seinen Schwanz mit einer einzigen harten Bewegung tief in mich hinein, was mir einen neuen Schrei entlockte.

„Fuck, ist das gut", stöhnte er und suchte wieder meinen Mund. Während er mich küsste, stieß er wieder zu, kraftvoll und tief und ich ließ mich fallen, sicher in seiner festen Umarmung, unausweichlich für immer sein. Irgendwann drehte er sich mit mir im Arm um, trug mich zurück zur Couch und ließ uns beide so darauf sinken, dass er auf mir lag. Meine Beine umklammerten ihn weiter, während er mich ohne Unterbrechung tief und besitzergreifend fickte.

„Jetzt, Mona, komm mit mir", stöhnte er, richtete sich etwas auf und rieb mit einem neuen, kräftigen Stoß so fest über meinen G-Punkt, dass ich mit einem Aufschrei in den Abgrund trudelte, während er sich in mir ergoss.

Er sank auf meinen Körper herab, ich hielt weiter meine Füße hinter seinem Rücken verschränkt, wollte ihn unbedingt festhalten und strich ihm liebevoll durch die Haare. „Ich liebe dich, Leon."

„Ich liebe dich auch, Mona."

Nach einer Weile lösten wir uns voneinander. Er zog mich hoch, umarmte mich, um mir einen Kuss zu geben, und mir entwich zischend die Atemluft, als mein Hintern über den rauen Stoff des Polsters rutschte.

Er grinste und ich sah böse zu ihm auf, um einen saftigen Kommentar loszuwerden, doch dann musste ich albern loskichern.

„Freut mich, dass dir dein glühender Arsch so viel Spaß macht", stellte Leon fest.

Ich schüttelte den Kopf und zeigte mit dem Finger auf ihn. „Es sieht ziemlich albern aus, wenn du nur unten nackt im Wohnzimmer rumläufst", brachte ich zwischen den Lachern heraus.

Er sah an sich herab und verdrehte die Augen. „Glaub ja nicht, dass du gerade einen eleganteren Eindruck machst, Weib."

Grölend ließ ich mich wieder zurückfallen und wedelte mit den Füßen in der Luft herum. „Ich darf das auch, ich bin schließlich keine dominante Respektsperson."

Ich musste so lachen, dass ich mir den Bauch hielt und schließlich erschöpft nach Luft rang, während Leon, immer noch halb nackt, vor mir stand. Er verschränkte die Arme vor der Brust und neigte den Kopf, während er mich amüsiert betrachtete.

„Irgendwas habe ich heute falsch gemacht. Ich glaube, du brauchst eine kalte Dusche.“

„Nein!“, kreischte ich, doch da hing ich schon wie ein Mehlsack über seiner Schulter und klatschte ihm mit den Händen auf seine nackten Pobacken, während er mich völlig unbeeindruckt die Treppe hinaufschleppte.

KAPITEL 14

Ich stehe im warmen Wohnzimmer und sehe durch die großen Fenster in die wie von Mehl bestäubte Landschaft. Es ist Februar, ich habe heute Geburtstag und es hat in der Nacht geschneit. Jetzt ist der Himmel blau, die Sonne geht bald unter und die Luft ist bitterkalt.

Im Mai wollen wir heiraten und dann möchten wir ein Kind. Ein seltsames Gefühl. An meinem letzten Geburtstag kannte ich Leon noch nicht, wohnte noch in Darmstadt und hatte Bammel davor, zurück in meine Heimatstadt zu kommen und das Geschäft meiner Eltern zu übernehmen. Ich mochte damals nicht Nein sagen, befürchtete aber, im Kleinstadtmief zu versinken und eine alte vertrocknete Single-Oma zu werden.

Nun bin ich die glücklichste Frau der Welt, habe ein unglaublich erfülltes Liebesleben mit dem tollsten Mann der Welt, und an meinem nächsten Geburtstag bin ich vielleicht schon schwanger.

Die Esel toben im Schnee herum. Das sieht wirklich zum Totlachen aus. Leon hat ihnen gerade noch einmal die Heuraufe gefüllt. Vor dem Eingang ihres Stalles hängt jetzt im Winter ein dicker Plastikvorhang, denn sie mögen es warm und kuschelig, aber tagsüber zum Spielen und Toben kommen sie gerne raus.

Die Katzen sind in Leons Werkstatt gezogen. Er hat ihnen eine Katzenklappe in die Tür gebaut, sodass sie jederzeit nach oben auf den gemütlichen Heuboden spazieren können, wenn ihnen das Wetter zu ungemütlich ist.

Ich habe heute Vormittag Kuchen gebacken und eben gerade den Tisch gedeckt. Meine Eltern kommen gleich und ein paar Freunde haben sich für den frühen Abend angekündigt, um mit mir Geburtstag zu feiern. Ella kommt auch, ich habe sie eingeladen, weil sie sich stets um die Tiere kümmert, wenn Leon und ich keine Zeit haben. Sie ist immer so zurückhaltend, wirkt unfreundlich, fast arrogant, und scheint keinen Freundeskreis zu haben, dabei ist sie sehr nett, wenn wir uns mal in Ruhe unterhalten.

Ich habe zwei Wochen lang Urlaub. Was für ein Luxus! Kerstin und ich haben tatsächlich die Geschäfte zusammengelegt. Im Januar haben wir den Durchbruch zwischen den beiden Läden machen lassen und uns gegenseitig in die Materie des anderen eingearbeitet. Jetzt leitet sie zum ersten Mal mein Geschäft mit und im März verreist sie für vier Wochen, dann bin ich für beide Läden zuständig. Jetzt stimmt die Gewinn- und Verlustrechnung endlich. Was für ein gutes Gefühl.

Warme Arme umschließen mich plötzlich und ich lehne mich seufzend zurück an Leons starke Brust. Er küsst mich auf die Haare. „Was grübelst du, Kolibri?"

„Ich grübele nicht, genieße nur den schönen Ausblick in den Winterwald."

„Ich dachte, du bist nervös wegen deinem Geburtstagsgeschenk."

Ich muss kichern. Er hatte mir am Morgen im Bett nach kuscheligem Geburtstags-Sex angekündigt, dass ich erst am Abend mein Geschenk bekommen würde, und dabei mit ziemlichem Genuss meinen nackten Körper betrachtet. Wahrscheinlich hat er wiedermal irgendwas Fieses für eine besonders gemeine Session gekauft.

„Blödmann. Nein. Bin ich nicht."

Er umfasst meine Brüste und reibt durch den dicken Pullover mit den Fingerspitzen über meine harten Nippel, wie um zu beweisen, dass mein Körper meine Vorfreude verrät. Ein leises Stöhnen entfährt mir. Meinetwegen könnte er jetzt einfach so weitermachen, aber das Auto meiner Eltern rollt gerade auf den Hof.

Ich bekomme noch einen Kuss, dann gehen wir gemeinsam an die Haustür, um sie hereinzuholen.

Meine Eltern lieben Leon. Sie würden ihn garantiert adoptieren, wenn wir nicht schon Heiratspläne hätten.

Ich bekomme einen Blumenstrauß, aber kein Geschenk. Nicht, dass ich etwas Großes erwartet habe, aber eine kleine Überraschung wäre doch nett gewesen.

Wir setzen uns gemütlich um den Tisch herum. Irgendwann kommt Ella dazu, dann Judy, eine alte Schulfreundin von mir, die ich vor einiger Zeit durch Facebook wiedergefunden habe, schließlich noch einige andere Leute aus unserem Freundeskreis. Als es schon längst dunkel ist, spaziert Tim herein und plötzlich stehen er und Leon links und rechts neben meinem Stuhl und sehen mit bedrohlich bohrenden Blicken auf mich hinab. Die werden doch nicht vor meinen Eltern … und Ella …

Leon lächelt. „Zeit für deine Geburtstagsüberraschung, Kolibri."

Mein Herz klopft mir bis zum Hals und ein Kloß setzt sich in meiner Kehle fest. Ich ziehe die

Augenbrauen zusammen und versuche, in seiner Mimik zu lesen. „Was wollt ihr?"

Tim grinst. „Mona, du bist aber auch misstrauisch. Komm, steh auf."

Sie umfassen meine Oberarme und ziehen mich hoch. Leon rückt den Stuhl weg und stellt sich hinter mich. Argwöhnisch drehe ich mich mit ihm und er wedelt mit einem Seidentuch vor meiner Nase herum. Nein, das kann er nicht … Verdammt, nicht vor meiner Familie! Er zwinkert, zieht mich in eine Umarmung und legt den Mund an mein Ohr. „Keine Panik, Baby."

Ich kann nicht behaupten, dass mich sein Spruch beruhigt, aber ein erfolgloser Fluchtversuch oder ein gequietschtes „Die Ampel ist dunkelrot" würden meine Geburtstagsgäste jetzt ganz bestimmt ziemlich seltsam finden. Also lasse ich zähneknirschend zu, dass er mich an den Schultern fasst, umdreht und mir die Augen verbindet.

„Sie braucht ihren Mantel", sagt meine Mutter und ich nutze die Ablenkung, um schnell die Augenbinde einen winzigen Zentimeter nach oben zu schieben. Dann steht Tim mit meinem Mantel hinter mir. Er hilft mir, hineinzuschlüpfen, und rückt mit einem lässigen „Moment, das Tuch ist verrutscht" alles wieder so zurecht, dass ich wirklich nichts sehe. Arsch.

Leon nimmt meine Hände und zieht mich mit. Seine sind ganz warm, meine plötzlich ziemlich kalt. Er reibt zärtlich mit den Daumen über meine Handrücken, während er mich langsam aus dem Haus führt. Den Geräuschen nach zu urteilen, folgt uns die ganze Gesellschaft. Ich höre Kichern und Flüstern. Oh Mann! Das ist so gemein!

Draußen legt er den Arm um meine Schultern. Ich habe keine Ahnung, wohin er mich führt. Ich muss über Baumstämme klettern, einmal irgendwo untendurch krabbeln, und nach einer gefühlten Ewigkeit lässt er mich anhalten und öffnet eine Tür. Es knarrt. Es muss eine alte Tür sein.

„Bleib noch einen Moment stehen", sagt er und entfernt sich. Wieder Flüstern und Kichern. Während ich noch überlege, wo wir hingelaufen sein könnten, streicht mir eine Katze um die Beine. Mir kommt der Verdacht, dass wir auf dem Hof geblieben sind und mein lieber zukünftiger Ehemann mich bloß veräppelt hat.

„So, Kolibri, fertig." Leon ist wieder da, stellt sich hinter mich und schiebt mich in einen mäßig geheizten Raum hinein. Er umarmt mich und küsst mich. „Herzlichen Glückwunsch, Mona. Ich liebe dich."

Dann tritt er zurück. „Du darfst jetzt gucken, Süße."

Ich zerre mir das Tuch von den Augen und blinzele. Als sich meine Pupillen an das Licht gewöhnt haben, sehe ich mich staunend um. Ich stehe in einer Werkstatt, um genau zu sein, in einer Töpferwerkstatt. Es gibt einfache Holzregale, einen großen Brennofen, einen Arbeitstisch, ein großes Waschbecken und eine Töpferscheibe. Total professionell, sogar Säcke mit Arbeitsmaterial, allerlei Werkzeug und Putztücher liegen bereit. Staunend sehe ich mich um. In der Ecke brummt ein Werkstattofen vor sich hin, in dem Holzscheite brennen.

Tim und Leon stehen grinsend mit verschränkten Armen da, meine Gäste amüsieren sich köstlich und endlich begreife ich, wo wir sind. Es ist das zweite alte Stallgebäude, in dem die Katzen gewohnt haben. Jetzt kapiere ich auch, warum die in Leons Werkstatt umgezogen sind. Wow! Er hat mir eine Töpferwerkstatt eingerichtet. Es ist nicht zu fassen.

Sprachlos drehe ich mich zu ihm um. „Das … das ist …“

Alle lachen und klatschen. Leon nimmt mich in den Arm. „Deine Eltern haben den Brennofen gespendet, für den Rest haben alle was dazugegeben.“

„Ihr seid ja irre. Oh Mann! Ist das geil! Ich habe eine Töpferwerkstatt!“

Lachend falle ich allen meinen Gästen um den Hals. Ich kann es kaum glauben. Sie haben mir tatsächlich einen Jugendtraum erfüllt.

Nachdem ich alles gebührend bewundert habe, gehen wir wieder ins Haus und öffnen Sektflaschen. Außerdem wärme ich die Suppe auf, die Leon am Vortag gekocht hat und die allen ganz hervorragend schmeckt.

Die nächsten Stunden werden fröhlich, wir schieben sogar den großen Esstisch zur Seite und schwingen nach irgendwelchen Rock-Klassikern, die sogar meinen Vater zu übermütigem Hüftschwung animieren, das Tanzbein.

Später werden die Stücke ruhiger. Leon wiegt mich im angenehmen, ruhigen Rhythmus. Ich lege meinen Kopf an seinen Brustkorb und sehe aus den Augenwinkeln, dass Tim Ella gegen eine Wand gedrückt hat und ihren Mund mit zärtlichen Küssen bedeckt. Ich zupfe Leon am Hemdkragen und deute mit dem Kopf in Richtung der beiden.

Amüsiert verdreht er die Augen. „Tim mal wieder.“

„Vielleicht verlieben sie sich ja ineinander", sage ich, doch er schüttelt den Kopf. „Nicht Tim. Du kennst ihn doch."

Ja, ich kenne ihn. Aber Ella kennt ihn nicht. Oh, oh, ob das so gut ist?

Leon küsst mich auf die Stirn. „Sie sind erwachsen. Alle beide."

Eine halbe Stunde später kippt Tim Ella versehentlich ein halbes Glas Saft über die Bluse. Zerknirscht fragt er mich, ob ich ihr etwas zum Anziehen leihe. Fröhlich und arglos antworte ich. „Klar, kein Problem. Geht einfach hoch. Kleiderschrank, rechte Seite, zweites Fach von unten, da müsstest du was Passendes finden. Du kennst dich doch bei uns aus."

Eine halbe Stunde später kommen die beiden Hand in Hand die Treppe wieder herunter. Ella trägt ein Sweatshirt von mir. Ihre Wangen glühen.

Leon sieht es und runzelt die Stirn. „Wo kommen die denn her?"

„Er hat Ella Saft auf die Bluse geschüttet und sie hat sich umgezogen."

„In unserem Schlafzimmer?"

Erstaunt ziehe ich die Augenbrauen hoch. „Äh … ja. Ist das schlimm?"

Er kriegt einen Hustenanfall, hält die Hand vor den Mund und räuspert sich kräftig. „Äh … nö. Ich … äh … hoffe nicht."

Stirnrunzelnd will ich nachfragen, was dieser seltsame Kommentar soll, doch da stehen die beiden schon vor uns. „Wir verziehen uns", sagt Tim fröhlich. Ella grinst auch. Ob die beiden da oben etwas Unanständiges getan haben?

Er zwinkert und umarmt mich, sie umarmt mich auch, sieht mich aber nicht an, dann nimmt er ihre Hand und zieht sie mit hinaus.

„Darf Tim eigentlich noch fahren?", frage ich und Leon nickt. „Er hat nichts getrunken."

Wenig später verabschieden sich auch unsere anderen Gäste. Einige lassen ihre Autos stehen und teilen sich zwei Taxis.

Leon und ich räumen noch das Gröbste auf, dann bin ich todmüde und will nur noch schlafen.

Als wir nach oben gehen, lässt mir Leon den Vortritt. Ich öffne die Tür zum Schlafzimmer und knipse das Licht an. Mein Blick fällt aufs Bett und schlagartig fällt die Müdigkeit wie ein schwerer Umhang von meinen Schultern ab.

Auf dem Bett liegen ein Strauß Rosen, rechts und links davon jeweils neue, dicke Ledermanschetten, weiter unten, kunstvoll drapiert, ein Flogger, ähnlich dem, den ich schon kenne, allerdings aus festerem Leder und damit eindeutig wirkungsvoller. Sein Anblick startet sofort diesen miesen Elektromotor in meinem Unterleib. Um das Kopfkino in meinem Schädel perfekt zu machen, liegt darunter noch eine neue Spreizstange. Sie ist auch nur ein klitzekleines bisschen länger als die alte.

Leon legt seine Hände auf meine Schultern und beißt sanft in mein rechtes Ohrläppchen. „Diese ganz persönlichen Geschenke wollte ich dir nicht unbedingt vor allen Gästen überreichen."

Schamgefühl steigt in mir auf. Ella! Was denkt sie jetzt von mir? Oh Gott, sie wird es rumerzählen. Ich bin geliefert. „Lag das Zeug den ganzen Abend hier so ausgebreitet?", frage ich fassungslos.

„Ähm … ja."

„Shit! Du hättest das Zimmer abschließen müssen!"

„Ich wusste ja nicht, dass du unsere Gäste in unser Schlafzimmer einlädst."

„Oh Mann!", kreische ich, muss aber gleichzeitig auch lachen, weil Leon wirklich ziemlich trottelig unsicher auf mich runterblickt. Er hat anscheinend wirklich Angst, dass ich richtig sauer sein könnte.

Er legt seine Hände an meine Wangen und zieht mich an sich. „Nicht böse sein, Kolibri. Ich mach so was auch nie wieder."

„Das brauchst du auch nicht noch mal, einmal reicht völlig, um uns zu outen."

Er küsst mich und ich beiße ihm auf die Lippen. So leicht soll er mir doch nicht davonkommen.

„Hey!", protestiert er, „ich habe mich entschuldigt!"

„Na und?"

Er küsst mich noch einmal und jetzt drängt sich seine Zunge hartnäckig in meinen Mund, sodass ich gar nicht anders kann, als mich ihm hinzugeben. Er beendet den Kuss und raunt in mein Ohr: „Ich glaube, mein kleiner Kolibri will heute Abend unbedingt noch wissen, wie sich der neue Flogger anfühlt."

„Alkohol schaltet die Ampel rot, mein liebster großer Albatros", flöte ich.

„Was heute wirklich dein großes Glück ist, mein allerliebster kleiner Kolibri. Aber zum Glück sind wir ja morgen früh schon wieder nüchtern, nicht wahr?"

Seine Lippen legen sich wieder fest auf meine, bevor ich ihm antworten kann. Allein diese Ankündigung erregt mich dermaßen, dass mein Höschen völlig durchnässt ist. Ihm scheint die Aussicht auch zu gefallen, denn ich spüre durch seine Hose hindurch seinen harten Schwanz. Er reißt unsere Klamotten von unseren Körpern und Rosen samt Folterwerkzeug landen neben dem Bett auf dem Fußboden. Ich liebe es, wenn Leon zum Neandertaler wird. Er übernimmt nun vollkommen die Regie, drückt mich aufs Bett, hält meine Hände über meinem Kopf fest und fickt sein Eigentum.

Zufrieden und glücklich schlafe ich anschließend in seinen Armen ein.

Als ich wieder aufwache, scheint die Wintersonne ins Schlafzimmer. Ich liege immer noch in Leons Armen und er schnarcht ganz leise. Wohlig strecke ich mich vorsichtig, um ihn nicht zu wecken, und mein Blick fällt auf das Durcheinander auf dem Fußboden, bestehend aus unseren Klamotten, den Rosen und dem neuen Spielzeug. Ein albernes Kichern löst sich aus meiner Kehle. Es ist wirklich nicht zu glauben, was ich mir da für einen Typen geangelt habe.

Ich krabble vorsichtig aus dem Bett und tapse nackt die Treppe nach unten, um uns Kaffee zu machen.

Als ich mit zwei Bechern in den Händen wieder hoch komme, schläft Leon immer noch fest. Aber er hat sich auf den Rücken gedreht und die Decke bis zu den Hüften heruntergeschoben. Während ich die Tassen auf dem Nachttisch abstelle, betrachte ich ihn verliebt. Ich will mich wieder zu ihm legen und trete dabei versehentlich auf den Flogger.

In einem Anfall plötzlicher geistiger Umnachtung greife ich mir das Ding, stelle mich mit gespreizten Beinen über meinen zukünftigen Ehemann auf die

Matratze und ziehe die Decke vorsichtig bis zu seinen Knien hinunter. Sein Schwanz schläft auch noch. Ich nehme den Flogger und streiche mit den Enden der Schnüre sanft über seine Brust. Seine Augenlider zucken, aber er wird nicht wach. Ich wiederhole das Spiel und brummend wischt er mit der Hand über seine Brust, räuspert sich einmal und schläft weiter. Ich wedele sacht über seinen Bauch, die Linie entlang der Leiste und er zuckt. Gleich ist er wach. Ich widme mich seinem Schwanz, beuge mich herab und lasse auch hier die Lederschnüre des Floggers zärtlich kitzelnd aktiv werden. Dann wird er wach, der Schwanz und auch der Mann. Er öffnet die Augen und sieht völlig irritiert zu mir auf.

„Na, Sklave? Wieder nüchtern? Dann können wir ja jetzt ganz wunderbar die Qualität dieses neuen Züchtigungsgerätes prüfen", flöte ich grinsend.

Eine Sekunde lang ist er sprachlos, dann umgreifen seine Hände fest meine Knöchel. „Kolibri, du spielst mit deinem Leben", knurrt er und meine Haut prickelt am ganzen Körper.

„Im Moment, großer Albatros, bin wohl eher ich hier die Respektsperson", erwidere ich und wedele aufreizend mit dem Ding in meiner Hand vor seinem Gesicht herum.

Er greift zu und zieht es mir so schnell aus der Hand, dass ich völlig perplex meine leeren Finger anstarre. Dann geht mein Fluchtreflex mit mir durch.

Grell aufschreiend springe ich vom Bett und reiße die Schlafzimmertür auf, doch bevor ich einen Fuß auf der Treppe habe, hat er mich um die Taille gepackt und zurück auf die Matratze geschleudert.

Er fesselt meine Hände über meinem Kopf ans Bettgestell, befestigt die Spreizstange an meinen Fußgelenken und zieht sie mittels einer Kette von einem der Balken an der Decke hoch, sodass ich weit gespreizt vor ihm liege.

Mein Herz schlägt ganz oben im Hals. Ich schlucke.

Leon betrachtet mich einen Moment lang zufrieden, nimmt sich seinen Kaffee und kuschelt sich gemütlich neben mir unter die Decke. „Danke, dass du mir einen Kaffee geholt hast, mein Schatz."

„Verrecke daran, Albatros!"

„Ich liebe dich auch, Kolibri."

ENDE

AUTORIN

Sara-Maria Lukas, Jahrgang 1962, sagt „Moin" statt „Guten Tag". Unter dem Pseudonym verbirgt sich eine gebürtige Bremerin, die seit vielen Jahren in einem klitzekleinen Dorf zwischen Elbe und Weser wohnt. Sie liebt das raue Klima der Nordseeküste nicht nur, wenn die Sonne scheint, sondern erst recht bei Sturm und ordentlichem Wellengang.

Das Schreiben ist seit der Kindheit ihre eine große Passion, das Leben im Einklang mit der Natur die andere.

Sara-Maria Lukas bezeichnet sich selbst als hoffnungslos naive Romantikerin. Nichts kann sie davon abbringen, an die wahre Liebe, die Macht der gelebten Toleranz und das Gute im Menschen zu glauben. In ihren Romanen verknüpft sie auf eine ganz eigene sympathische Weise prickelnde Erotik mit viel Humor, Herzlichkeit und großer Liebe.

Website: www.liebelesenleben.de

Facebook: Sara-Maria Lukas (Autorin)

Sara-Maria Lukas
Hard & Heart: Kein Safeword für die Fledermaus
Erhältlich als eBook & Taschenbuch

Einst war Ella einem dominanten Mann hörig, der ihre Existenz zerstört hat. Niemals wieder will sie einem Mann vertrauen und ihren masochistischen Neigungen nachgeben, doch als sie den charmanten Tim trifft, kann sie ihm nicht widerstehen. Sie lässt sich auf eine unverbindliche Session ein.

Tim lebt humorvoll und mit Genuss seine dominante Gesinnung bei aufregenden BDSM-Spielen aus, hat aber keine Ambitionen auf eine feste Beziehung. Während einer Feier trifft er Ella. Nach einer heftigen Session flüchtet sie vor ihm. Tim findet heraus, dass Ella Passanten in einer Fußgängerzone anbettelt und in einem Supermarkt Lebensmittel stiehlt. Er ist sich sicher, dass sie in Schwierigkeiten steckt, stellt weitere Nachforschungen an und erfährt, dass sie vollkommen mittellos ist. Tim lässt sich nicht abwimmeln. Er holt Ella gegen ihren Willen zu sich und bringt sie dazu, ihm zu vertrauen. Sie erleben prickelnden Sex und aufregende SM-Spiele. Doch plötzlich ist echte Liebe im Spiel und beide müssen sich fragen, ob sie einander genug vertrauen, um ihre Bindungsängste aufgeben zu können ...

Teil 2 der Romantik-BDSM-Reihe „Hard & Heart".

Sara-Maria Lukas
Hard & Love: Shut up, Kätzchen!
Erhältlich als eBook & Taschenbuch

Erst bringt Charlottes Freund sie um Job, Wohnung und Erspartes, dann stirbt auch noch Bauer Harmsen, auf dessen Hof ihre vom Schlachter geretteten Gnadenbrotpferde wohnen. Sie muss Stall und Weide verlassen, weil die Erben, Harmsens Verwandte aus den USA, anreisen. Charlotte weiß nicht wohin und fälscht in ihrer Not einen Erbpachtvertrag. Ein Fehler, wie sie mit eiskalter Gewissheit erkennt, als die Erben vor ihr stehen. Es sind fünf Kerle mit Körpern aus Stahl, und einer von ihnen fixiert sie mit messerscharfem Blick, der ihr heiße Schauer den Rücken herunterjagen lässt. Er wird sie wie eine Fliege zwischen seinen Fingern zerquetschen, sobald ihr Schwindel auffliegt.
Frauen sind Abschaum, weiß Logan, seitdem seine letzte BDSM-Gespielin ihn verraten, betrogen und gesellschaftlich ruiniert hat. Doch dann steht auf dem geerbten Hof in Deutschland diese dreckverschmierte, trotzige Zicke vor ihm, und ihre Augen senden Blitze direkt in sein Herz. Plötzlich will Logan nur noch eins: seine Lippen heiß auf ihre pressen!

Teil 1 der Romantik-BDSM-Reihe „Hard & Love"

Sara-Maria Lukas
Sweet Christmas: Rache unterm Weihnachtsbaum
Erhältlich als eBook & Taschenbuch

Ihre erste große Liebe hat ausgerechnet an Weihnachten mit ihr Schluss gemacht. Und nun kommt Boris nach zehn Jahren zurück in die Stadt, um seine Eltern über die Feiertage zu besuchen.
Rache ist süß, denkt Lulu, und plant ein Weihnachtsfest für ihn, das er garantiert nie vergessen wird ...

Eine romantische Weihnachtsgeschichte.